새로 쓴
시론

이승하 李昇夏 | Lee, Seung-ha 중앙대 문예창작학과 교수

이현승 李炫承 | Lee, Hyun-seung 가천대 리버럴아츠 칼리지 교수

윤의섭 尹儀燮 | Youn, Eui-seoup 대전대 국어국문창작학부 교수

장이지 張怡志 | Jang, I-ji 제주대 국어국문학과 교수

조동범 趙東釩 | Cho, Dong-beom 중앙대 문예창작학과 겸임교수

장만호 張萬湖 | Jang, Man-ho 경상대 국어국문학과 교수

박민영 朴旼英 | Park, Min-young 성신여대 교양학부 교수

박소영 朴昭暎 | Park, So-young 숭실대 국문학과 초빙교수

허혜정 許惠貞 | Huh, Hye-jung 숭실사이버대 방송문예창작학과 교수

권성훈 權聖訓 | Kwon, Sung-hun 경기대 교양학부 교수

홍용희 洪容熹 | Hong, Yong-hee 경희사이버대 미디어문예창작과 교수

이성혁 李城赫 | Lee, Seung-hyuk 문학평론가, 한국외대 강사

새로 쓴 시론

초판인쇄 2019년 8월 12일 **초판발행** 2019년 8월 24일

지은이 이승하·이현승·윤의섭·장이지·조동범·장만호·박민영·박소영·허혜정·권성훈·홍용희·이성혁

펴낸이 박성모 **펴낸곳** 소명출판 **출판등록** 제13-522호

주소 서울시 서초구 서초중앙로6길 15, 1층

전화 02-585-7840 **팩스** 02-585-7848

전자우편 somyungbooks@daum.net **홈페이지** www.somyong.co.kr

값 14,000원

ⓒ 이승하·이현승·윤의섭·장이지·조동범·장만호·박민영·박소영·허혜정·권성훈·홍용희·이성혁, 2019

ISBN 979-11-5905-436-5 03810

이승하
이현승
윤의섭
장이지
조동범
장만호
박민영
박소영
허혜정
권성훈
홍용희
이성혁

새로 쓴
시론

New Poetics

소명출판

책머리에

　이 땅에서 시의 역사가 시작된 해를 언제로 잡으면 될까요? 고구려 제2 대 왕인 유리왕이 「황조가」를 쓴 것이 기원전 17년이었으니까 시의 역사를 2036년으로 볼 수 있을까요? 이천 년이 넘는 긴 세월 동안 누군가는 시를 쓰고 있었습니다. 1920년대에 서구의 모더니즘이 소개되면서 자유시의 역사가 새롭게 시작되었습니다. 현대시 혹은 자유시의 역사도 100년을 넘어섰습니다.

　20세기가 저물고 21세기가 시작되면서 우리 문화 전반에 많은 변화가 왔는데 그중에서도 활자문화의 위축과 영상문화의 번성이 가장 두드러진 현상일 것입니다. 문학이 사회 변화에 별달리 영향을 주지 못하게 되었고 시집이나 소설집의 판매 부수가 줄어들었습니다. 문예지가 엄청나게 많이 나오고 있지만 시단에 별다른 논쟁도 담론도 없어 그야말로 외화내빈입니다.

　특히나 시론, 즉 시에 대한 논의가 주춤한 듯합니다. 시중에 수많은 시론 책자가 나와 있지만 이런 책은 지금 읽히지 않고 있습니다. 지나치게 원론적인 이야기이고 예로 든 시가 대체로 일제 강점기 때의 시이기 때문이기도 할 것입니다.

　시를 쓰고자 하면서 시문학사를 모르고 시론을 모르면 안 된다고 생각합니다. 이 책의 저자 중 한 사람인 저는 2005년에 여러 필자와 함께

『한국 현대시문학사』라는 책을 냈고 올해 이 책의 증보판을 냈습니다. 2013년에는『한국 대표시집 50권』이란 책을 편저로 냈습니다. 이 책은 75명의 학자와 평론가를 대상으로 설문조사를 해 한국 시문학사의 대표시집 50권을 선정, 상론한 책자입니다.

이번에 경기대 권성훈 교수의 제안으로『새로 쓴 시론』을 펴내게 되었습니다. 학생들은 영상문화를 통해 세상을 읽고 있는데 활자가 빼곡한 시론을 누가 읽겠습니까.

요즈음 등단작들을 보면 시를 모른 채 쓰고 있다는 생각을 종종 하게 됩니다. 그래서인지 생명력이 긴 시인보다는 등단하고 얼마 안 되어 사라지는 시인이 더 많은 것 같습니다. 우리는 흔히 '기본에 충실하자'는 말을 하는데 시를 쓰려면, 시창작법, 시문학사, 시론 책을 읽어야 합니다.

제1부 현대시 원론은 시의 언어, 경험과 상상, 일상성과 현대성, 비유와 상징, 반어와 역설, 이미지와 상상력에 대한 논의입니다. 글을 주신 이현승·윤의섭·장이지·조동범·장만호 선생님께 감사드립니다.

제2부 현대시 세론은 시에 대한 비교적 자유로운 담론입니다. 박민영·박소영·이승하·허혜정·권성훈·홍용희·이성혁 등 7명의 필자는 각자 평소에 관심이 가는 주제를 갖고서 자유롭게 글을 썼습니다. 아주 흥미로운 글들입니다. 시와 우리 삶이 이렇게 밀접한 관련을 맺고 있다니, 새삼스럽게 놀랐습니다.

시에 대한 이와 같은 새로운 논의가 여러분에게 시에 대한 흥미를 조금이라도 더 불러일으키게 한다면 더없이 기쁘고 큰 보람을 느낄 것입니다.

2019년 8월 12일
필자를 대표하여 이승하가 씀

차례

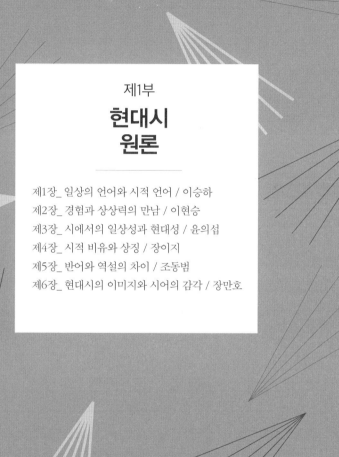

제1부

현대시
원론

제1장

일상의 언어와 시적 언어[*]

이승하

시인은 어떤 사람인가

시인은 말도 안 되는 것을 말하는 사람이다. 의사소통을 위한 말의 질서를 파괴하고 그 잔해 위에 새로운 말의 탑을 세우는 자, 그의 이름은 시인이다. 시인을 빨리 말하면 신이 되지만 신은 시인을 좋아하지 않을 것이다. 기도도 하지 않으면서 다른 세상을 꿈꾸는 족속이기 때문이니까. 다른 세상은 이데아다. 이상향에 대한 꿈은 낭만주의자들만이 갖고 있는 것이 아니다. 사실주의자도 상징주의자도 초현실주의자도 새롭게 만들어보고자 하는 어떤 세상이 있다. 꿈을 현실과 연결시키려는 이가 소설가라면 꿈을 그 자체로 가치 있게 여기는 자가 시인이다. 애송하는 시 두 편의 한 부분씩을 인용한다.

---

[*]   이 글은 2004년에 낸 책 『이승하 교수의 시 쓰기 교실』(문학사상사)의 내용을 수정·보완한 것이다.

창가의 벽이 피를 흘리고

나의 방에서 어둠은 떠나지 않는다.

나의 눈이 폐허에 부딪치지 않는다면

나의 눈은 어둠 속을 들여다볼 수 있으리라.

유일한 자유의 공간은 내 마음속 깊은 곳

그것은 죽음과 친숙한 공간

혹은 도피의 공간

— 폴 엘뤼아르, 오생근 역, 「이 땅에 살기 위하여」 부분

귀 기울여도 있는 것은 역시 바다와 나뿐.

밀려왔다 밀려가는 무수한 물결 우에 무수한 밤이 왕래하나

길은 항시 어데나 있고, 길은 결국 아무데도 없다.

— 서정주, 「바다」 제1연

앞의 것은 초현실주의 시인으로 알려져 있는 폴 엘뤼아르의 작품인데 제2차 세계대전 초기에 쓴 그의 대표작이다. 벽이 피를 흘릴 수는 없으므로 이 시에서 벽은 바람벽이나 장애물이 아닐 것이다. 관계의 단절일 수도 있지만 전쟁의 참화를 겪은 도시의 벽, 핏자국이 남아 있는 벽, 뛰어넘을 수 없는 벽, 닫힌 내면의 벽……. 다중의 해석이 가능하다. 사람의 눈이 어둠 속을 들여다볼 수는 있지만 폐허에 부딪칠 수는 없는데 시인은 그것을 가능케 한다. 내 마음속 깊은 곳이 유일한 자유의 공간이었는데 시절이 하 수상하여 죽음과 친숙한 공간, 혹은 도피의 공간이 되고 말았다. 이렇듯 시인은 언어의 사전적인 뜻을 무시하기도 하고 넘어서기도 한다.

폴 엘뤼아르 · · · · · · · · · · · · · · · · · · 서정주 첫 시집 『화사집』 표지

뒤의 것은 『화사집花蛇集』(1941)에 실려 있는 서정주의 작품이다. 일제
의 수탈이 극에 다다랐을 때 쓴 시이니만큼 제1연의 마지막 행을 시인
이 내뱉은 비분강개한 말로 받아들이게 된다. 몇 편의 친일 작품으로 말
미암아 시인은 친일 문인의 대표자로 매도되기도 했지만 좋은 작품까
지 무시되어서는 안 될 것이다. 이 세상에 길은 참으로 많지만 식민지 치
하인 이 땅에서는 길이, 길이 아니다. 젊은이들이 무엇을 하려고 해도 할
수가 없으므로 시인은 이렇게 부르짖었던 것이다.

아ㅡ 스스로히 푸르른 정열에 넘처
둥그런 하늘을 이고 웅얼거리는 바다,
바다의 깊이 위에
네 구멍 뚫린 피리를 불고…… 청년아.

애비를 잊어버려,

에미를 잊어버려,

형제와 친척과 동무를 잊어버려,

마지막 네 계집을 잊어버려,

알래스카로 가라, 아니 아라비아로 가라,

가라 아니 침몰하라. 침몰하라. 침몰하라!

— 서정주, 「바다」 부분

"청년아" 하고 부른 뒤에 그대와 관계가 있는 모든 이와 결별하고 먼 곳으로 탈출하라고 하더니 어느새 침몰하라고 마구 외친다. 가는 도중에 침몰할지라도 일단 떠나라는 것이다. 사람이 배가 아닌데 침몰하라고 외치는 정신 나간 자 — 바로 시인이다. 이런 외침이 시이기 때문에 세상은 그를 정신 나간 자로 보지 않고 시인으로 본다. '네가 알고 있는 모든 사람을 잊어버려'라고 했다면 참 무미건조했을 터인데 먼저 네 애비와 에미를, 그러고 나서 형제와 친척과 동무를, 마지막으로 네 계집을 잊어버리라고 권유한다. 시인은 이처럼 막강한 권력을 행사할 수 있고 폭력을 휘두를 수도 있다. 말로써.

시인은 다 선량한 사람인가

『문학형태론』을 쓴 R. G. 몰튼은 시인을 이렇게 정의했다.

창조란 존재의 총계에 무엇인가를 새롭게 보태는 일인데, 새로 보태지는 것이 시이며, 이 일을 행하는 사람이 바로 시인이다.

이미 창조되어 있는 세계에다 더 만들어 보태는 사람이 시인이라고 했으니, 창조주의 위임을 받은 제2의 창조주인 셈이다. 달리 말해 신과 인간 사이에 시인이 있는 것이다. 장정일의 재미있는 풍자시 1편이 기억난다.

사람들은 당쉰이 육일 만에
우주를 만들었다고 하지만
그건 틀리는 말입니다요.
그렇습니다요.
당쉰은 일곱째 날
끔찍한 것을 만드쉈습니다요.

그렇습니다요
휴쉭의 칠 일째 저녁.
당쉰은 당쉰이 만든
땅덩이를 바라보쉈습니다요.
마치 된장국같이
천천히 끓고 있는 쉐게!
하늘은 구슈한 기포를 뿜어올리며
붉게 끓어올랐습지요.

그랬습니다요.
끔찍한 것이 만들어지기 전에는
온갖 것들이 섭히 보기 좋았고
한없이 화해로왔습지요.
그 사실을 나이테에게 물어 보쉬지요.

천년을 살아남은 히말라야 참나무들과
쉬베리아의 마가목들이
평화로왔던 그때를
기억할 슈 있습지요.

그러나 당쉰은 그때
쇄창을 처음 만들어 보았던 쉰출나기
교본도 없는 난처한 요리쇠였습지요.
끓고 있는 된장국을 바라보며
혹쉬 빠뜨린 게 없을까
두 손 비벼대다가
냅다 마요네즈를 부어버린
당쉰은 서툰 요리쇠였읍지요.

그래서 저는 만들어졌습니다요.
빠뜨린 게 없을까 쇵각한 끝에
저는 만들어졌습니다요.
갑자기 당신의 돌대가리에서

멋진 솅각이 떠오른 것이었습지요
기발하게도 〈나〉를 만들자는 솅각이
해처럼 떠오른 것이었습지요.

계획에는 없었지만 나는
최후로 만들어지고
공들여 만들어졌습니다요.
그렇습니다요
드디어 나는 만들어졌습니다요.
그러자 솅계는 곧바로
슈라장이 되었습니다요.
제멋되로 펜대를 운전하는
거지 같은 자숙들이
지랄떨기 쉬작했을 때!

그런데 내 내가 누 누구냐구요?
아아 무 묻지 마쉽시요.
으 은 유 와 푸 풍자를 내뱉으며
처 처 천년을 장슈한 나 나 나는
쉬 쉬 쉬 쉬인입니다요.

— 장정일, 「쉬인」 전문

장정일

조물주가 천지 창조 일곱째 날 만든 "끔찍한 것"은 시인이었다. 제멋
대로 펜대를 운전하는 거지 같은 자식들은 시인이며, 그 자식들이 지랄

떠는 것은 곧 시 쓰기이다. 장정일은 시인을 창조자가 아니라 파괴자로 보았을까? 아니다. 파괴를 하고 나서 새로운 세계를 만드는 제2의 창조주로 보았던 것이다

공자는 이런 말을 했다.

> 시는 마음이 흘러가는 바를 적은 것이다. 마음속에 있으면 '지(志)'라고 하고 그것을 말로 표현하면 '시(詩)'가 된다.

인간의 정신에 바탕을 둔 이러한 시관은 동양에서 지난 2500년 동안 연면히 이어져 왔다. 시인은 고상한 뜻을 다루는 사람이라는 것이 동양의 시인관이었다. 우리나라에서는 옛날부터 인문을 숭상하였고 시를 고귀한 것, 다시 말해 정신의 정화精華로 여겼다. 우리 조상이 시를 얼마나 대단한 것으로 여겼냐 하면, 고려 광종 9년(958)부터 시작된 과거製述科에 시와 부賦(산문)를 넣은 것에서도 알 수 있다. 과거제가 폐지된 것은 갑오개혁(1894) 때이므로 1천 년 동안이나 우리네 조상은 시를 잘 쓰는 사람을 치세의 능력과 고매한 인품을 갖춘 사람으로 간주했던 것이다. 시인이 과연 그렇게 인격적으로 고매한 존재일까? 천만에, 많은 경우 그 반대다.

보들레르는 흑백 혼혈 창녀를 한평생 사랑하면서 돈을 그녀에게 수도 없이 갖다 바치다 한정치산자가 되었다. 보들레르가 매독 환자에 아편 중독자가 아니었다면 반신불수에 실어증까지 와 병원에서 1년여를 고생하다 나이 마흔여섯에 죽지는 않았을 것이다. 베를렌과 랭보의 동성애는 그렇다 치고, 베를렌은 식객으로 와 있는 랭보한테 잘해 주지 않는다고 임신한 아내를 수시로 구타한 성격 파탄자였다. 베를렌은 자신의

베를렌과 랭보를 다룬 영화 〈토탈 이클립스〉의 한 장면

갓난아이를 집어던지기까지 했다. 러시아의 마야코프스키는 친구 부부
와 셋이서 한 집에서 살았는데 친구의 부인은 남편과 정부와 함께 살아
도 전혀 다투지 않았다. 말도 잘 안 통하는 부-부가 서로를 적대시하다
시인인 남편이 자살했으니 그의 이름은 러시아의 시인 예세닌이었고 그
의 아내는 미국의 무용가 이사도라 던컨이었다. 동성애자로 평생 살았
던 프랑스의 장 주네와 마약중독자로 죽은 영국의 프랜시스 톰슨은 또
어떻고. 인격파탄 내지는 성격파탄의 시인은 많고도 많다. 중국 당나라
때의 시인 이백은 젊은 시절 칼을 차고 다닌 협객이었는데 사람을 몇 명
죽였다고 여러 군데 기록에 나와 있다. 이 땅의 시인 중에는 기인으로 일
컬어졌던 분들이 있는데 천상병이나 김관식, 박남철 같은 이가 시인이
아니었다면 개차반이라고 손가락질을 받았을 것이다.

우리 관점에서 흔히 말하는 등단을 한 사람은 다 시인이고 나머지는
다 범인凡人인가? 그렇지는 않을 것이다. 시에 애정을 갖고 습작을 하는
사람이라면 다 마음의 바탕에는 시심이 있을 터이니 시인이라 일컬을

수 있는 것이고, 시를 써 발표하는 사람이되 마음이 사특하면 시인이 아니라 시꾼 ─ 물론 이런 용어는 없겠지만 ─ 일 것이다. 좀 더 나은 시를 쓰려고 노력하는 사람이면 등단 이전일지라도 시인일 것이며, 말도 안 되는 작품을 시랍시고 발표하면서 영예를 누리는 사람이라면 그의 이름에 붙어 다니는 '시인'은 허명일 뿐이다. 시를 쓰자마자 인터넷 사이트에 올리는 이 땅의 많은 분들에게 말씀드리고 싶다. 시는 누구나 쓸 수 있는 것이지만 좋은 시를 쓰기란 쉽지 않다고. 빨리 써서 빨리 타인에게 보여주고 빨리 잊히는 시보다는 오래 잊히지 않는 시를 쓰고 싶지 않냐고. 하지만 시를 쓰는 것이 뼈를 깎는 고통만 수반한다면 누가 시를 쓰려고 할까.

시는 산문이 아니라 운문이다

아리스토텔레스는 『시학詩學』이란 책에서 "시는 운문에 의한 모방이다"라는 유명한 말을 했다. 시는 운문이며, 운문으로 이 세상의 사물을 모방하는 행위라는 뜻이다. 그는 그 책에서 "시인은 다양하게 조성된 어휘의 형식과 비범한 어휘와 은유 등을 혼용하여 언어로 온갖 모방을 한다"고 세상을 모방하는 시인의 무기가 곧 언어임을 강조했다.

복 있는 사람은 악인의 꾀를 좇지 아니하며
죄인의 길에 서지 아니하며
오만한 자의 자리에 앉지 아니하고
오직 여호와의 율법을 즐거워하여

그 율법을 주야로 묵상하는 자로다

구약의 「시편」은 이렇게 시작된다. 예수 탄생 몇 백년 전 혹은 천 몇백년 전에 쓰인 이스라엘 민족의 거룩한 찬송가 가사 150편이 수세기에 걸쳐 모여 「시편」이 되었다. 현대인의 관점에서 보아도 「시편」의 시들은 아주 뛰어난 문학 작품이다.

현존하는 최초의 서정시로 일컬어지는 유리왕의 「황조가」를 기점으로 삼는다면 우리나라 시의 역사는 2036년이다. 옛날 우리의 시는 「구지가」, 「공무도하가」, 「처용가」 등의 제목이 잘 말해주듯 다 노래歌였다.

펄펄 나는 꾀꼬리는	翩翩黃鳥
자웅이 어울려 노니는데	雌雄相依
외로운 이 내 몸은	念我之獨
누구와 함께 돌아갈까.	誰其與歸

한역가漢譯歌의 형태로 전해지고 있지만 한글로 번역된 것을 읽어보니 운율이 느껴진다. 시 발생의 기원을 보더라도 시는 노래였다. 인간에게 공포감을 주는 자연에 대해 외경심을 표현하고, 자연의 분노를 진정시키는 데에는 동일한 리듬의 반복인 운율이 제격이었다. 또한 남이 한 말을 오래 기억하는 데에는 규칙적인 반복이나 압운押韻(두운·요운·각운 등) 같은 형식이 필요했다. 이와 달리 사람들 간의 관계를 기술하는 데는 산문이 사용되었다. 그리스에서도 철학·법률·지리지 등은 산문으로 쓰였고, 희곡을 비롯한 순문학은 모두 운문이었다. 이러한 전통은 후대까지 이어져 서구에서 소설이 문학의 주된 장르가 되는 것은 18세기에 들

어와서야 가능했다.

　문자가 발명된 뒤 문학으로 발전하는 데에도 오랜 세월이 걸렸다. 우선 옛날에는 문자를 읽을 수 있는 사람이 많지 않았으며, 비싼 양피지에 필사한 사본은 보급에 한계가 있었다. 따라서 종이의 발명과 인쇄술의 발달은 문학의 발전에 지대한 영향을 미쳤다. 특권층의 전유물이던 문학 작품을 종이와 인쇄술 덕분에 일반인도 널리 읽을 수 있게 됨으로써 '독자층'이란 것이 생겨났다. 원시종합예술에 있어 문학은 곧 시였고, 시는 노래의 요소와 이야기의 요소를 동시에 지니고 있었다. 그러나 근대로 내려오면서 개인의 내적 감정을 표현하는 경우가 많아짐에 따라 시의 내용이 점점 개인화되어 갔고, 그 형태도 짧아졌다. 그리하여 근대에 들어서서 시는 서사시와 극시와 구별하여 서정시에 국한시켜 말하려는 의식이 강해졌다. 시를 쓴다는 것은 이처럼 기나긴 시의 역사에 동참하는 것이다. 산문은 문학 언어가 아니었지만 운문은 문학 언어였고, 시의 역사는 이렇듯 유장했다. 시는 선사 시대로부터 지금까지 역사의 물줄기를 타고 흘러왔으므로 독자의 수, 시인의 수에 상관없이 앞으로도 계속 흘러갈 것이다.

　'독자의 수'라는 말을 하고 보니 류시화가 생각난다. 그의 시집 『그대가 곁에 있어도 나는 그대가 그립다』와 『외눈박이 물고기의 사랑』이 각각 백만 권 이상이 팔렸다고 하는데 류시화 시집 판매의 비밀이 뭘까? 이레 출판사의 고석 사장은 류시화의 시가 독자들의 사랑을 받는 이유를 이렇게 분석했다.

　　류시화 시인의 시는 읽을 때보다 들을 때 더 가슴에 와 닿는다고 합니다. 자연스러운 낭송이 가능한 것은 시인이 티베트, 인도 등을 여행하며 시상

인도 여행 중인 류시화

이 떠오르면 입으로 외우고 중얼거려 운율이 밴 문장으로 만들어내기 때문입니다. 시인은 한 인터뷰에서 이제 시를 책상에서 쓰고 고치는 일은 없을 것이라고 말하면서 문자적 의미의 언어를 버렸다고 말했습니다. 류 시인의 시를 '입으로 순화된 시'라고들 하죠. 입 속에서 100번을 읊고 읊어 낭송되기 쉬운 시를 쓰기 때문에 독자의 가슴을 두드린다고 생각합니다.

— 이근미, 「밀리언셀러 시인·출판기획자 류시화의 베스트셀러 메이킹 연구」, 『월간조선』, 2003.2.

류시화를 비판하는 사람도 있지만 그는 시의 본질에 충실하였고, 편편의 시를 공들여 쓴 시인이다. 언젠가 류시화론을 쓴 적이 있는데[1] 다소 비판적으로 쓰긴 했지만 그 글에서 인정할 것은 인정하고자 했다. 우리도 시는 본질적으로 운문임을 다시금 느끼고, 낭송을 해보며 퇴고하도록 하자. 우리가 즐겨 먹는 된장과 김치 등 발효 식품은 발효가 될 때까지 묵혀 두어야 한다. 시도 초고를 묵혀 두었다 고치고 고치고 또 고쳐야 한다. 고쳐서 개악을 하는 경우도 간혹 있지만 말이다. 시 자체야 쉬

---

1   이승하, 「방랑하는 명상가, 혹은 신비주의자」, 『작가세계』, 1999.가을.

울지언정 쓰는 과정이 자판기에서 커피 뽑아내듯 해서야 되겠는가.

시의 질료는 언어뿐일까?

애드가 앨런 포의 정신적인 제자라고 할 수 있는 샤를 보들레르는 "시의 목적은 진리나 도덕을 노래하는 것에 있지 않다. 시는 그 자체가 목적이다"라는 유명한 자기목적설을 주장했다. 존 홀 휠록은 보들레르의 말을 흉내 내어 이렇게 말했다. "산문은 언어를 어떤 다른 목적을 위한 수단으로 사용하지만, 시는 언어 그 자체를 목적으로 삼는다." 과연 시는 언어만을 목적으로 삼는 것일까?

문학을 흔히 언어예술이라고 한다. 음악·미술·조각·무용·건축 등 예술의 다른 분야와 달리 문학만이 언어를 재료로 하여 만들어 내는 예술이기 때문이다. 미술·조각·건축이 공간을 차지하는 공간예술임에 반해 문학은 공간을 거의 차지하지 않는다. (책은 부피가 그리 크지 않으니까.) 또 음악이 연주를, 무용이 공연을 전제로 하는 시간예술임에 반해 문학은 시간을 초월할 수 있다는 것도 다른 점이다. 문자로 적힌 것이라 틈 날 때 읽을 수 있고, 처박아 두었다가 10년 뒤에 읽을 수도 있고, 외국어로 번역될 수도 있다.

이 세상에는 크게 두 가지의 언어가 있다. 지시어와 함축어가 그것이다. 지시어는 우리가 일상생활을 하면서 정보를 전달하거나 의사소통에 사용하는 언어다. 일상생활 가운데서도 모든 사람이 지켜야 할 규칙이나 법령은 반드시 지시어로 되어 있어야 한다. 이런 언어를 다른 말로 과학적 언어라고 한다. 법조문이 지시어로 이루어져 있지 않고 애매한 표현이 있어 자구 해석의 여지를 남긴다면 큰 혼란이 올 것이다. 하지만 문학의 언어는 가급적이면 함축어를 써야 한다. 지시어는 머리(이성)에 의존하지만 함축어는 마음(감각)에 호소한다.

독일의 카를 리아

함축어를 제일 많이 쓰는 이는 역시 시인이다. 언어와 사물이 1 : 1의 관계가 아니라 1 : 다多의 관계를 시인은 지향한다. 알 듯 모를 듯한 말, 행간에 숨은 뜻이 있는 말, 해석의 여지가 풍성한 말이 문학적인 말(언어)이다.

그와 아울러 시는 근본적으로 애매한ambiguous 언어이며 역설적인 paradoxical 언어다. 시 쓰기는 언어를 구사함으로써 이루어지되 일상적인 언어로부터 해방되려는 모순된 노력이라고 할 수 있다. 이런 노력이 현대에 들어 점차 가속화되어 언어를 거부하거나 언어를 파괴하는 극단적인 형태로 치닫기도 한다. 심지어는 시에 사진·그림·만화·악보·화학 방정식이 함께 등장하기도 한다. 오늘날 독일을 대표하는 시인 카를 리아의 「음악인 I」이란 시를 보면 악보를 사람 얼굴 모양으로 찢어 붙이기 해두었는데 이런 것이 시라고 발표되고 있는 세상이다. 이밖에도 외형이 시 같지 않은 시가 대단히 많다. 시인은 유사 이래 언어를 갖고 논 말놀이꾼이었고, 언어로 사물을 찍어낸 언어의 연금술사였으며, 마침내 언어를 부숴버리려 하는 이상한 족속이다. 박남철의 「텔레비전」이란 시는 얼마나 신선한 충격을 주었던가. 네모 두 개와 사진 두 장으로 텔레비전이란 이름을 가진 문명의 이기를 조소하고 있다. 말을 버려서 시를 얻을 수 있는 존재가 또한 시인이다.

시의 언어, 즉 시어는 축소지향의 언어다. 시인은 한 마디의 말에 여러 가지 뜻을 담고자 애쓴다. 정원사가 잔가지를 쳐내어 나무를 더 잘 자라게 하고 보기 좋게 하듯이 쓸데없는 말을 줄이는 것이 시를 쓰는 과정이다. 앙상한 가지만으로 깊은 뿌리와 무성한 잎까지 이야기해 줄 수 있어야 시가 된다. 하지만 소설은 이야기에 살을 자꾸만 붙여, 구체성·사실성·개연성을 추구한다. 확대지향의 언어, 즉 산문이 소설의 언어가 되는 것이지만, 소설도 때에 따라서는 함축적인 언어를 써 축소를 지향할 때가 있다.

독일의 실존주의 철학가 마르틴 하이데거는 "언어는 존재의 집이다"라는 말을 한 적이 있다. 사물과 현상을 다 껴안고 있는 것이 언어이기 때문에 언어가 없으면 생각이 이루어지지 않고, 언어를 통한 인식이 없이는 사물과 현상은 있어도 없는 것이나 마찬가지라는 뜻이다. 말이 있어야 모든 사물과 현상의 존재가 가능하며, 문학은 말에서 출발하여 말에서 끝난다.

그런데 오늘날에는 시에서도 말 파괴 현상이 위험 수위를 넘어 우리를 위협하고 있다. 문학의 언어에 온갖 욕설과 음담패설이, 비어와 속어가, 외래어와 전문어가 넘쳐난다. 그래서 영랑과 소월, 백석과 만해, 윤동주와 이육사의 시가 지금까지도 국민 애송시의 자리를 차지하고 있는지 모르겠다. 그들의 시는 우리말로 우리 정서를 표현했기 때문이다.

제2장

경험과 상상력의 만남

이현승

경험의 시학을 넘어서

단순하게 쓰일 때 '체험' 혹은 '경험'이라는 말은 말하는 주체가 곧 경험의 주체라는 것을 뜻한다. 통상 경험의 시학이란 자전적인 체험에 충실한 시적 경향을 이룬다. 그러나 경험의 외연은 생각만큼 견고하지 않다. 경험은 쉽게 학습·변형되기도 한다. 프리모 레비는 기억이 얼마나 왜곡되기 쉬운지를 뼈아프게 일깨워준다. 제2차 세계대전 이후에 열린 전범재판에서 나치가 유태인에게 충분히 인간적이었고, 게다가 계몽적이었으며, 더욱이 학살 같은 것은 없었다고 증언하는 유태인들이 있었다. '기억의 왜곡'은 충격적이다. 자신을 죽이려고 했던 사람들을 심판하는 바로 그 재판정에서 피해자 자신이 두둔하거나 심지어 아주 적극적으로 가해자들의 변론을 지지한 것이기 때문이다. 심리적으로는 스톡홀름 신드롬처럼 정신적 방어기제에 의한 한 사례일 이런 증언자들은 어떤 강요나 이익 때문에 단지 그렇게 말한 것이 아니라, 실제로 그렇게 친절한 나치라는 믿음을 가지고 있었다고 한다. 이 점이 중요하다. 기억의 왜곡 가능성. 일반적으로 편견은 그 단순성과 편협함에 힘입어 직접적인 체험으로부터 연유한 것 같은 '인상'을 주지만 상당히 많은 편견은 학습의 결과로서 전유, 확산된다. 가령, 어린 시절에 개에게 물린 적이 있어서 개는 반드시 사람을 문다는 편견을 갖기보다는, 개가 사람을 물었다는 어떤 사실 정보와 개인적인 불안과 두려움 같은 감정이 결합하면서 가짜 기억이 생성될 수도 있다. 불확실성과 두려움 같은 감정은 이러한 편견을 만드는 중요한 조건이며 동시에 기억의 왜곡에도 요긴한 조건이다. 얼마든지 어떤 상상적인 기억을 마치 저 먼 언젠가 경험한 것으로 생각하게 되는 경우가 많다.

하지만 어떻게 이런 일이 가능한 것일까? 그것은 기억의 존재 방식과 관련이 깊은 것으로 생각된다. 직접 경험한 것이든 간접 경험한 것이든 모든 기억은 '기억의 형식'을 갖는다. 형식적 유사성 때문에 직접 경험한 것이 아님에도 불구하고 직접 경험한 것 같은 착각이 드는 경우는 그리 드물지 않다. 가령, 연관도가 높은 이미지들이 있다. '고향'이라는 말은 '부모'(즉, '어머니', '아버지') '전원'이나 '시골'이라는 말과 인접성이 아주 높다. 더욱 흥미로운 것은 오늘날의 대다수는 자신의 고향이 더 이상 시골 마을이 아님에도 불구하고 저 이미지의 인접성은 여전히 높은 것이다. 필자는 이러한 현상이 김소월의 시들(「엄마야 누나야」)이나 정지용의 시 「향수」와 같은 텍스트의 영향이라고 생각한다. 김소월이나 정지용 이후 고향과 시골, 어린 시절과 농가적인 풍경을 결합시키는 텍스트는 무수히 재생산되어 왔다. 이러한 재생산이 일종의 공유 기억을 이루고 있는 것이다. 기억의 존재 방식, 곧 기억의 형식이 유사하기에 우리는 간접경험을 직접 경험으로 혼동하기도 하고, 직접 경험을 다른 경험으로 변주시킬 수도 있다. 간접 경험이 직접 경험으로 혼동된 것이 기억의 왜곡이라면, 직접 경험을 인위적으로 변형시키는 것이 거짓말이기도 하고 나아가 예술적 승화의 한 방법이기도 하다. 이렇게 기억의 존재 방식(형식)은 곧 경험의 재현 형식이기도 하다.

고백의 최대치

우리는 시 속에서 어떤 단일한 화자가 자신의 경험을 들려주는 방식에 익숙하다. 그래서 통상적으로는 시의 화자는 시인 자신으로 이해되는 경향이 있다. 보다 길고 입체적인 이야기의 전개가 이루어지는 소설 같은 장르에서는 서술자와 주인공을 확연히 구분하는 전통이 있지만 시는 오랫동안 '일인칭의 고백'이라는 전통 속에서 이해되어 왔다. 엄밀하게 말하면 시에서 화자의 위상은 자연인으로서의 시인보다 그 범위가 좁다. '일인칭의 고백'이라는 형식 자체는 진술한 고백이 주는 감동을 줄 수도 있지만 형식적으로는 그러한 고백 내용을 자기중심적으로 의례화할 가능성도 가지고 있다. 그래서 전통적인 서정성의 범주가 부정되기도 하고 시의 관형화된 형식을 부수려는 일삼는 '운동'이 나타나기도 하는 것이다. 자기중심적이고 자기 만족적인 고백담을 넘어서기 위해서는 '경험'과 '고백'의 형식에 대한 준열한 자각이 필요하다.

그날 아버지는 일곱시 기차를 타고 금촌으로 떠났고
여동생은 아홉시에 학교로 갔다 그날 어머니의 낡은
다리는 퉁퉁 부어올랐고 나는 신문사로 가서 하루 종일

노닥거렸다 전방은 무사했고 세상은 완벽했다 없는 것이

없었다 **그날** 역전에는 대낮부터 창녀들이 서성거렸고

몇 년 후에 창녀가 될 애들은 집일을 도우거나 어린

동생을 돌보았다 **그날** 아버지는 미수금 회수 관계로

사장과 다투었고 여동생은 애인과 함께 음악회에 갔다

그날 퇴근길에 나는 부츠 신은 멋진 여자를 보았고

사람이 사람을 사랑하면 죽일 수도 있을 거라고 생각했다

그날 태연한 나무들 위로 날아 오르는 것은 다 새가

아니었다 나는 보았다 잔디밭 잡초 뽑는 여인들이 자기

삶까지 솎아내는 것을, 집 허무는 사내들이 자기 하늘까지

무너뜨리는 것을 나는 보았다 새점 치는 노인과 편통의

다정함을 **그날** 몇 건의 교통사고로 몇 사람이

죽었고 **그날** 시내 술집과 여관은 여전히 붐볐지만

아무도 **그날**의 신음 소리를 듣지 못했다

모두 병들었는데 아무도 아프지 않았다

— 이성복, 「그날」 전문(강조는 인용자)

그날 도대체 무슨 일이 일어났는가? 가족들의 신변잡기와 '나'의 시선을 통해 목격된 여러 장면들, 예컨대 역전의 창녀들, 부츠 신은 여자, 나무들 위로 날아오르는 새들, 집을 허무는 사내와 잡초 뽑는 여인들, 새점 치는 노인 등은 '그날'을 특별한 날로 만들 만한 어떤 대상들이 아니다. 그저 필부필녀들의 일과요, 평범하기 짝이 없는 풍경들이다. 그런데, 그는 이러한 세계를 "완벽"하다고 쓰고 있다. 아마도 이 완벽과 완전은 70년대의 어느 날, 80년대의 어느 날을 그리기에 모자람이 없다는 의미에

서의 '완벽'이지 이상적인 세계라는 뜻이 아닐 터이다. "없는 것이 없었다"는 말은 그래서 아이러니컬하다. 이 완벽하게 70년대적인 풍경의 하루는 그래서 무언가 완벽하지 않은 이 완벽함으로 인해 의문에 부쳐진다. 전반부에 가족서사를 깔고 있음에도 불구하고 시 전체에 만연한 불모성은 일상적인 풍경을 가로지르며 솟아오르는 이 이상한 광기와 폭력성을 통해서 극대화된다. 아무 일도 일어나지 않아서 충분히 사건적인 이 시의 후반부엔 불모성 위에 내던져진 한 조각의 삶이 새점 치기와, 교통사고, 성업 중인 주점과 여관을 통해서 폭로된다. '아프다'는 자각조차 불가능한 이 비루한 삶은 일종의 병듦의 상태로 진단된다.

이 시를 포함한 시집 전체가 하나의 전위성을 상징하지만, 이 시의 새로움과 파격은 이러한 능란한 서술들 위에서 빛난다. 이 시는 '나'를 내세우는 기억의 형식으로 '그날'의 사건적인 정황을 서술하지만, 그 서술들은 개인적인 체험영역을 비추면서 동시에 사회적인 체험공간을 만들어내고 있다. 그리고 가장 일상적인 장면들을 통해서 가장 난폭한 장면들을 만들어낸다. "집일을 도우거나 어린 동생을 돌보"는 여아들이 몇년 후에 창녀가 될 거라는 이 난폭한 진술은 지금 창녀들이 몇 년 전에는 집일을 돕고 어린 동생들을 돌보았던 사실과 관계되지만 결과적인 사태를 운명적인 예견으로 바꿔낼 때 이 시간은 이미 자기 긍정과 반등을 꾀할 수 없는 죽은 시간이라는 것을 아프게 드러낸다. 잡초를 뽑으면서 자기 삶을 솎는다거나, 집을 허물면서 자기 하늘을 무너뜨리는 것 역시 모든 것이 있지만 결정적인 것이 없는(빠진) 그날의 사태를 잘 변주한다. 시는 그 결정적인 것을 '아프다'는 자각이요, 인간으로서의 존엄이라고 말하는 듯하다. 그 존중과 존엄에 기대지 않는다면 사랑조차도 강간이나 살인과 다를 바가 없다는 것을 카뮈의 한 소설적인 목소리를 빌려

동네 뒷산을 산책 중인 이성복

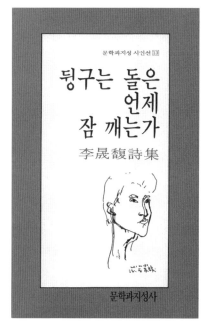

이성복 첫 시집 표지

재현하고 있다. 어떤 절망은 그것이 절망인 줄도 모르고 만연하며, 어떤 희망은 희망인 줄도 모른 채 날개가 꺾이고 있다.

새롭고 도전적인 시들은 언제나 경험의 형식에 충실하기만 한 것이 아니라, 경험의 형식을 의심하고 질문하는 과정에서 만들어진다. 「그날」은 특정한 사건을 중심으로 하나의 감정을 집중시키거나 토로하는 시가 아니다. 이 시는 오히려 감정을 괄호치고 오히려 어떤 감정의 주인이 될 수 없는 상태를 표현한다. 그래서 죽음과 고통이 즐비하지만 그 앞에서 무감각한 삶이 곧 불모의 삶이라는 것을 폭로한다. 그리고 그 불모성에 대한 자각을 일종의 가능태로 제시한다. 어떤 일이 벌어져도 '그날'은 평범하지만, 난폭한 운명 앞에서 어떤 저항조차 할 수 없음 자체에서 폭력성을 본다. "창녀가 될 애들"과 "사랑하면 죽일 수도 있"음은 지금 그러한 사태가 벌어진 것이 아니라, 장차 그러한 사태가 벌어질 것이거나 벌어질 수도 있음으로써 더 절망적이다. 이 가능성이 시제상으로 과거 시점의 어느 날인 '그날'을 1970~1980년대 삶의 총체적 비전으로 바꿔낸다. "모두 병들었는데 아무도 아프지 않았다"

는 말은 라이프니츠적인 단자로 이 암울한 비전을 응축하고 있다.

문제는 경험이 아니라 재현이다

그러므로 우리는 경험이 문제가 아니라 경험의 형식이 문제이고, 경험의 형식이 곧 재현의 형식인 한에서 재현의 방법이 결국 문제라고 말할 수 있다. 재현 방법을 통해서 경험의 내용을 성찰하는 것이 시의 방법론이며, 고백의 장르인 시를 통해서 맛볼 수 있는 각성과 반성일 것이다. 들려주는 고백이 시라면, 그 시가 기대는 형식이 곧 그 시가 마주하고 있는 현실이자 경험이다. 설명은 진부하고 길어질 수밖에 없는데 질문은 질문을 유발하는 맥락과 상황을 한꺼번에 끌어온다. 그래서 시에서는 좋은 질문이 중요하다.

> 한 여자 돌 속에 묻혀 있었네
>
> 그 여자 사랑에 나도 돌 속에 들어갔네
>
> 어느 여름 비 많이 오고
>
> 그 여자 울면서 돌 속에서 떠나갔네
>
> 떠나가는 그 여자 해와 달이 끌어 주었네
>
> 남해 금산 푸른 하늘가에 나 혼자 있네
>
> 남해 금산 푸른 바닷물 속에 나 혼자 잠기네
>
> — 이성복, 「남해금산」 전문

「남해 금산」에는 '사랑'에 대한 질문이 있다. 사랑이 무얼까요? 처음의 두 행에서는 사랑이란 무릅쓰는 마음의 결기 같은 것이라고 말하는 듯하다. 돌 속에 묻혀 있는 여자를 사랑하여 '나'는 돌 속으로 들어간다. 그런데, 정작 어느 비 많이 온 여름날 여자는 돌 속에서 떠나가 버린다. 이것은 대상애일까? 어떤 무릅씀과 각오, 무모함을 통해서 사랑은 서로 다른 두 개의 차원을 하나로 엮는다. 그러나 두 개의 차원이란 역시 서로 다른 '두 개의 차원'일 수밖에 없다. 두 존재는 아득한 겹침이 있어도 결국 다른 존재다. 어떤 겹침이 주는 희열과 열락이 있다면 그것은 애초에 다른 존재이기 때문에 가능한 것이다. 다름이 전제되어야 비슷하다는 말이 성립하는 것처럼. 일곱 행밖에 되지 않는 짧은 시인데, 이 시는 사랑이 다른 두 존재를 결속시킬 수 있는 것만큼이나 그 다름을 어떻게 견디느냐가 중요하다는 문제의식으로도 읽힌다. 사랑은 어떤 이질적인 존재도 이어붙일 수 있다가 아니라 전혀 이질적인 존재를 품은 상태, 곧 어떤 병적인 열뜸이 아니냐고 질문한다. 그 다름 위에서 사랑은 치욕이 되기도 하고, 병적인 망아의 상태가 되기도 한다. 고통이 기쁨으로 바뀔 수 있는 유일한 영토가 사랑이기도 할 것이다. 그 다름 때문에 엇갈릴 수밖에 없는 것이 사랑이라면, 혼자 남겨질 수밖에 없는 것이 근원적인 존재의 자리다. 하나가 되는 희열감이 클수록 다름의 자리로 가라앉는 권태의 늪도 깊을 수밖에 없다. 그 이별의 순간에 떠나가는 사람을 "해와 달이 끌어 주었"다고 말할 수 있다면 그것은 한없이 깊은 사랑이라고 할 수 있을 것이다. 그래서 「남해금산」은 사랑의 두 가지 비전을 같이 보여 준다. 하나는 사랑하고 있는 사람이 껴안을 수밖에 없는 캄캄한 격절감과 이질감이고, 다른 하나는 오히려 이별을 통해서 완성되는 지극한 그리움과 연모, 축원의 마음이다.

　앞서 재현 방법을 통해 경험 내용을 성찰하는 것이 시의 방법론이라고 이야기한 바와 같이, 이 짧고 간명한 시는 (하늘과 맞닿은) 망망한 바닷물의 출렁임 속에 잠기는 '나'를 통해 슬픔을 물질적으로 체감케 하고 그 슬픔에서 인간의 근원적인 존재의 바탕을 찾고 있다. 왜냐하면 시에서 제시된 두 비전 중 어느 것으로 보든 사랑은 그 희열감만큼이나 그 반대쪽의 고독과 소외감을 견디지 못하면 성립되거나 유지되지 못하기 때문이다. 그러니까 이 시는 사랑으로 인한 슬픔을 감당하고 기꺼이 혼자 잠기는 태도를 견지함으로써 깊은 사랑의 마음을 지켜내는 것이다. 더군다나 돌과 물 같은 세계로 드나드는 시의 언술들은 현세의 인간에게 허락된 신화적 시공간처럼 보인다. 신화의 시간은 수십 수백의 시간을 마치 한 순간처럼 표현함으로써 감정을 절대적인 대상으로 체감하게 만든다.

상상력, 재현 불가능을 향한 모험

경험의 시학이란 결국 재현방법의 문제일 수밖에 없으며, 재현의 형식을 되물으면서 경험의 내용을 성찰하는 시의 방법론을 이성복의 시 2편을 통해서 살펴보았다. 그럼에도 불구하고 이렇게 새롭고 급진적인 시들은 계속 유지되고 갱신될 필요가 있다. 보편적인 생각과 특수한 느낌을 결합하는 것이 상상력이듯 같음과 다름에 대한 명철한 분별력이 없으면 상상력은 발전할 수 없다.[1]

---

1   보편적인 생각이 특수한 느낌과 결합될 때에 상상력이 나타난다. 생각과 느낌이 서로 분리될 수 없도록 종합된 상태가 상상력이 활동하는 상태이다. 문학작품에 표현된 생각은 누구나 다 알 수 있는 쉬운 내용이지만, 그것이 단순한 생각이 아니라 느낌과 결합된 상상력이기 때문에 작품을 읽는 사람은 깊은 정서적 체험을 겪게 되는 것이다. 김인환, 『문학교육론』, 한국학술정보, 2006, 85쪽.

화가가 되고 싶었다. 대학 때는 국문과를 그만 두고 미대에 가야 한다고 생각했다. 4년 내내 그 생각만 하다가 결국 못 갔다. 병아리를 키워 닭이 되자 그것으로 삼계탕을 끓였는데 그걸 못 먹겠다고 우는 사촌을 그리려고 했다. 내가 그리려는 그림은 늘 누군가가 이미 그렸다. 짜장면 배달부라는 그림. 바퀴에서 불꽃을 튀기며 오토바이가 달려가고 배달소년의 머리카락이 바람에 나부끼자 짜장면도 덩달아 불타면서 쫓아갔다. 나는 시 같은 걸 한 편 써야 한다. 왜냐구? 짜장면 배달부 때문에. 우리들은 뭔가를 기다린다. 우리는 서둘러야 하고 곧 가야 하기 때문에. 사촌은 몇 년 전에 죽었다. 심장마비였다. 부르기도 전에 도착할 수는 없다. 전화 받고 달려가면 퉁퉁 불어버렸네. 이런 말들을 한다. 우리는 뭔가를 기다리지만 기다릴 수가 없다. 짜장면 배달부에 대해서는 결국 못 쓰게 될 것 같다. 부르기 전에 도착할 수도 없고, 부름을 받고 달려가면 이미 늦었다. 나는 서성일 수밖에 없다. 나는 짜장면 배달부가 아니다.

— 최정례, 「나는 짜장면 배달부가 아니다」 전문

이 독창적이고 재미있는 시의 제목은 사실은 그림의 제목이라고 한다. 짜장면도 오토바이도 없이 불꽃이 튀는 바퀴의 잔향이 담긴 그림을 연상해 보게 된다. 시인의 밝은 눈이 저 제목의 그림을 제목과 함께 만났을 때의 유쾌한 감탄이 머릿속으로 그려지는 듯하다. 그만큼 힘있고 유쾌한 문장의 제목이다. 이 시는 가장 일반적인 고백으로 시작하지만 곧이어 그 고백은 특수하고 구체적인 예술적 경험과 상상으로 전복된다. 가지 않았거나, 총체적으로는 갈 수 없었던 길에 대한 프로스트적인 미련은 그러나 더 이상 그러한 자기만족적인 미망과 향수에만 머무르지 않고, 그 어떤 절망과 낭패감이 다른 길을 선택하게 했던가를 떠올린다. 화가가 되

지 못했던 이유를 복기함으로써 예술가적인
좌절과 절망을 운명적인 싸움으로 바꿔낸다.
'내가 그리려는 그림은 늘 누군가가 그렸다'
는 탄식어린 자각은 야심찬 예술가라면 응당
가질 수밖에 없는 패배감이지만, 이 낭패감은
역설적으로 아무도 그리지 못한 그림을 그리
겠다는 야심과 짝을 이루는 것이기에 이미 예

최정례

정된 것이기도 하다. 하지만 예술적 창조의 시간을 미분할 때에만 감각되
는 불가능과 가능의 경계에는 끝이 보이지 않을 것 같은 기다림과, 막막
한 패배감이 도사리고 있다. 이 패배는 이미 예정되어 있고, 거의 피해갈
수 없는 것이지만, 바로 그 패배가 만들어지는 방식의 발견은 전혀 다른
창의성으로 이어진다. 그래서 이루어지는 촌철살인이 "부르기 전에 도착
할 수 없고, 부름을 받고 달려가면 이미 늦"은 짜장면 배달부의 시간이다.
시의 화자는 "짜장면 배달부에 대해서는 결국 못 쓰게 될 것 같다"고 고
백하지만, 이미 이 시는 짜장면 배달부의 시간을 잡아채었다. 야심차게
몸을 일으켜세워 낙망감으로 채찍질하며 달려가도 이미 실패가 예견되
어 있지만, 그 모든 서두름이 목숨과 바꾸는 것이 될지라도 저 한 줄의 문
장을 기다릴 수밖에 없는 것이 예술가의 길이다. 실패의 고백으로부터 시
작하지만, 그 실패의 내용과 형식을 재구성함으로써 어째서 실패할 수밖
에 없었는지를 발견하는 것은 가장 좋은 창작의 한 사례이기도 하다. 누
군가는 "퉁퉁 불어버렸"다고 힐난할 수 있겠지만, 이 낮은 탄식이 없으면
그 누구도 새로움의 세계에 입장할 수는 없다. 경험 영역 밖의 경험을 시
적으로 전유하는 사례를 한 편의 시를 통해 더 살펴보자.

물총새 한 마리가 물속을 노려본다.

물고기들의 등에는 물속 바닥의 색이 새겨져 있다

물총새가 고르고 있는 물속의 움직임들.

난데없이 하늘에서 뭔가가 떨어져 자신을 채여 갈 때

검독수리에게 채여 간 어린 양의 기분은 어떨 것인가.

등허리를 붙들린 채 지표면 위로 떠올라 내려다보는

검독수리의 시선과 제 무리의 문양들.

꽉 막힌 사차선 도로에 붙박인 채

바라보는 네비게이션의 버드뷰.

그러므로 다른 차량의 끼어들기에 대해

사소한 시비 끝에 유치장으로 간 운전자들은

자기도 모르게 잠깐 포식자의 시선을 빌렸던 것이다.

— 이현승, 「Bird View 2」 전문

시의 제1연에는 물총새의 사냥과 그 물총새의 공격으로부터 살아남기 위한 물고기들의 자연 진화가 나타난다. 제2연에는 마찬가지로 검독수리가 어린 양을 사냥하는 장면이 나온다. 제1연과 제2연 모두 포식자로서의 새의 모습이 나타난다. 물고기의 배는 물고기의 포식자가 보통 물고기의 아래쪽에서 노릴 때 배의 색과 물고기의 배경색인 물에서 보는 하늘빛 색과 비슷한 색이고, 마찬가지로 물고기의 등허리 색은 물고기의 포식자가 물고기의 위쪽에서 볼 때 물 속 바닥의 색과 유사한 색이다. 보호색인 것이다. 수중생물들과는 다르게 지상의 동물들은 보호

색보다는 무리를 지어 다니면서 스스로를 보호하는 전략을 쓴다. 그러다 무리로부터 떨어지게 되는 새끼 양은 곧장 검독수리의 먹잇감이 된다. 이 시는 이 밋밋한 장면에 새로운 해석적 사실을 추가함으로써 새로운 국면을 만들고자 한다. 그것은 양이 독수리에게 채여 올라가면서 비로소 독수리의 시점을 전유한다는 가정이며 상

이현승

상이다. 물론 이것은 전적으로 양의 관점이 아니다. 왜냐하면 양이나 독수리 같은 본능적인 삶을 사는 동물들이 이렇게 사소한 경험들을 지식으로 바꿔내지는 않을 것이다. 그러므로 이솝 우화의 주인공들이 동물들이 아닌 것과 마찬가지로 이 시의 시점은 독수리나 양의 시점이 아니다. 그것은 독수리나 양의 시점을 전유한 인간의 시점이다. 어떤 의미에서 그것은 제3연의 시적 전개를 염두에 둔 것이기도 하다.

꽉 막힌 도로 위에 있는 사람들을 상상해 보자. 시간은 급한데 길은 막히고 답답함과 짜증이 스멀스멀 피어오르는 이 도로라는 곳에서 결국은 갈증을 이기지 못한 밀림의 어린 누처럼 누군가를 법과 도덕의 권유를 뿌리치고 끼어들기를 시도하거나 앞지르기를 시도한다. 세상에는 누구든 더 다급한 사람이 있게 마련이지만, 심리적으로 덜 급한 사람은 적을 것이기에 막힌 도로는 통상 각박하고 야박한 공간, 피해의식과 분노의 감정공간이 되곤 한다. 그런데 재밌는 것은 내가 남보다 더 급하다는 판단은 어떻게 가능한 것일까? 인용시의 제3연은 그것을 질문하고 있다. 막힌 도로 위의 운전자들은 이미 주차장으로 변한 눈앞의 도로, 그리고 네비게이션의 3D 화면을 번갈아 보면서 그러니까 하나의 정물로서의

도로와 목표지점으로 가는 경로로서의 도로라는 대상의 이중적인 속성을 오가다가 눈앞의 그림에 함몰되고 만다. 그래서 다른 차량의 끼어들기를 다급한 처지로 이해하기보다는 그저 몰염치하고 상습적인 행위로 여기게 된다. 그리고 옥신각신 신경증적인 줄다리기를 하다가 급기야는 폭발한다. 늦었다는 생각과 느낌이 내적으로 비등할수록 눈앞에 늘어선 차들은 같이 늦은 사람들이 아니라, '나'를 늦도록 만든 일종의 장애물로 인식하게 된다. 도반을 경쟁자나 장애물로 인식하는 이러한 상상력은 고도경쟁사회의 개인을 공격하는 항상적인 위협이자 공포감이다. 어쨌거나 물리쳐야 할 적이나, 넘어서야 할 장애물, 극복해야 할 대상이 되는 순간에서부터 포식자의 내면을 전유하는 데까지 나가는 것은 그리 어려운 일이 아니다. 포식의 모티프는 우리가 살고 있는 공간을 일종의 정글로 은유하는 것을 도와주어 도시공간 안에 정글이 나타나는 상상의 과정을 보여준다. 앞서 잠깐 이솝 우화 이야기를 했지만, 동화나 동시에서의 화자 역시 마찬가지다. 화자가 실제로 어린 경우도 있겠지만, 대부분의 문학작품에서 어린 화자는 성인인 작가의 시선이 분열된 상태로 접합되어 있다.

사실감 혹은 영향력

시는 경험을 상상적으로 재현(재구성)한다. 경험이 시를 통해서 전달하는 어떤 경험내용 일반을 말한다면 상상이란 그 경험을 전달하기 위한 보다 형식적인 틀을 가리킨다. 상상력이란 사실을 더욱 톺아보게 하는 돋보기 같은 것이요, 그렇게 전달되는 경험은 일종의 증강현실이라고 하겠다. 사실과 사실감에 대한 가장 일반적인 오류는 사실이 그 자체로 자명하고 충분하다고 생각하는 데서 온다. 그러나 이러한 착각과는 달리 사실은 사실을 사실이게 하는 어떤 신념 체계나 정황적인 맥락과 함께 있다. 종종 이런 기사를 접할 때가 있다. 『직지심체요절(백운화상초록불조직지심체요절)』(1377)보다 몇 십 년은 빠른 금속활자본이 발견되었다거나, 주요한의 「불놀이」보다 더 이른 자유시가 발견되었다거나 하는 기사들. 최초를 교정하고 싶은 욕망은 그렇게 태어난다. 그러나, 이런 기사들이 정사의 교정까지 나아가는 경우는 흔치 않다. 가령 기록상으로는 『직지심체요절』보다 144년이나 빠른 금속활자본이 있다고 전해지고, 기록물을 뒤지다보면 「불놀이」보다 더 이른 시기에 자유시형에 근접한 어떤 텍스트가 발견될 수 있다. 그러나 단순히 '더 먼저'가 중요한 것은 아니다. 사료적 가치가 있어야 한다. 나아가 파급력, 영향력이 있어야 한다. 시와 문학에서는 직접 경험보다는 그것의 상상적 변용으로서 잠재성이 더 중요하다. 그것이 개연성probabillity이란 말의 의미이기도 하다.

인쇄술의 발달은 종교와 관계가 깊다. 동서양을 막론하고 금속 활자를 이용한 인쇄술은 모두 경전의 인쇄라는 목적을 위해서 고안된 것이었지만 금속활자를 이용한 경전의 인쇄는 동양과 서양에서 각각 전혀 다른 결과를 가져왔다. 구텐베르크의 성서보다 78년이나 빠른 『직지심체요절』이나, 문헌에 기록으로만 존재할 뿐이지만 『직지심체요절』보다 144년이 빨랐다고 전하는 『상정고금예문』(1234)의 경우는 그 인쇄가 중세적 질서를 확립하거나 강화하는 데 쓰였다. 그러나 구텐베르크의 인쇄술은 종교혁명을 불러왔고, 동시적으로 민족어의 수립과 발달을 가져왔으며 그 결과로 근대적인 혁명의 기초가 되었으니 근대 전체의 초석이 되었다고 해도 과언이 아니다. 구텐베르크의 인쇄술은 결국 모든 인쇄술의 보편적인 발전에 기여하고 또한 이로 인하여 근대 사회 전반의 변혁에 이어졌기 때문에 더 많은 파급효과를 낳았다. 주요한의 「불놀이」보다 앞선 서정시가 있어도 마찬가지다. 어떤 우연한 하나가 아니라, 지속적인 영향력의 기원이 되는 구체적인 무엇이어야 한다. 그러니까 그 지속적인 영향력을 입증할 수 없다면 결국 자유시의 기원에는 주요한의 「불놀이」가 있을 뿐이다.

파급력과 영향력을 가지지 않은 사실이 사실로서 가치를 가질 수 없듯이 우리가 경험과 상상을 재구성하고자 할 때에는 사실의 세계가 주는 중력과 상상력이 가져다주는 부력의 균형을 잘 맞추어야 한다. 경험에 충실하다는 것과 경험에 함몰된다는 것은 다르다. 또한 경험을 넘어서는 것과 경험에 매인다는 것은 다르다. 그리고 그 균형의 어려움을 우리는 질풍노도시대의 독일 극작가 프리드리히 쉴러의 다음과 같은 말에서 살필 수 있을 것이다.

기술자가 시계를 고칠 경우에 그는 톱니바퀴를 멈추게 합니다. 그러나 국가라는 살아 있는 시계는 계속 움직이는 동안 고쳐야 하고 돌아가는 톱니바퀴를 작동 중에 갈아끼워야 합니다.

— 프리드리히 쉴러, 안인희 역, 『인간의 미적 교육에 관한 편지』, 청하, 1995, 21쪽.

제3장

시에서의 일상성과 현대성

윤의섭

일상성의 확산과 현황

오늘날의 시가 피부로 느껴지는 주변의 소소한 일상을 주된 모티프로 다루기까지는 꽤나 복잡한 과정을 거쳐 왔다. 시의 일상성이란 말 그대로 우리의 평범하고 실생활적인 삶의 모습이 시에 담겼다는 뜻이다. 오늘날 시의 일상성은 '일상'이 새로 만들어져 등장한 것이 아니라 시에 '일상'을 끌어들이면서 확산되었다. 이러한 시의 일상성이 일상적인 것으로 확산되기까지는 주로 비일상적인 모티프를 다루던 시대와 점진적인 결별의 시간을 거쳐야 했다. 이를 좀 더 쉽게 이해하기 위해 편의상 비일상적인 모티프를 다루던 시대를 거시 담론의 시대로, 일상적인 모티프를 다루는 오늘날을 미시 담론의 시대로 구분 짓고자 한다. 그렇다고 해서 오늘날 거시 담론과 미시 담론이 완벽히 분리되어 있다는 것은 아니다.

우리의 시문학사에서 1900년대부터 1980년까지는 거시 담론이 주류를 이루던 시대로 규정할 수 있다. 그것은 우리의 시의식이 이데올로기나 정치, 역사의식 등으로 세계를 대하는 근대역사에서의 큰 틀 속에서 형성되고 투쟁하며 분열하고 고착되는 과정을 거쳐 왔다는 것을 의미한다. 일제 강점기의 민족의식, 한국전쟁 이후의 실천적 참여와 순수예술 지향, 독재에의 저항과 민중의식 등은 소소하고 사소한 주변 일상, 매일 겪는 생활의 모습, 하루하루를 겪는 개인 경험과 같은 일상적 모티프와는 거리가 있는 시의 거시적인 지향성을 보여주고 있다.

물론 1980년대 이후에도 이러한 거시 담론의 자장 속에서 비일상적인 모티프를 다루는 시가 민중시, 노동시 등으로 불리며 나타났지만 1980년대 초에 일상적인 모티프를 다룬 초기적 양상을 보이는 시가 등장한다. 예컨대 이성복의 「그날」 같은 시가 그것이다.

1970년대 말 산업화가 가속화되던 시기에 도시에서 벌어지는 암울한 일상이 전개되고 있는 이성복의 「그날」은 시의 세계가 거시 담론에서 미시 담론으로 넘어가는 분기점에 위치하고 있다. 당시 현실 사회에 대한 부정적 전망이 포괄적으로 내재되어 있다는 점에서 거시 담론의 세계관이 보이지만 거창한 의식이나 사상을 역설하지 않고 도시의 현실을 끌어들여 일상의 상징성에 시선을 두고 있다는 점에서는 미시 담론의 징후를 보이고 있는 것이다. 1980년대를 거치면서 확산된 도시화로 인해 우리의 일상생활은 점차 농경생활의 배경을 이루는 자연이 아닌 도시에서 이루어지게 되었다. 시의 일상성은 삶의 도시화와 무관하지 않다. 사회, 정치, 사상 등과 관련된 거시 담론과 함께 산업화 이전의 농경 중심 사회에서 나타나는 자연관, 자연의 순리, 자연에 대한 이상향 의식 등과 같은 거시 담론적인 의식이 도시 생활을 경험하면서는 매일매일 맞부딪치는 눈앞의 현실에 대해 세심하게 반응하는 미시 담론적인 의식으로 변화해 간 것이다. 도시는 1930년대에도 발전해 있었고 1970년대에도 화려하게 존재했지만 도시에 대한 동경이 커지고 이후 생활의 중심이 되면서 우리 일상의 거의 전부인 것으로 부각된 것이다. 그렇기 때문에 시의 일상성은 일상이 벌어지는 도시가 생존공간의 기능을 하는 만큼 현대인의 존재성을 다양하게, 그리고 세밀하게 드러내고 있다.

> 그리고 나는 우연히 그곳을 지나게 되었다
>
> 눈은 퍼부었고 거리는 캄캄했다
>
> 움직이지 못하는 건물들은 눈을 뒤집어쓰고
>
> 희고 거대한 서류뭉치로 변해갔다
>
> 무슨 관공서였는데 희미한 불빛이 새어나왔다
>
> 유리창 너머 한 사내가 보였다
>
> 그 춥고 큰 방에서 書記는 혼자 울고 있었다!
>
> 눈은 퍼부었고 내 뒤에는 아무도 없었다
>
> 침묵을 달아나지 못하게 하느라 나는 거의 고통스러웠다
>
> 어떻게 해야 할까, 나는 중지시킬 수 없었다
>
> 나는 그가 울음을 그칠 때까지 창밖에서 떠나지 못했다
>
> 그리고 나는 우연히 지금 그를 떠올리게 되었다
>
> 밤은 깊고 텅 빈 사무실 창밖으로 눈이 퍼붓는다
>
> 나는 그 사내를 어리석은 자라고 생각하지 않는다
>
> — 기형도, 「기억할 만한 지나침」 전문

'일상'이라는 말에는 '경험의 반복'이라는 의미도 포함되어 있다. 위

시에서 두 번 나오는 '그리고'는 반복, 지속되는 일상을 상기시킨다. 반복적 일상 속에서 문득 자신의 위상을 성찰하게 되는 순간이 올 때 현대인은 도시생활에 함몰되어 버린 비극적인 자기 존재를 발견한다. '서기書記'와 '나'의 동일시를 유도하며 위 시는 도시의 일상을 비극적 생존의 장으로 치환하고 있다. 적어도 1990년 중반까지 시에서의 일상성에는 현대사회가 겪는 도시화와 일상에 대한 비판적 의식이 드러나고 있다. 최승호의 『세속도시의 즐거움』(세계사, 1990)에서 보이는 도시문명과 세속적 일상에 대한 비판의식은 이제 막 가속화되고 있는 도시화와 일상성에 대한 경계를 드러낸 것이다. 그것은 과거 거시 담론의 세계관에 대한 향수와 그것으로부터 멀어지고 있는 것에 대한 불안이 작용하고 있기 때문이다. 이러한 과도기를 넘어서면서 우리의 시에서 도시화와 일상성은 전면적이고 당연한 것으로 인식되어 갔고 동시에 그것에 대한 비판의식의 절정은 예봉이 무뎌져 갔다.

> 김과장이 도피하는 곳은 구로공단의 어느 건물 안
>
> 일명 ○○회사에는 사장과 전무와 부장
>
> 동료 과장들과 남녀 직원들이 있다
>
> 그들도 김과장처럼 도피하는 중인지는 알 수 없지만
>
> 일단 이 건물에 들어오면 안심하는 표정들이다
>
> 그렇게 도피하자마자 문서 속으로 컴퓨터 속으로
>
> 회의 속으로 전화 속으로 다시 도피한다
>
> 또 계산기에 파묻혀 있으면 예리한 시간도 그리 아프지 않다
>
> 숫자를 이리저리 맞추어보고
>
> 바쁘고 정신없다는 말 속에 깊숙이 숨어 있다 보면

점심 시간이다 조금 있다가 퇴근 시간이다

실업자가 아니라는 알리바이를 가지고

적당히 피곤하다는 듯이 그러나 보란 듯이 당당하게

김과장은 집에 들어온다 밥을 먹을 수 있는 허기와

어둠에 묻혀 가장의 자리에 무사히 안착이다

— 김기택, 「김과장」 부분

회사를 도피 장소로 생각할 만큼 직장 생활의 일상은 삶의 전면을 점령하며 주객이 전도된 현대인의 정체성을 새롭게 규정하도록 한다. 1990년대를 관통하며 2000년대에 이르기까지 시에서의 일상성은 점차 '일상'을 자본주의 사회의 폐단으로 보거나 비판적으로만 대하지는 않고 있다. 시는 일상 속에서 살아가는 우리의

김기택

정체성과 존재성을 기존의 거시 담론의 세계관으로 인식하지 않고 변화된 틀과 가치관을 통해 재규정하며 변화된 삶의 방식에 적응하는, 이전 시대로부터 진화된 양상을 보여주고 있는 것이다. 일상을 일상으로서만 드러내는 시는 무의미한 것이어서 오늘날 보이는 시의 일상성에도 비판적 태도와 선별 의식이 함의되어 있긴 하지만 1990년대를 전후한 '일상'에 대한 인식과는 차이가 있다. 거대 담론에 반향하는 미시 담론의 세계관에 대한 거부감이 내재된 비판의식이 1990년대 전후 시에서의 일상성이 갖는 성격이었다면 2000년대와 2010년대 이후의 시에서 일상성은 일상에 함몰되어 있는 가운데 개인과 세계의 관계성에 대한 자조적

이고 숙명적인, 때론 비관적인 의식을 보여주고 있다. 이러한 양상은 기존의 비판의식을 통한 초극 지향이라는 방향성과는 다르게 자기 내부를 지향하거나 아예 아무것도 지향하지 않는 내성이 생긴 상태라고 할 수 있다.

공원 벤치에 앉아 크림빵 먹는 남자에게
다른 남자가 다가와
단팥빵 하나 건네주는 풍경

공원벤치에 앉은 두 남자가 빵 먹는 풍경을
개가 침 흘리며 바라보는 풍경
말없이

세계 망하고
잠자다 깬 사람 다시 자도 되고
듣기 싫은 음악 안 들어도 되고
그럴 때까지

인생이 섬망이라 여겼던 사람이 섬망에서 해방될 때까지
영혼 없어서 영혼 없는 말도 없고
말 없어서 없는 영혼도 없을 때까지

공원이라는 개념이 없을 때까지
인류의 무덤이 기념품 같을 때까지

말없이 두 남자가 크림단팥빵을 먹고 있고

개의 영혼이 침 흘리며 이탈하고 있다

— 송승언, 「기계적 평화」 전문

공원에서의 지극히 일상적인 풍경을 보여주면
서 위 시는 그 평화로워 보이는 일상에 내재한 미
래의 종말을 감지해 내고 있다. 시를 통해 잔잔하
게 흐르는 클래식이 들리는 것과도 같은 무의미
한 행위들이 전개되고 있지만 실상 화자는 그러
한 평화로움 속에서 불안과 두려움을 느끼고 있
다. 일상은 반복적인 것이다. 반복이 아니면 일상
이 아니다. 그러나 반복이 계속되는 가운데 우리

송승언

는 그 반복 바깥에 있는, 즉 반복이 깨질 때의 순간에 다가올 무언가가 있
을 것이라는 불안을 늘 갖고 산다. 불확실성의 세계에 사는 현대인들을
두렵게 하는 것은 평화의 지속이 언젠간 깨지지 않을까 하는 막연한 공
포의 심리일 것이다. 보장되어 있지 않은 반복적 일상 속에서 현대인은
그것을 유지하기 위해 늘 긴장할 수밖에 없다. 시에서 나타나듯 일상은
언제나 비일상을 내재하고 있는 것이다.

위 시에서의 일상은 초극 대상도 아니고 다른 무언가를 지향하려는
방향성도 보이지 않고 있다. 현재의 일상이 그러한 모습으로 우리에게
직관적으로 제시되어 있을 뿐이다. 이제 오늘날 일상을 담은 시를 더 이
상 '일상시'라고 말할 필요도 없이 시의 '일상성'은 시의 자연스러운 내
용으로 자리 잡아가고 있다. 이전 시대에 자연에 대한 경외와 감탄을 담
은 시를 굳이 '자연시'라고 말할 필요가 없듯이, 상대적으로 호명된 '일

상시' 역시 작금에는 불필요한 규정이 될 만큼 시의 일상성은 그 기원의
이유에만 의의를 두어야 하는 때에 이르렀다.

일상성의 현대성

우리의 시문학사에서 '현대성'의 개념은 단순하게 규정짓기 어렵다.
서구의 문학이 유입되면서 촉발된 우리 시의 전개 과정은 근대 이전의
'전근대성'과 다른 성격을 보이면서 '현대성'을 구축해 오고 있다. 비교
적 짧은 시문학사이지만 급변하는 역사의 흐름 속에서 시대에 따라 다
양한 양상을 보이며 변화해 나간 것이다. 우리는 '현대성'을 이해하기 위
해 우선 그 용어에 대해 논의를 해야 할 것이다.

우리의 시문학사에서는 1900년대에서 1940년대까지를 '근대성'으로,
한국전쟁을 기준으로 한 1950년대부터 오늘날까지를 '현대성'으로 논
의한다. '근대성'은 '전근대성'과 상대적인 용어이다. '현대성'은 '근대'라
는 말이 갖는 시기적 거리감을 해소시키면서 '당대'를 아우르는 시의성
이 개입된 용어이다. 서구 개념으로서의 'modernity'는 서구의 중세 이
후부터 오늘날까지를 '근대', '현대'로 구분하지 않고 통틀어서 쓰는 용
어이다. 따라서 우리도 '모더니티'라는 용어로 포괄적으로 쓸 수도 있을
것이다. 다만 '현대성'에 대한 논의에서 '모더니티'로 통칭하고자 하면
우리의 '근대성'과 '현대성'이 갖는 세밀한 차이를 담지하지 못하는 경우
가 발생할 수 있다. 한편 '후기 현대성'이라고 할 만한 'post-modernity'
라는 용어는 서구에서 빠르게는 1940년대부터, 일반적으로는 1960년
대부터 쓰이고 있는데, 우리의 경우에는 1990년대 이후의 시기에 적용

되고 있다.

'현대성'으로 통칭하기로 하고 그 개념을 살펴보면 '현대성'은 '전근대성'이 나타나는 시대 이후에 우리 시에서 나타나는 의식이라고 말할 수 있다. '전근대성'을 보인다는 것은 근대과학 이전 시대의 과학·봉건주의·신비주의·주술적 세계관 등으로 성립된 근대 이전의 의식이 있다는 의미이다. 반면 현대문명·현대과학·자본주의·개인주의·진보사관·합리주의 등으로 성립된 근대 이후의 의식이 드러날 때 '현대성'이 있다고 말한다. '현대성'은 전근대와 다르게 현대를 살아가는 우리가 갖는 현대적 의식, 현대적 세계관 등을 의미한다. 우리의 시에서 '현대성'은 미적 자율성, 주체의식의 출현, 세계의 자아화, 이성중심주의, 탈계몽성, 과학적 인식, 자본주의, 사회주의 등의 체제가 반영된 사회, 역사, 정치의식, 민족, 국가에 대한 인식, 지구와 우주 대한 합리적 인식 등을 함의하고 있다. '현대성'에 대한 논의는 말하자면 이러한 의식들이 보이는 시에 대해 '현대적 성격'을 탐구하는 것이다.

시의 일상성과 관련하여 볼 때 '일상성'이 1990년대 이후부터 본격적으로 나타나고 있기 때문에 일상성은 '후기 현대성'을 갖는다고 볼 수 있다. '후기 현대성'은 포스트모더니즘과 관련하여 미시담론·국지주의·탈중심주의·탈식민주의·탈이성주의·신체(몸)에 대한 의식·페미니즘·젠더 의식·탈경계성·다원주의·불확실성·해체주의·니체·푸코·데리다·들뢰즈 등으로 이어는 일련의 철학적 성찰 등을 통해 논의된다.

이러한 '현대성'과 '후기 현대성'을 규정하는 다양한 의식, 인식, 성격들 중 시와 관련하여 볼 때 중요한 성격은 미적 자율성과 탈계몽성이다. 거시 담론의 시대에서 미시 담론의 시대로 갈수록, 농경 사회에서 도시 사회로 갈수록, 전체주의 시대에서 개인주의 시대로 갈수록, 일상성이 지배적인 시대로 갈수록 시에서의 미적 자율성과 탈계몽성은 더욱 강화되는 양상을 보인다. 이는 21세기 오늘날의 시에서 세계와의 단절, 폐쇄성, 자기 타자화, 비지향성, 의식의 사물화 등의 특징으로 나타나고 있다.

이제 편의상 '현대성'으로 용어를 사용하고자 한다. 오늘날의 '후기 현대성'이라는 용어는 언젠가는 시기적 성격이 제거된 채 특정한 현상을 지칭하는 용어로 쓰일 것이고, 시대적으로는 '현대성'으로 포괄될 것이다. 오늘날 우리 시의 '일상성'은 '현대적 성격'을 구축하는 위의 '현대성'(특히 '후기 현대성')의 의식들과 관련하여 찾아볼 수 있다. 일상성의 현대성은 결국 일상성이 현대성을 갖고 있다는 의미이다. 그 중 미적 자율성과 탈계몽성을 보이며 용도성이 폐기된 시의 자기 지시성이 오늘날 시의 일상성이 갖는 현대성의 한 양상이라고 할 수 있다.

> 이 책은 새를 사랑하는 사람이
> 어떻게 새를 다뤄야 하는가에 대해 다루고 있다
>
> 비현실적으로 쾌청한 창밖의 풍경에서 뻗어
> 나온 빛이 삽화로 들어간 문조 한 쌍을 비춘다
>
> 도서관은 너무 조용해서 책장을 넘기는 것마저
> 실례가 되는 것 같다
> 나는 어린 새처럼 책을 다룬다
>
> "새는 냄새가 거의 나지 않습니다. 새는 스스로 목욕하므로 일부러 씻길
> 필요가 없습니다."

나도 모르게 소리 내어 읽었다 새를

키우지도 않는 내가 이 책을 집어 든 것은

어째서였을까

"그러나 물이 사방으로 튄다면, 랩이나 비닐 같은 것으로 새장을 감싸 주
는 것이 좋습니다."

나는 긴 복도를 벗어나 거리가 젖는 것을 보았다

— 황인찬, 「구관조 씻기기」 전문

도서관에서 책을 읽고 있는 사소한 일상을 다룬 시다. 시가 지시하는 방향성은 외부에 있지도 않고 그렇다고 자의식을 드러내려는 노력도 보이지 않는다. 시는 시 차제로서 외부와 단절된 세계를 구축하고 있다. 동시에 시적 주체는 자신을 타자화하여 '새'로 볼 수 있도록 유도한다. 이 시의 일상성은 우리의 삶에서 큰 사건이나 대단한 문제가 흔하게 발생하지 않는다는 점을 환기시킨다. 반면

황인찬

에 현대인의 일상의 삶은 자기 자신에게 집중하고 종종 소통이 단절된 상황에 처하기도 하며 매번 관심을 둘 만한 중요한 의미를 갖는 일도 별로 없는 것이어서 위 시에 나타난 것처럼 어떤 깨달음조차 자기 정체성을 잠깐 돌이켜보는 역할을 할 뿐 사소한 듯 스쳐간다. 자기 타자화나 의식의 사물화 양상은 인터넷 등으로 연결되어 있는 사회망 속에서 오히려 개인 정보망에 폐쇄적으로 몰입하고 있는 현대인의 단독자적인

행동방식의 산물이다. 자기 세계 속에서 삶을 영위하는 일상을 담아내고 있는 오늘날 시의 일상성은 현대인의 삶의 방식을 그대로 끌어들이고 있다.

여자는 베란다에서 시체를 손질하고 있다. 포장지에는 45년産 무덤에서 갓 직송된 것이라고 적혀 있다. 얼굴이 아주 싱싱하게 낡아 있다.

속을 말끔하게 파낸 45년을 세탁기에 넣고 돌린다. 여자는 적당하게 탈수된 45년의 낡은 얼굴에 백과사전에서 본 45년식 이목구비를 그려 넣은 뒤 45년 속으로 들어간다. 45년의 손가락에 손가락을 밀어 넣고 45년의 발가락에 발가락을 밀어 넣는다. 45년의 눈에 눈을 대고 초점을 맞춘 뒤 카메라 셔터를 누른다.

여자는 주민등록증에서 60년의 사진을 떼어 내고 45년의 사진을 새로 붙인다. 빨래 걸이에 널렸던 80년이 사실은 80년 속의 남편이 45년을 사실은 45년 속의 여자를 곤봉으로 때리기 시작한다. 45년의 온몸이 금세 피멍으로 지저분해진다. 또 빨아야하잖아. 45년 속에서 여자는 킬킬거린다. 이번에는 45년이 과도를 들고 휘두르기 시작한다. 살가죽이 갈기갈기 째진 80년 속에서 남편이 킬킬거린다. 순찰을 돌던 경비원이 베란다를 그냥 지나간다. 유모차를 밀고 가던 할머니가 베란다를 그냥 지나간다. 헤드라이트를 비추며 다가온 트럭이 베란다를 그냥 지나간다.

편지온거없어? 45년 속에서 여자가 묻는다. 80년 속에서 남편이 절레절레 고개를 흔든다. 나어때?45년닮았지45년이랑똑같지? 여자가 45년의 입에 입을 대고 소리를 내지르며 깡충깡충 뛰어오른다. 80년 속에서 빠져나온 남편이 창고 속 잘 마른 72년 속으로 들어간다. 걱정마곧편지가올거야. 72년이 사실은 72년 속의 남편이 45년을 사실은 45년 속의 여자를 위로한다 주소가없어도? 45년이 묻는다. 그래주소가없어도. 72년이 대답한다.

롤러블레이드를 타고 다가온 아이가 베란다를 그냥 지나간다. 등을 낮추며 걸어 온 고양이가 베란다를 그냥 지나간다. 아무도 여자를, 여자의 놀이를 아는 척하지 않는다.

— 황성희, 「시체 놀이」 전문

일상을 담아내고 일상 속의 삶을 그린 시가 있다면 21세기를 사는 주체로서 일상적으로 떠올릴 수 있는 현대인의 의식을 담은 시도 있다. 21세기의 주체들은 우리의 역사적 부침과 정치적 격동기를 거쳐 왔거나 통과해 가는 중이고 그 과정에서 지난날과 현대를 동시에 직시하며 일상의 이면을 구성하는 자아와 세계의 본질을

황성희

통찰하고 있다. 위 시에서 "45년", "60년", "72년", "80년"은 모두 우리의 역사적 사건을 암시하고 있다. 그러한 역사를 현재 시점으로 끌어들이면서 역사를 빨래로써 빨고 있다는 설정과 반복되는 역사 속에서 현재의 주체가 '시체 놀이'하듯 살고 있다는 의식은 현재 우리의 역사와 삶에 대한 알레고리를 형성한다. 위 시에서 나타난 일상성의 현대성은 자조적이고 회의적인 현대인의 일면을 드러냈다는 데서 찾을 수 있다. 한편으론 비판적인 의식과 현재에 대한 부정성을 보여주지만 그것은 바깥을 향한 거부와 저항의 목소리가 아니라 그러한 현상이 지속, 유지될 뿐이라는 의식 내면의 비극성으로 향하는 양상을 보인다.

오늘날 시의 일상성은 일상에 대한 거리감이 점차 좁혀지면서 일상의 외부가 아닌 일상의 내부에서 일상을 세계 자체로 인식하는 모습을 보

여준다. 외부를 상정한다면 그것은 폐쇄성과 치유 대상으로 볼 수 있지만, 그러한 자족적이고 물성화되어 가는 현대인의 일상 자체를 당연한 것으로 드러내는 것이 오늘날 시의 현대성이다. 21세기 시의 일상성과 현대성은 앞으로도 등가관계를 향해 병진할 것이다.

제4장

시적 비유와 상징

장이지

비유

1. 의미와 의의

비유란 원관념^{tenor}과 보조관념^{vehicle}의 결합으로 정의할 수 있다. 비유는 시의 중심 구조 중에서도 가장 기본이 되는 것으로, 시를 읽는다는 것은 비유를 이해하는 과정이라고 할 수 있다. 학교에서 시를 배울 때, 보조관념에서 원관념을 유추하는 데 중점을 두는 것은 비유를 통해 시를 감상할 수 있다고 하는 생각의 소산일 것이다. 그런데 원관념이 무엇인지 알아내는 것이 시 읽기의 본질이라고는 할 수 없다. 보조관념이 단순히 원관념을 보조하기만 하리라고 생각하는 것은 피상적인 접근이다. 친숙하지 않은 것을 친숙한 것으로 치환하여 설명한다고 하는 아리스토텔레스식의 이해는 오늘날의 시에는 적용하기 어렵다. 비유를 이해한다는 것은 원관념 찾기 따위가 아니라 원관념과 보조관념의 접점이나 경계, 두 관념의 결합에서 발생하는 긴장이나 두 관념의 충돌에서 환기되는 여러 감정을 이해하는 것을 의미한다.

비유가 시의 중심 구조를 형성하는 중요한 요소라면, 비유가 없는 시는 성립할 수 있을까. 물론 비유 없이도 시는 쓸 수 있다.

> 좀처럼 외출을 하지 않는 아버지가
> 어느 날 내 집 앞에 와 계셨다
>
> 현관에 들어선 아버지는
> 무슨 말을 하려다 말고 눈물부터 흘렸다
>
> 왜 우시냐고 물으니
> 사십 년 전 종암동 개천가에 홀로 살던
> 할아버지 냄새가 풍겨와 반가워서 그런다고 했다
>
> 아버지가 아버지, 하고 울었다
>
> ― 박준, 「종암동」 전문

박준의 시에서처럼 일상의 뭉클한 장면을 '시적 상황'으로 제시하는 데 만족할 수도 있다. 외출을 잘 하지 않는 아버지가 외출하셨다는 것, 아버지가 문득 돌아가신 할아버지의 냄새를 맡았다는 것, 아버지가 아 이처럼 '아버지' 하고 울었다는 것 등 이상의 세 가지 예외적인 상황이 중첩되면서 이 시는 비유 없이도 감동을 주는 시로 성립하고 있다.

누구도 핍박해본 적 없는 자의

빈 호주머니여

언제나 우리는 고향에 돌아가

그간의 일들을

울며 아버님께 여쭐 것인가

— 김사인, 「코스모스」 전문

김사인의 시에는 비유가 있는가. 제1연은 '무일푼'인 시적 화자의 실존적인 상황을 보여준다. 제2연은 좋은 날이 있을 것인가 하는 가난한 자의 탄식이다. 그것을 곡진하고 절제된 언어로 표현해내고 있다. 그런데 이 시의 제목은 얼핏 보면 본문과는 별로 관계가 없어 보인다. 이 시의 제목은 코스모스가 필 무렵, 시적 화자가 고향을 그리워하면서도 가지 못하는 상황을 암시한다. 효도하고 싶지만 할 수 없는 시적 화자의 나약한 모습이 코스모스에 투사되어 있다는 점에서는 비유적이다. 이 시가 비유적이라는 것을 아는 것은 이 시를 이해하는 데 중요하다.

왼쪽부터 권성훈, 허영자, 이승하, 박준, 장석주.

도대체 비유는 왜 쓰는가. 두 가지 맥락에서 설명해보고 싶다. 우선 시인에게 원관념이 중요한 의미를 띨 때 비유가 발생한다. '시안詩眼'이라고 불리는 것은 대개 시인에게 중요한 의미가 있는 비유 쪽에 자리를 잡게 된다. 이때 원관념은 보조관념을 거느리게 됨으로써, 혹은 보조관념과 충돌함으로써 새로운 의미를 띠게 된다. 다음으로 비유는 일상어와는 구분되는 시적 자질이라는 점을 거론할 수 있다. 비유는 일상적 언어가 만드는 질서에 충격을 줌으로써 인식의 새로운 지평을 만들어낸다. 비유 없이도 시는 쓸 수 있지만, 비유가 없는 시는 역시 심심하다.

2. 직유의 층위

'~같이'나 '~처럼' 등 매개어를 통해 두 관념을 결합하는 비유를 직유라고 한다. 이때 원관념과 보조관념은 유사성에 의해 결합한다. 그 점에서는 은유와 원리적으로 같으므로 대학에서는 은유에 대해서만 말하고 직유에 대해서는 잘 말하지 않는 경향이 있다. 직유에서는 원관념이 곧바로 보조관념으로 전이 되지 않기 때문에, 상상력의 면에서 직유는 은유보다 어정쩡한 것처럼 여겨지곤 한다. 그러나 역시 원관념이 보조관념으로 아무 매개도 없이 전이되는 은유의 상상력은 초심자들에게 어려운 것이므로 직유에서부터 설명하는 것이 효율적이다.

내가 어렸을 적, 개나리담장을 걸을 때마다 누나 생각에 나는 국경꽃집이 되었다 우리가 살던 파란 대문 집에서 염색공장까지 한없이 이어지던 개나리담장, 누나는 그 길을 따라 출근했다가 얼굴이 노랗게 물들어서 귀가했다 누나가 앓아눕던, 어느 개나리꽃 다 진 날의 저녁 나는 누나의 검은

샛방으로 연탄가스처럼 스며들어, 노란 머리핀을 훔쳤다 나는 그것을 거웃

처럼 뒤엉킨 개나리 마른 가지, 그중 가장 억센 한 가지에 달아주었다

— 김중일, 「나는 국경꽃집이 되었다」 부분

"나는 누나의 검은 샛방으로 연탄가스처럼 스며
들어"라든지 "나는 그것을 거웃처럼 뒤엉킨 개나
리 마른 가지, 그중 가장 억센 한 가지에 달아주었
다"와 같은 구절에는 직유가 쓰였다. 후자는 개나
리 마른 가지의 모양을 '거웃'에 빗댄 것이다. 원
관념과 보조관념 사이에는 형태적 유사성이 있다.
이처럼 형태적 유사성에 기반을 둔 것이 가장 기

김중일

본적인 형태의 직유일 것이다. 반면 전자는 '거웃'의 비유보다는 더 심층
적인 직유이다. 누나의 방에 연탄가스처럼 스며드는 존재는 시적 화자
인 '나'이다. 보조관념인 '연탄가스'는 시적 화자의 동작만을 빗댄 것은
아니다. 그것은 시적 화자가 누나에게 '연탄가스'처럼 '해로운 존재'라
는 자책의 의미를 발생시키고 있다. 그래서 '나'는 그 보상으로 "가장 억
센 한 가지"에 누나의 미래를 맡긴다. 일종의 주술적인 기원이 섞여 있
는 행위이다. '연탄가스'의 직유는 '거웃'의 그것보다는 훨씬 더 깊은 사
고를 필요로 하는 고차원의 직유이다. 독자들의 인식 폭이 확장되는 것
도 바로 이 지점에서이다.

직유는 촌스럽다는 고정관념이 있다. 확실히 그런 면이 있는지 모른
다. 그러나 직유는 그 나름의 가치가 있다. 직유나 은유의 우열은 문맥
속에서 상황에 따라 갈리는 것이지 그 자체에 계급이나 서열이 있는 것
은 아니다. 예를 들어 '득달같다'고 하는 관용구가 되어버린 직유도 원관

넘이 무엇인지에 따라 놀라운 비유가 될 수 있고, 그와 같은 관용적인 비유들을 늘어놓음으로써 의도적으로 설화적인 느낌을 연출할 수도 있다.

해가 갈수록 원관념과 보조관념 사이의 관계가 모호한 직유가 늘어나는 추세이다. 두 관념 사이의 접점(= 유사성)을 잘 찾을 수 없는 경우가 많다는 말이다. 그래서 '～같이'나 '～처럼' 등 매개어가 있다는 점을 제외하면 환유처럼 보이는 직유도 심심치 않게 볼 수 있다.

> 플랫폼 쪽으로 걸어가던 사내가
> 마주 걸어오던 몇몇 청년들과 부딪친다.
> 어떤 결의를 애써 감출 때 그렇듯이
> 청년들은 톱밥같이 쓸쓸해 보인다.
>
> ― 기형도, 「조치원」 부분

어떤 유사성을 근거로 '톱밥'은 청년들의 쓸쓸함을 나타내는 보조관념이 되었을까. 그것은 앞에서 다룬 '거웃'의 형태적 유사성에 근거를 둔 비유보다는 훨씬 대답하기 어려운 질문이다. 그것은 '톱밥'의 건조함에 근거를 둔 것일 수도 있고, '톱밥'이 목공 작업의 잉여물이라는 데서 착안한 것일 수도 있다. 어느 쪽으로 보든지 원관념과 보조관념은 유사성이라기보다는 연상에 의해 결합하고 있는 것처럼 보인다. 그럼에도 '-같이'와 같은 매개어의 도움을 받고 있다. 기형도를 제외하고서 톱밥처럼 쓸쓸하다고 말할 사람은 별로 없을 것이다. '기상conceit'이면서 '절대 직유'라고 할 만하다. 원관념과 보조관념 사이의 거리가 멀면 멀수록 독창성은 높아진다. 그렇다고 무턱대고 기발한 것을 생각해내려고 할 필요는 없다. 원관념과 보조관념 사이의 거리가 지나치게 멀면 시적 긴장감은 끊어지며, 독자들의 공감을 이끌어내지 못하게 된다.

3. 은유와 환유

은유metaphor와 환유metonymy는 비유의 중요한 두 축이다. 은유는 두 개 이상의 관념을 동일성의 관계로 결합하는 것이고, 환유는 연상에 의해 두 개 이상의 관념을 통합하는 것이다.

발화자가 말을 할 때는 반드시 어휘를 '선택'한 다음 그것을 '결합'하게 되어 있다. 그런데 결합을 할 때도 역시 선택의 원리에 따르게 되면 은유가 발생한다. 서술부에 올 말에 대해 주어부의 말이 영향을 미치는 것이다. 주어와 의미론적으로 유사한 것들의 집합 속에서 서술부에 올 말이 선택된다. 시적 기능은 등가성의 원리를 선택의 축에서 결합의 축으로 투사한다고 하는 것은 바로 그런 의미이다.

시인들은 문장을 구성하는 기제가 보통 사람들과는 다르다. 그래서 평범한 문장을 구성하는 데 어려움을 겪을 수 있다고, 야콥슨Roman Jacobson은 생각했다.[1] 시인은 말을 좀 더듬는다. 시인들은 "그녀는 예쁘다"라고 말해야 할 때, "그녀는 한 떨기 붉은 장미다"라고 말한다. 두 번째 문장 안에는 물론 "그녀는 예쁘다"고 하는 본래 말하고자 하는 바의 의미가 들어 있다. 그러나 그것이 전부는 아니다. "그녀는 한 떨기 붉은 장미다"라는 은유는 잉여의 의미를 발생시킨다. 보조관념으로 사용된 어휘들이 거느리고 있는 중층적인 의미망들이 지시적인 의미에 덧붙어 새로운 의미를 낳는다. 은유의 묘미는 바로 이 지점에 있다.

---

1   로만 야콥슨, 권재일 역, 『일반언어학 이론』, 민음사, 1990, 52~61쪽.

은유의 기본 형식은 'A는 B다'로 나타낼 수 있다. 그러나 현대시의 구조는 점점 복잡해지고 있는 형편이어서 은유가 항상 기본 형식으로 나타나지는 않는다.

> 손바닥 위에 빗물이 죽은 이들의 이름을 가만히 써주는 것 같다
>
> 너는 부드러운 하느님
>
> 전원을 끄면
>
> 부드럽게 흘러가던 환멸이
>
> 돼지기름처럼 하얗게 응고된다
>
> — 진은영, 「음악」 전문

"너는 부드러운 하느님"이 기본 형식의 은유이다. 후반부의 "환멸이~응고된다"는 구절에는 '존재론적 은유'가 쓰였다. 존재론적 은유ontological metaphor란 사건, 행위, 관념, 정서 따위를 물리적인 실체인 것처럼 표현하는 비유이다. 그런데 진은영의 시에서 이 존재론적 은유는 단독으로 쓰인 것이 아니라 "돼지기름처럼 하얗게 응고된다"는 직유와 결합하고 있다.

존재론적 은유로 두각을 나타낸 시인으로 허수경을 꼽을 수 있다. 허수경의 시집에는 '사랑', '마음', '환멸' 등 관념어를 어떤 물리적 실체로 상정하는 표현들이 자주 등장한다. 시집 『혼자 가는 먼 집』(1992)에서 허수경은 그 존재론적 은유를 통해 술 취한 자가 '거창한 이야기'를 하게 하는 전략을 취한다. 한자 성어를 빈발한다든지 존재론적인 탄식을 늘어놓음으로써 허수경은 남성들의 영역을 침범한다. 허수경은 '껄렁한' 태도로 자유로운 화법을 구사했는데, 그것은 시인 자신이 품어온 외로

움이나 다정함을 감추기 위한 방식이었다.

한편 병치juxtaposition를 은유로 보기도 한다. 두 개 이상의 이미지를 나란히 배치함으로써 새로운 의미를 만들어내는 방식이다. 이 경우 원관념과 보조관념이 따로 나뉘지 않으므로 병치를 은유라 할 수 있는지의 문제가 있다. 관건은 병치된 이미지 사이의 '긴장'이다. 긴장이 없는 결합은 단순한 카탈로그 식의 열거에 지나지 않는다. 그런 것은 은유가 아니다.

이원

한밤중 놀이터에 말이 있었다

모래 속에는 몸통만 남은 말이 다섯 마리 있었다

희고 검고 파랗고 노랗고 붉은 말이 있었다

머리를 관통한 쇠막대기가 함께 있었다

내륙 산간에 폭설이 쏟아지고 있었다

하늘로부터 온 신의 메시지는 모래 위에 새겨지지 않았다.

— 이원, 「밤의 놀이터」 전문

이 시에서 놀이터에 있는 '장난감 말馬'의 이미지는 '폭설', '신의 메시지'의 이미지와 병치됨으로써 묵시록적인 이미지로 전환된다. 짧은 시 안에서 이 정도의 이미지 전환이 일어날 수 있다는 것은 놀랍다. 병치의 묘미를 잘 살린 시라고 말할 수 있다.

> 수련 열리다
>
> 닫히다
>
> 열리다
>
> 닫히다
>
> 닷새를 진분홍 꽃잎 열고 닫은 후
>
> 초록 연잎 위에 아주 누워 일어나지 않는다
>
> 선정에 든 와불 같다
>
> 수련의 하루를 당신의 십년이라고 할까
>
> 엄마는 쉰 살부터 더는 꽃이 비치지 않았다 했다
>
> 피고 지던 팽팽한
>
> 적의(赤衣)의 화두마저 걷어버린
>
> 당신의 중심에 고인 허공
>
> 나는 꽃을 거둔 수련에게 속삭인다
>
> 폐경이라니, 엄마,
>
> 완경이야, 완경!

— 김선우, 「완경(完經)」 전문

이 시는 월경혈을 '꽃의 비침' 혹은 '개화'에 빗대고 있다. 이것을 '근본 비교'로 하여 성립하고 있는 시이다. 제1연에서 시적 화자는 개화하기를 멈춘 수련을 "선정에 든 와불"에 빗댄다. 그것을 근거로 삼아 '엄마'의 '폐경'을 '완경'이라며 위로하고 있다. 제2연에는 "꽃이 비치지 않았다"고 하는 구절로 근본비교를 성립시키고 있다. 제3연은 '엄마의 폐경=당신의 중심에 고인 허공'이라는 은유로 되어 있다. 그런데 보조관념을 수식하는 구절에도 '월경혈=적의^{赤衣}의 화두'라는 은유가 쓰이고 있으므

김선우

로 제3연은 '액자 은유'이다. '폐경'을 '완경'으로 재인식하는 데 제3연의 '화두'라든지 '허공'이라는 보조관념이 도움을 주고 있다. 그 선적^{禪的}인 뉘앙스는 '완경'이라는 말이 단순한 위로가 아닌 것처럼 보이게 한다. 그래야 진짜 위로가 되는 것이기도 하지만, 그것보다도 이 액자 은유는 여성의 일생을 바라보는 방식에 새로운 관점을 제공한다는 점에서 의미가 있다.

한편 환유는 인접성의 원리로 설명된다. '야구모자와 방망이가 걸어온다'고 하는 문장은 환유적이다. 이 문장이 의미하는 바는 실제로 야구모자와 방망이가 걸을 수 있다는 것이 아니라 야구모자를 쓴 사람과 방망이를 든 사람이 온다는 것이다. 인접성의 원리는 원관념을 인접해 있는 다른 보조관념으로 바꾸어 부른다는 것이다. 사람을 장소로, 내용물을 용기^{容器}로, 사람을 소지품으로 바꾸어 부르는 것 등을 환유라고 한다. 그러나 이 양상은 의외로 복잡해서 환유를 정의하는 것은 결코 쉬운 일이 아니다. 게다가 현대시에서 환유는 '야구모자와 방망이'의 예에서처럼 누가 보더라도 인접성에 근거를 둔 비유라고 알 수 있도록 단순하게 쓰이지는 않는다. 앞에서 밝힌 것처럼 환유는 연상의 비유라고 보는 것

이 인접성을 기준으로 하는 것보다는 더 효율적이다.[2] 환유에서 시적 기능은 연상적 원리를 연상관계에서 통합관계로 투사한다. 어휘들을 통합하여 통사 구문을 만들 때, 연상 작용에 의해 통합이 지배된다고 한다면, 그것은 환유라고 부를 수 있다.

> 한 편의 구름을 동반한 바람이
> 후두둑 씨를 가로지른다
> 간간 생전의 물고기자리를 어루만지며
> 가고 싶은 만큼 후두둑 씨는
> 바다 쪽으로 시퍼렇게 걸음을 옮긴다
>
> — 이용한, 「뒤뚱뒤뚱, 후두둑 씨」 부분

마지막 행의 '시퍼렇게'는 후행 구절을 수식하고 있다. 그러나 '시퍼렇게' 걷는다는 것은 어떤 의미일까. 그런 것은 없다. '시퍼렇게'는 선행하는 '물고기자리'나 '바다'에서 연상한 것이다. 시퍼렇게 걷는다는 것은 원래 그런 것은 없는 말이지만 연상 작용에 의해 억지스럽게 통합된 것이다. 여기서 억지스럽다고 한 말에 주목해야 한다. 그것은 원관념과 보조관념 사이에 '유사성' 혹은 '동일성'을 찾을 수 없다는 의미이다. 환유는 그런 관점에서 은유보다는 덜 세련된 수법, 비이성적인 수법으로 취급되기도 한다. 그러나 다른 한편으로 환유는 은유보다 일층 자유로우며 변주 가능성도 크다. 현대시에서 환유의 중요성이 높아지고 있는 것도 그 때문이다.

---

2   김태환, 『문학의 질서』, 문학과지성사, 2007, 91~140쪽.

나는 태어났는데 나는 아장거렸는데 맨 처음 언니들은 내 양말 속에 숨
어 있더라 뭐야 이년, 펭귄이잖아 나는 추웠는데 나는 열병이었는데 맨 처
음 언니들은 내 땀복 속에 숨어 있더라 뭐야 이년, 끓는 죽이잖아 나는 흘렸
는데 나는 씻고만 싶었는데 맨 처음 언니들은 데인 내 손 안에 숨어 있더라
뭐야 이년, 빠빠잖아 나는 깨끗했는데 나는 초짜였는데 맨 처음 언니들은
내 미주알 끝에 숨어 있더라 뭐야 이년, 빈 궁이잖아 나는 걷어차였는데 나
는 묶인 나무였는데 맨 처음 언니들은 내 심장 속에 숨어 있더라 뭐야 이년,
비닐봉지잖아 나는 덧씌워졌는데 나는 축농증이었는데 맨 처음 언니들은
내 콧구멍 속에 숨어 있더라 뭐야 언니, 맨 처음 언니들이잖아요 나는 투망
이었는데 나는 벌집이었는데 게서 뭐 하세요 언니들, 안 나오면 쳐들어가
요 쿵짜작 쿵짝 나는 확성기였는데 나는 두 달 기른 손톱이었는데 맨 처음
언니들은 꼭 그렇게,

— 김민정, 「언니라는 이름의 언짢음」 부분

이 시는 '언니'라는 말의 폭력성을 고발한 작품이다. 한국 사회가 '언
니'라는 호명을 통해 여성을 규정하는 방식을 문제 삼고 있다. 실제의
'나'는 그렇지 않음에도 사회에서는 '나'를 특정한 이름으로 부른다. 이
불일치를 복수의 연상적인 보조관념들을 활용하여 강조하고 있는 형국
이다. 이 시에서 이미지들은 환유적으로 활강하고 있다. 정신을 차릴 수
없을 정도로 긴박한 활강이다. 이와 같은 환유적 활강은 남성 중심 사회
의 이성중심주의에 대한 의도적인 반항술로 채택되었다. 은유를 남성적
인 비유, 환유를 여성적인 비유라고 하면서, 환유를 전략적으로 활용하
는 페미니즘의 흐름에 이 시는 닿아 있다.

상징

1. 의미와 성격

인간은 언어로 사고한다. 언어는 사건이나 그에 대한 인간의 내적인 반향을 지칭하는 기호, 혹은 상징들의 체계라고도 할 수 있다. 그런 점에서 인간은 상징적인 동물이다. 방금 언어가 기호, 혹은 상징들의 체계라고 했는데, 기호와 상징은 얼핏 비슷한 점이 있다. 양자는 모두 의미와 표현의 이중 구조로 되어 있는 것이다. 그러나 기호와 상징은 엄연히 다른 것이다. 기호에서 시니피앙과 시니피에의 결합이 '자의적인' 데 반해, 상징에서 표층과 심층의 결합은 자의적인 것이라고 할 수 없다. 엘리아데 M. Eliade는 상징이 아무렇게나 만들어놓은 창조물이 아니라 그 나름대로의 필요성에 응하여 만들어진 것이며 존재의 가장 내밀한 양상을 숨김없이 드러내주는 기능을 한다고 주장한다.[3] 그리고 상징은 대부분 상像으로 드러난다.

상징symbol이란 비감각적인 대상을 이미지로 나타낸 것이다. 다시 말해 상징의 기본 형태는 관념과 이미지의 결합이다. 여기서 중요한 것은 이 관념과 이미지 사이에 어떤 유사성도 개입하지 않는다는 점이다. 상징은 이 점에서 은유와 다르다. 은유의 기본 형식이 원관념과 보조관념의 이항으로 되어 있는 데 대해, 상징의 그것은 이항이 필요하지 않다. 그것은 관념과 이미지의 일원론적 결합으로 되어 있다. 그런데 은유에서도 원관념이 생략된 채 보조관념만 드러나는 경우가 있으므로 은유와

---

3   미르치아 엘리아데, 이재실 역, 『이미지와 상징』, 까치, 1998, 15쪽.

상징은 자주 혼동을 일으킨다. 양자의 구분이 쉽지만은 않다.

상징을 판별하는 몇 가지 조건은 다음과 같다. 첫째, 상징에서 관념과 이미지는 일체화되어 있어서 서로 분리할 수 없다. 원관념이 생략되어 있어서 보조관념만 남아 있는 것이 아니라 우리가 보고 있는 것은 바로 원관념 그 자체이기도 한 이미지이다. 둘째, 상징은 감추면서 드러내는 암시성을 띤다. 상징은 대부분 의식을 초월하는 내용으로 이루어진 이미지이므로, 그것을 온전히 파악하는 것은 어렵다. 그러나 그것은 한편으로 인류가 이룬 문화체계 속에 얼마간 각인된 것이므로 그것에 대해 전혀 모른다는 것도 어려운 일이다. 필연적으로 상징은 다의성을 띨 수밖에 없다. 셋째, 상징은 문맥성을 띤다. 무슨 말인가 하면 비유보다 상징은 작품의 전체 문맥과 밀접하게 연결되어 있다는 말이다. 비유나 이미지가 그렇지 않은 데 반해, 상징은 작품 전체에 걸쳐 중요성을 띠는 경우가 많다. 상징은 작품의 주제를 결정하는 데도 다른 이미지들보다 더 영향력이 크다. 이 세 가지 조건을 충족하면 상징이라고 말할 수 있다.

상징은 그 확산의 폭에 따라 다섯 가지로 구분할 수 있다. 한 작품 안에서 중심 이미지로서 역할을 하는 것, 한 시인에게 개인적으로 특수한 중요성을 띠는 것, 한 시인에게서 다른 시인에게로 옮겨가면서 새로운 의미를 띠게 되는 것, 총체적인 문화 집단이나 종교 집단에서 그 의의를 띠는 것, 모든 인류에게 비슷한 의미를 띠는 것 등이 그것이다.[4] 이것을 다시 개인적 상징, 대중적 상징, 원형 상징으로 간소화하여 정리할 수도 있다.

---

4   이승훈, 『시론』(제2판), 고려원, 1994, 216~217쪽.

2. 상징의 종류

먼저 개인적 상징은 특정한 시인이 자신의 한 작품, 혹은 여러 작품에서 특수한 의미로 사용하는 상징이다. 이 상징은 한 작품 안에서 중심 이미지 역할을 하며 작자인 시인에게 개인적으로 특수한 중요성을 띤다. 이 상징은 시인의 개성과 독창성을 측정할 때 근거가 된다. 다만 이 상징은 확산의 폭이 좁으므로 독자들이 상징의 의미를 유추할 수 있도록 시적 문맥을 더 정교하게 가다듬는다든지 해석의 단서가 될 만한 장치를 함께 마련해 놓는다든지 하는 시인의 배려가 필요하다.

먼저 당신의 코가 사라진다

물렁한 벽으로 나누어진 두 개의 검은 방에서

채 스미지 못한 내 체취가 흘러나온다

당신의 입술이 사라지자

망설임은 맨발로 배회한다 허공을

눈 가리고 뛰어가는 뒷모습을 보고 있노라니

당신의 귀가 하나씩 흘러내린다

나의 목소리가 차가운 물방울로 고인다

당신의 심장까지 도착하지 못한 말들이

천천히 얼어붙는 사이

당신의 눈에 담긴 내가 녹는다

손발이 뭉그러지고 머리카락이 나부끼고

숨결이 아득한 윤곽이 되는 동안

당신은 뼈만 남은 얼굴이 된다

바람도 없이 삭는

당신은 검었다가 희었다가 이제 투명하다

당신의 부스러기들이 창을 가득 메운다

불투명한 풍경 속으로 걸어 들어가는

발소리가 들린다 저벅,

저벅

— 이용임, 「안개주의보」 전문

이 시의 제목에만 등장하는 '안개'는 이 시의 내용 전반을 규정하는 중심 이미지로 쓰이고 있다. '안개'는 죽은 당신의 '뼛가루'로 이루어지고 있다는 점에서 ─ 양자는 유사성에 의한 결합이 아님에 주의할 것 ─ 고인썼ㅅ 그 자체이지만, 다른 한편으로 "불투명한 풍경"을 만들어 시적 화자와 고인 사이를 차단하는 차폐막 기능도 한다. 고인이 안개가 됨으로써 시적 화자와 고인 사이의 감각적 기억들이 고인에게서 떨어져 나가고, 그에 따라 둘 사이의 단절도 강화된다. '안개'가 '차폐막' 역할을 하는 것은 드문 경우가 아니지만, 그것이 고인의 뼛가루로 이루어져 있다든지 고인과 이어져 있으면서도 분리하는 기능을 수행하는 경우는 흔하지 않다.

대중적 상징은 보편적 상징, 제도적 상징, 자연적 상징, 문학적 전통, 종족 문화적 상징 등을 포괄한다. 한 시인에게서 다른 시인에게로 옮겨 가면서 새로운 의미를 띠는 상징도 여기에 포함할 수 있다. 이 말은 영향에 관한 불안, 인유나 패러디에 개재한 비평적 관점 등과 함께 음미해보아야 할 것이다.

주름진 동굴에서 백 일 동안 마늘만 먹었다지

여자가 되겠다고?

백 일 동안 아린 마늘만 먹을 때

여자를 꿈꾸며 행복하기는 했니?

— 안현미, 「곰곰」 부분

이 시에서 '동굴'은 단군신화의 인유^{connotation}이면서 '재생의 공간'으로서의 보편적 상징이라고 할 수 있다.

죽어라, 차라리 죽어, 더 크게 울어도

사내들에게 머리채가 잡혀 끌려다녀도

새벽이면 다시 거지와 깡패들이 사라지는 한 철

물 위를 떠다니는 쓰레기가 반짝인다

서로의 목을 감으며 사내들이 허우적거린다

어디쯤까지 떠내려가야 배가 멎을까

잠을 자다 빠져나와 보니

모두들 익사체로 인사하는 밤

두꺼비만 한 달이 구름을 밟고 기어나와

물속에 잠긴 도시를 비춘다

과자봉지와 죽은 돼지가 진흙에 섞이고

들판의 곡식들이 죄지은 사람처럼 고개 숙이면

지상에 꺼진 가난의 등불은 다시 타오르리라

— 김성규, 「장롱을 부수고 배를」 부분

이용임   안현미   김성규

이 시에서 '물'은 '홍수'가 된다. 이때의 '물'은 성경에 나오는 '대홍수'를 환기시킨다. 시적 화자는 이 재난적 상상력을 '죄'와 결부시킨다. '물'은 지상의 죄에 내려진 신벌이면서 지상의 모든 욕망을 한데 뒤섞어 쓸어감으로써 지상을 정화시키는 기능을 한다.

마지막으로 원형 상징은 '원형archetype'과 관련된 상징이다. 원형이란 인류가 만들어온 역사와 문화에 수없이 되풀이된 이미지나 화소, 테마 등을 말한다. 그것은 인류의 집단 무의식에 각인된 이미지의 패턴이다. '바다'는 어머니의 자궁 혹은 양수, 생명의 근원을 나타내고, '사막'은 불모성, 인간성의 고갈을 나타내는 원형 상징이다. '원'은 마음의 상징이자 삶의 전체성을 나타내고, '돌'의 모양은 자아의 형상을 암시한다. '날개'는 자주 초월 상징으로 쓰인다. '빨간색'은 정열을, '녹색'은 사악함을 나타내는 상징이다. '강'은 이야기를, '바람'은 영혼의 목소리나 전언을 상징한다.

너와 헤어지고 나는 다시 안이다 아니다

꽃도 피지 않고 죽은 나무나 무성한

무서운 경계로 간다 정거장도 없다

꽃다발처럼 다글다글 수십 개 얼굴을 달고 거기

개들이 어슬렁거린다 그 얼굴 하날 꺾어

내 얼굴 반대편에 붙인다 안이 아니다

내 몸에서 뒤통수가 사라진다 얼굴과 얼굴의

앞과 앞의 무서운 경계가 내 몸에 그어진다

너와 헤어지고 나는 무서워진다

너를 죽이면 나는 네가 될 수 있는가

모든 안은 다시 바깥이 될 수 있는가

— 김근, 「바깥에게」 전문

김근

이 시에는 '안과 바깥의 변증법'이라고 바슐라르G. Bachelard가 명명한 상상력이 포함되어 있다.[5] 이 시의 공간은 상당히 모호하게 처리되어 있으며, 그것은 존재의 위기를 암시한다. 안과 바깥의 경계가 분명하지 않으면, 주체는 고통을 겪게 된다. 시적 화자는 자신의 불모성("꽃도 피지 않고 죽은 나무")으로 고통을 받고 있으며 자신의 어두운 '그림자'('개') 때문에 공포를 느낀다. 자신의 어두운 내면이 외적으로 발현된다면 어떻게 될까. '경계'가 '무서운' 까닭은 바로 여기에서 찾을 수 있다. 안과 바깥을 구분하는 상상력은 인류가 오랫동안 이어온 것으로서 이 시에서는 '경계'의 상

---

5   가스통 바슐라르, 곽광수 역, 『공간의 시학』, 동문선, 2003, 355~381쪽.

징으로 구현되었다. 이 '경계'의 상징은 원형적인 상징으로 여겨진다.

한편 융C. G. Jung은 인간이 타고난 정신의 세 가지 구성 요소를 밝혔다. 그림자shadow는 무의식적 자아의 어두운 측면이다. 그것은 충동적이거나 부주의한 행동에서도 나타나며, 꿈에서 의인화된 형태로 출현하곤 한다. 영혼soul은 인간의 내적 인격으로서 인간이 자신의 내부 세계와 관계를 맺는 자아의 한 측면이다. 이것은 다시 아니마anima와 아니무스animus로 나뉜다. 아니마는 남성 안의 여성상, 아니무스는 여성 안의 남성상이다. 마지막으로 탈persona은 인간의 외적 인격, 외적 태도로 외부 세계와 관계를 맺는 자아의 한 측면이다.[6]

이런 비밀에 대해서라면 언젠가 배운 적이 있지 알 듯 말 듯한 삶의 금언까지도

그렇다면 오,

환영의 인사를 건네야 하는 건 아닐까 이 징그러운 날들 앞에

웃으며 너는 내 손을 잡을 수 없겠지

다른 무엇도 아닌 뱀이라면

한 마리 뱀을 껴안고 잠드는 밤이라면, 그래 뱀이 아닌 무엇이라 해도

껴안지 않고는 견딜 수 없는 이야기라면 말이야

시퍼런 독을 품고 아가 내 귀여운 아가 다독이다 보면

---

6   M. L. 폰 프란츠, 「개성화의 과정」, 칼 구스타프 융 편, 이윤기 역, 『인간과 상징』, 범조사, 1983, 179~274쪽.

밤은 꼬리를 감추고 슬그머니 숨어버리기도 하는걸

— 박소란, 「뱀에 대해」 부분

박소란

이 시에 등장하는 '뱀'은 시적 화자의 '그림자'이다. 시적 화자는 내면 깊숙이 똬리를 틀고 있는 '뱀'에 관해 고백한다. 사람들과 관계를 맺을 때 화자는 여러 개의 '가면'을 쓰고 만난다. 그러나 그것은 진짜 자신이 아니라고 화자는 생각한다. 사실은 내면에 징그러운 것이 도사리고 있고, 사람들이 그것을 용인할 수 없으리라고 지레 겁을 먹는다. 이 시인은 「양말」이라는 시에서도 '죽은 발톱'을 들키고 싶어 하지 않는 시적 화자를 내세운 바 있거니와, '뱀'도 같은 계열을 형성하고 있다. 그러나 '뱀'은 더 심원한 인류의 비밀에 이어져 있다. '죽은 발톱'은 실제로 검게 변한 발톱일 수 있지만, '뱀'은 실제로 존재하는 것이 아니다. 그것은 원죄와도, 본능과도 이어지며, 땅에 배를 대고 기어가는 냉혈동물에 대한 거부감을 떠오르게 한다. 그리고 그런 의미들은 '뱀' 그 자체의 이미지와 분리할 수 없다.

3. 심리학, 혹은 정신분석학과 상징

상징은 의식의 영역을 초월한 이미지라고 앞에서도 잠깐 말한 바 있다. 그 말은 상징의 심리적 깊이를 보여준다. 상징은 분명히 우리의 지각 영역 안에 위치하는 어떤 상이지만, 그것은 우리의 의식으로는 전부 파악할 수 없는 무의식에 그 뿌리가 닿아 있다. 융이 자신의 저서에서 제시한 몇 가지 중요한 원형들을 제외하고라도, 상징은 심리학과 정신분석학의 영역에서 중요한 위치를 차지한다. 프로이트에 대해서는 비판적이지만 융과는 분명히 친연성이 있는 엘리아데의 종교학적 논의에서도 상징은 인간 정신의 삶에 본질적인 위치를 점한다. 심리학, 혹은 정신분석학에서 힘을 얻은 상징들은 문학의 영역에서도 널리 활용되고 있다.

위니캇D. Winnicott의 '중간대상transitional object'은 어머니를 대신하는 존재이다. 그것은 어린이가 '어머니와 결합 상태에서 떨어져 나와 독립 상태'로 이행할 때, 혹은 '현실을 인식하고 받아들이는 능력이 없는 상태'에서 '외적 현실을 받아들일 수 있는 상태'로 이행할 때, '중간 영역'으로서 어린이와 현실을 매개해주는 대상이다.[7] 어린이는 이 대상을 친구 혹은 보호자로 삼는다. 영화 〈나니아 연대기〉나 애니메이션 〈이웃의 토토로〉에 나오는 '아슬란'이나 '토토로' 등도 중간대상이다.

중간대상의 상징은 2000년대 이후 미성년 화자를 전략적으로 취하고 있는 시들에서 그 출현 빈도가 높다. 그런데 주의할 점은 시 속의 중간대상은 어린이들의 상징체계에 전적으로 속한다고 할 수 없다는 점이다. 그것은 어른들이 지어낸 '동화'의 일부라는 점에서 벌써 '순수한 중간대상'은 아니다. 그것은 얼마간 심층심리학에서 말하는 '그림자'와 섞여 있는 경우가 많다.

한편 바슐라르의 '물질적 상상력'은 문학적 상징에 많은 영감을 준다. 상상력은 본래 상징과 무관한 것이 아니라 인류가 이룩한 상징체계의 한 부분이다. 공기·불·물·흙의 4원소를 중심으로 한 바슐라르의 상상

---

7   도널드 위니캇, 이재훈 역, 『놀이와 현실』, 한국심리치료연구소, 1997, 13~49쪽.

력 개념은 심리학, 혹은 정신분석학의 주제들과 이어져 있다. 바슐라르는 장구한 시간 동안 인류가 그 물질들에 투여한 심리적인 의미들을 문학 작품들 속에서 추출하여 정리했는데, 그것들은 결코 한 시대를 살아간 작가 개인의 것이라기보다 여러 시대에 걸친 상징체계에 속한 것이라고 보는 것이 좋을 것이다.

벼랑에 뿌리내린 소나무
바람에 흔들리며 날개를 퍼득인다

바위를 뚫고 허공에 삐져나온 흰 뿌리들
불타는 뿌리에게서 새의 외침을 듣는다

무언가를 신고 있는 것 같다
바위를 뚫고 흔들리는 흰 뿌리들,
허공이라는 신발을 신은 소나무,
벼랑에 뿌리 내린 강인한 정신에게
가장 연약한 맨발이 숨어 있다

벼랑에 이는 바람에 흔들리며
날아갈 듯한 뿌리들
허공에서 꼼지락대는 발가락들이,
나무의 맨발이,
벼랑에서 소나무 뿌리들이,
새의 외침처럼 바람 속에서 외쳐 부르고 있다

공기의 푸른 삶이여

창공의 슬픈 노숙을 보아라

온통 허공에서 날아오를 듯 정지한

날개의 몰입 속에서

이슬을 불꽃처럼 맺고

찰나에 불타 버리는

번개에

불이 이는 뿌리,

그 불꽃,

바위를 뚫고 나온

허공의 외침,

불의 말,

불의 비상,

혹은 피닉스

— 박형준, 「번개에 불이 이는 나무뿌리들」 전문

　공기·불·흙의 상상력이 융합된 양상이다. 흙의 상상력에 속하는 '뿌리'가 불의 상상력과 결합하여 공기의 "푸른 삶"으로 비상하는 것으로 시상이 전개된다. 대지적 존재가 자신을 '불'로 정화하고 새로운 존재로 거듭나는 장면은 극적이다. '뿌리들'이 흙을 강하게 움켜쥐고 있는 존재가 아니라 "새의 외침"을 내포한 존재라는 대목은 바슐라르의 목록에는 없는 독창성이 있다. '벼랑'의 실존적 극한에 이르기까지 내몰린 상승에의 욕망이 '불'의 상징, '피닉스'의 상징에서 출구를 찾고 있다.

제5장

반어와 역설의 차이

조동범

반어와 역설의 중요성

현대시에서 반어irony와 역설paradox의 중요성은 더욱 강조된다. 그 이유는 현대사회의 비극성을 드러내는 데 반어와 역설의 언어적 특징이 효과적이기 때문이다. 현대사회는 더 이상 연속적이고 조화로운 세계가 아니다. 부조리하고 단절된 것이 바로 현대사회의 속성이다. 야유와 조소, 조롱과 농담, 비판과 좌절 등을 주요한 방법으로 사용하는 반어와 역설은 이러한 현대사회의 속성을 비판적으로 재현하기에 효과적인 표현법이다. 또한 반어와 역설은 이와 같은 언술 방식으로 시적 대상을 바라보고 재현함으로써 드러내고자 하는 바를 더욱 강조하게 된다.

문학은 언어로 재현된 작품의 실체 안에 복잡한 층위의 의미 구조를 형성한다. 문학작품으로 표현된 언어는 일반적인 언어보다 다양한 의미와 구조로 확장되기 마련이다. 반어와 역설은 이와 같은 문학 언어의 특성을 드러내는데 효과적인 표현법이다. 문학은 다른 예술 장르에 비해 반어와 역설이 두드러지게 나타난다. 반어와 역설은 두 개의 서로 다른 의미의 층위를 가지고 있기 때문에 의미의 재현과 구조가 복잡할 수밖에 없다. 언어는 이와 같이 복잡한 의미 구조를 드러내는 데 적합한 장치다. 따라서 언어를 매개로 하는 문학은 다른 장르에 비해 반어와 역설이 더욱 구체적으로 재현되는 장이 되기에 적합하다. 반어와 역설의 의미는 표현된 것(언어)과 내재된 것(의미) 사이의 거리로부터 비롯되는데, 이와 같은 거리로 인해 반어와 역설이 드러내는 의미와 해석의 폭은 넓어진다. 그리고 이러한 특성 때문에 반어와 역설은 우수한 문학적 장치로 인식되어 왔다.

그런데 반어와 역설은 유사한 성격으로 인하여 의미 구분에 혼란이 있기도 하다. 실제로 19세기까지 반어와 역설은 혼동하여 사용되기도 했으며 현재에도 역설을 반어의 하위 구조로 보는 견해가 있다. 물론 표현된 것(언어)과 내재된 것(의미)이 반대의 지점에 엇갈리게 위치한다는 점에서 역설을 반어의 일종으로 볼 수도 있다. 그러나 반어와 역설은 이러한 공통점 외에 분명한 차이점을 지니고 있다. 반어가 반대의 의미를 지닌 두 개의 대척점과 그것의 거리를 통해 의미를 재현하는 데 반해 역설은 모순된 표현을 통해 의미를 전달한다. 다만 반어와 역설이 동시에 나타날 수 있다는 점에서 둘 사이의 경계가 불분명한 경우도 있다.

반어

1. 반어의 의미

위장술인 반어는 드러내고자 하는 의미와 대조적인 모습으로 표현된다. 이때 반어는 낯설기만 하여 의미를 유추할 수 없는 모습으로 위장하는 것이 아니라 속뜻을 유추할 수 있는 반대의 모습으로 위장한다. 예를들자면 어떤 사람을 비난할 때 "너, 참 대단하다"라고 말하는 것이 바로 반어다. 그 사람의 행동이 마음에 들지 않지만 상대방을 대단하다고 말함으로써 오히려 그 반대의 의미인 대단하지 않음을 드러내는 표현인 것이다.

따라서 반어는 당연히 대조의 관계를 형성한다. 대조는 두 개의 대척점을 지니고 있으며 이때 두 개의 대척점 사이에는 거리가 존재하게 되는데, 반어에서 거리는 의미를 형성하는 데 중요한 역할을 한다. 거리가 가까우면 대조의 관계가 성립되지 않기 때문에 반대의 지점을 통해 극대화할 수 있는 반어의 의미 구조가 형성되지 않는다. 또한 거리가 너무 멀 경우에도 두 개의 지점은 하나의 의미 구조로 연결될 수 있는 동질성을 잃기 때문에 시적 의미를 갖지 못하게 된다.

〈그림 1〉의 A와 B를 작품의 언어와 의미의 거리라고 가정해보자. ①에서와 같이 실제 언어로 표현된 A와 그것이 의도한 의미 B의 관계가 연결 고리 없이 전혀 다른 공간에 놓인다면 이때 두 개의 의미가 지향하는 바는 이질성만을 갖게 된다. 따라서 실제 언어인 A와 그것의 의도인 B는 반어의 관계가 아니라 단절된 관계를 형성한다. 이런 경우에 독자는 언어를 통해 의미를 파악할 수 없기 때문에 반어의 관계는 형성되

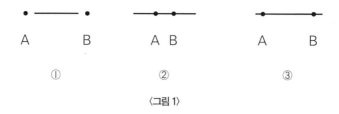

〈그림 1〉

지 않는다. 또한 ②에서와 같이, 표현된 언어와 의도가 대조의 거리를 유지하고 있는 것이 아니라 지나치게 가까운 거리를 갖고 있을 때에도 반어의 효과를 기대할 수 없다. 반어는 시의 다른 표현법과 마찬가지로 동질성 속의 이질성과 이질성 속의 동질성을 모두 획득했을 때라야 독자들에게 의미 있는 시적 표현이 될 수 있다. ③에서와 같이 의미를 유추할수 있는 구조 안에 존재하면서 대조의 거리를 지니고 있을 때 반어의 효과는 극대화된다. 이와 같은 거리를 통할 때라야 제시하고자 했던 바를 효과적으로 강조할 수 있다.

2. 반어의 유래와 모습

반어는 "변장dissimulation의 뜻을 가리키는 희랍어 에이로네이아eironeia에서 유래했다".[1] 따라서 반어는 변장과 위장 그리고 은폐의 기술을 통해 시의 의미를 전달한다. 반어는 자신의 모습을 숨기고 다른 모습을 통해 드러나기 때문에 독자들에게 낯선 감흥을 불러일으킨다. 독자들은 대조의 지점으로 전이된 반어의 낯선 모습을 통해 새로운 시적 인식을 하게 된다.

서로 다른 두 개의 지점을 포착해야 하는 반어는 고대 그리스 희곡의

---

1   김준오, 『시론』(제4판), 삼지원, 2008, 307쪽.

인물인 에이론Eiron과 알라존Alazon의 관계를 통해 살펴볼 수 있다. 에이론은 약자이지만 겸손하고 현명하고 알라존은 강자이지만 자만스럽고 우둔하다.[2] 일반적으로는 강한 인물인 알라존이 에이론에게 승리를 거둘 것으로 생각하지만 의외로 에이론이 승리자가 된다. 그 이유는 에이론이 자신의 영리함을 드러내지 않은 채 상대방을 속이기 때문이다. 에이론이 승리할 수 있었던 이유는 서로 다른 두 개의 모습이 전달하는 거리 때문이다. 자신의 모습을 감추고 전혀 다른 모습을 보여줌으로써 알라존을 속일 수 있었던 것이다. 반어는 바로 이와 같은 위장의 장치다.

독자들은 알라존의 승리를 예상하지만 에이론의 승리라는 의외의 결과를 통해 배신감을 느끼게 된다. 반어는 바로 이와 같은 배신감을 통해 시적 효과를 극대화한다. 그런데 이와 같은 배신감은 언어와 의미가 낯익은 관계일 때에는 형성되기 힘들다. 다른 시적 표현도 마찬가지이지만 반어 역시 새로운 시적 정서를 환기할 때라야 의미를 갖는다. 지나치게 익숙하여, 언어와 의미 구조 사이에 어긋남이 없는 것은 시적 반어라고 할 수 없기 때문이다. 반어는 필연적으로 겉으로 드러난 언어의 반대 지점에서 시적 의미와 감각을 재현해야 한다.

3. 반어의 종류

반어는 크게 언어적 반어verbal irony와 구조적 반어structural irony로 나눌 수 있다. 물론 언어적 반어와 구조적 반어 이외에도 극적 반어·낭만적 반어·내적 반어·상황적 반어·냉소적 반어·소크라테스적 반어 등으로

---

2   위의 책, 307쪽 참조.

세분화할 수 있다. 그러나 반어는 작품의 부분을 통해 나타나는 반어와 작품의 전체를 통해 나타나는 반어로 크게 나눌 수 있다는 점에서 언어적 반어와 구조적 반어로 대분류할 수 있다.

언어적 반어는 가장 익숙한 형태의 반어이다. 진술된 언어와 그것이 지니고 있는 의미가 상충될 때 드러나는 것이 바로 언어적 반어다. 언어적 반어는 대조를 비롯하여 풍자·조롱·야유·농담·과장·축소·패러디·언어유희 등의 방법을 통해 표현된다. 이러한 방법이 동원되는 이유는 대상을 비꼬아서 반대로 표현하는 것이 반어가 지향하는 수사적 효과에 적합하기 때문이다.

> 병을 깬 직원은 청단처럼 서슬이 파랬고
> 병에 맞은 아버진 홍단처럼 얼굴이 붉었다
> 마당의 닭들이 고도리처럼 날아올랐다
>
> 청단처럼 푸르른 나날
> 홍단처럼 발그레한 나날
>
> ─ 권혁웅, 「고스톱에 관한 보고서」 부분

> 저는 살인범이며 동시에
> 이웃들에게 아주 예의 바르고 성실한 사람입니다. 그것이 사회의 덕목
>
> ─ 이장욱, 「일관된 생애」 부분

권혁웅의 「고스톱에 관한 보고서」는 비극적인 정황을 두고 "청단처럼 푸르"고 "홍단처럼 발그레한 나날"이라고 말함으로써 언어적 반어가 된

권혁웅

이장욱

다. 이장욱의 「일관된 생애」 역시 부조리한 상황을 "그것이 사회적 덕목"이라고 이야기함으로써 반어로 기능한다. 언어적 반어는 이처럼 단어나 문장 등에 부분적으로 사용되는 것을 의미한다.

이에 비해 구조적 반어는 작품의 전체적인 맥락을 통해 드러나는 반어다. 언어적 반어가 부분을 지향하는 반어라면 구조적 반어는 전체를 지향하는 반어다. 따라서 진술된 언어의 개별화된 표현에 기대기보다는 전체적인 상황이나 극적 내용에 기대어 드러난다. 즉 언어적 반어가 시의 행이나 연과 같은 부분을 통해 드러나는 데 반해 구조적 반어는 시의 전체적인 내용을 통해 드러나는 것이다.

구조적 반어는 상황적 반어와 극적 반어로 하위 구분될 수 있다. 상황적 반어는 표면적으로 드러난 시의 전체 상황이 반대의 의미나 정서를 나타내는 것이다. 때문에 상황적 반어는 작품의 상황이나 이야기 전체가 그것과 대조되는 인식이나 의미를 내재한다. 이를테면 겉으로 드러난 작품의 전체적인 상황과 분위기가 경쾌하고 즐거운 것인 데 반해 그것이 품고 있는 내용이 비극적인 주제를 전달할 때와 같은 것을 말한다.

극적 반어는 이야기를 근간으로 하는 희곡과 같은 경우에 흔히 나타나는 반어다. 그런데 극적인 흐름을 하나의 상황이라고 볼 수 있고, 전체적인 이야기의 흐름 속에 반어가 내재한 것이기 때문에 상황적 반어와 유사한 성격을 지닌다고 할 수 있다.

우리나라 신식 국자는 무슨 국자? 일명 신식민지 국독자?

처음 코카콜라가 등장했을 때 웬 간장이냐며 국에 뿌린 년도 있긴 있을라

난 느껴요— 코카콜라, 언제나 새로운 맛 신식 국독자로 떠먹는 코카콜라 그때마다

톡 쏘는 맛처럼 떠오르는 여자가 있다 코카콜라 씨에프에서

팔꿈치로 남자를 때리며 앙증맞게 웃는 여자, 그 몇 프레임 안 되는 장면 하나가 방영되자마자 연예가 일번지 압구정동 일대가

술렁였댄다 그것 땜에 애인 있는 남자들의 옆구리가 순식간에 멍들었다는데……

왜 그 씨에프가 히트했는가에 대한 항간의 썰들은 분분하다

가학으로 상징되는 남자와 피학으로 상징되는 여자의 쏘살 포지션을 자극적으로 뒤튼 것이 주효했다는 친구도 있고

(놈은 허슬러부터 휴먼 다이제스티에 이르기까지 매저키즘 사디슴에 관한 미국의 온갖 빨간책은 물론 마광수의 가자 장미여관, 야한 여자, 권태까지 섭렵한 권태스런 놈이다)

그 씨에프의 콘티는 말야 전세계 장래마저 자국의 문법으로 콘티 짜는 미국의 솜씨니까 당연한 거라구, 잘난 척하는 녀석도 있다

난 전율한다 눈 깜짝할 사이에 지나가는 심혜진의 보조개 패인 미소 뒤에도 얼마나

세계는 넓고 할 일은 많은 쾌남아들의 거대한 미소가 도사리고 있는가

하여튼 단 십초의 미소로 바보상자의 관객들과 쇼부를 끝낸 여자 심혜진

— 유하, 「콜라 속의 연꽃, 심혜진論」 부분

코카콜라 씨에프와 그것을 둘러싼 현실의 모습을 하나의 상황으로 재

유하

현하고 있는 유하의 「콜라 속의 연꽃, 심혜진論」은 하나의 상황이 반대의 의미 구조를 형성하는 상황적 반어의 예를 보여준다. 이때 시인의 비아냥거리는 어조를 통해 나타나는 세계는 비극적인 우리의 현실을 떠올리게 만든다. 시인이 드러내고자 하는 세계와 실제의 세계는 비극적인 것이지만 시에 드러난 현실은 쾌락과 욕망으로 가득한 세계다. 그리고 시인은 이와 같은 세계를 직접 비판하기보다 반어적으로 보여줌으로써 세계의 비극을 제시하고자 한다. 바로 이와 같은 반어적인 상황으로 말미암아 독자들은 시 전반의 정황을 통해 비극적 정서를 인지하게 된다.

4. 반어의 기능과 효과

반어는 앞서 이야기 한 바와 같이 현대사회를 드러내는 데 적합한 표현법이다. 우리가 살고 있는 현대사회는 단절된 비극 속에 있고, 그러한 단절감은 우리의 삶을 비극적인 것으로 만들어버렸다. 모든 물질적 풍요에도 불구하고 현대사회는 우리의 정신을 황폐하게 만들었다. 그러므로 현대사회는 그 자체로 이미 반어의 세계인 것이다. 바로 이와 같은 비극적 세계에 내던져진 것이 바로 우리의 삶이다. 따라서 야유와 농담 등을 통해 세계를 바라보는 반어는 현대사회의 비극을 표현하는 데 효과적일 수밖에 없다.

반어는 대상(등장인물, 시적 대상)과 작가(화자), 그리고 독자 사이에서 기능하는데, 독자가 반어임을 인식할 때 반어가 성립한다. 독자가 반어적 표현을 눈치 채지 못한다면 반어로서의 의미는 퇴색된다. 결국 독자에게 반어를 얼마나 효과적으로 인지시킬지의 문제가 반어의 성패를 판가름한다.

현대사회의 부조리한 모습을 드러내기에 적합한 반어는 세계를 비판적으로 바라본다. 이러한 비판적 기능으로 인해 반어는 현대 작품에서 중요한 수사법으로 쓰이게 되었다. 문학의 여러 가지 특성 중에 현실에 대한 비판은 예로부터 지금까지 문학의 중요한 임무였다. 반어는 이러한 문학의 임무를 수행하는 데 더할 나위 없이 훌륭한 역할을 한다. 현실에 대한 비판적 인식은 반어를 통해 얻을 수 있는 중요한 효과이다.

반어의 비판적 인식 역시 대조적인 두 지점의 거리로부터 유발되는 것인데, 반어는 대조적인 두 지점의 거리를 제시하고 독자에게 해석을 요구한다. 그리고 두 지점의 차이를 통해 발생하는 거리는 의미의 영역을 넓히는 긍정적인 효과를 수행하기도 한다. 현대문학은 다양하고 복잡한 문제를 다루고 있는 만큼 다양한 해석의 길을 열어놓는다. 에이론의 상반된 모습과도 같은 반어는 이러한 현대문학의 특성에 보다 적합한 형식을 가지고 있다. 다양한 삶의 지평을 다양한 시선으로 이해하고 비판하는 것이 바로 반어이기 때문이다. 이런 이유로 인해 "현대의 신비평가를 중심으로 많은 이론가들은 아이러니를 내포한 문학이 그렇지 않은 문학보다 우수하다고"[3] 믿고 있다.

---

3   이상섭, 『문학비평용어사전』, 민음사, 1976, 191쪽.

역설

1. 역설의 의미

역설paradox은 "겉으로 보기에는 명백히 모순되고 부조리한 듯하지만 표면적인 논리를 떠나 자세히 생각하면 근거가 확실하든가 진실된 진술 또는 정황"[4]이다. 역설은 반어와 유사한 성격을 지니고 있는 개념이기도 하다. 때문에 역설을 반어의 하위개념으로 보기도 한다. 그러나 역설은 작가가 표현한 것과 다른 모습으로 드러난다는 점에서는 반어와 비슷하지만 그 양식에 있어서는 반어와 차이점을 지닌다.

반어는 진술된 언어 자체에는 모순이 나타나지 않는 반면 역설은 진술된 언어 자체에서 모순이 나타나기 때문이다. 반어는 언어 자체에 모순이 있는 것이 아니라 표현된 언어와 내재된 의미의 차이로부터 비롯된다. 반면 역설은 표현된 언어 자체가 모순이며, 그러한 모순으로부터 표현된 언어와는 다른 의미가 발생한다. "브룩스C. Brooks가 "시의 언어는 역설의 언어다"라고 하여 현대시의 구조원리로 내세우기까지"[5] 했는데 역설은 시적 표현에 있어서 복합적이고 다양한 층위의 진술과 의미의 표현이 가능하다.

또한 역설은 반어와 마찬가지로 현대적인 개념의 표현법이다. 따라서 역설은 단절되고 비연속적이며 부조리한 현대사회를 드러내기에 적합한 표현법이며, 모순된 표현을 통한 풍자라는 측면에서도 현대사회의 특성을 표현하는 데 적합하다. 역설은 논리적이기보다는 비논리적인 것

---

4   위의 책, 204쪽.
5   김준오, 앞의 책, 318쪽.

이다. 그리고 비논리적인 표현을 통해 합리적인 의미를 드러내는 것이다. 때문에 역설은 모순된 표현이지만 동시에 타당한 표현이기도 하다. 그렇기 때문에 역설은 논리적인 언어와 거리가 있는 시의 언어로 적합한 것이기도 하다. 역설은 이와 같은 모순을 통해 시인의 의도를 더욱 강조하는 역할을 하게 된다.

2. 역설의 종류

"휠라이트P. Wheelwright는 역설을 크게 표층적 역설paradox of surface과 심층적 역설paradox of depth로 나누고, 심층적 역설을 다시 존재론적 역설 ontological paradox과 시적 역설poetic paradox로 세분"[6]했다.

표층적 역설은 가장 익숙한 역설의 방법으로서 모순 어법이 여기에 해당한다. 한용운의 「님의 침묵」의 "님은 갔지마는 나는 님을 보내지 아니하였습니다"와 같은 모순된 표현이 바로 표층적 역설이다. 이것은 모순 어법이기 때문에 문법적 논리로는 말이 안 되지만 심정적 인식으로는 이해 가능한 것이다. 또한 우리가 흔히 모순 형용이라고 하는 것도 표층적 역설이다. 모순 형용은 수식어와 피수식어 사이에서 발생하는 모순 관계로 이루어진다.

> 지상에 단 한 마리 남은
>
> 코뿔소를 인간이 멸종시켜도 코뿔소는 죽지 않는다
>
> — 최승호, 「코뿔소는 죽지 않는다」 부분

---

6   P. Wheelwright, *The Burning Fountain*, Indiana Univ. Press, 1968, pp.96~100; 김영철, 『현대시론』, 건국대 출판부, 2001, 241쪽에서 재인용.

날이 어두워지면 안개는 샛강 위에

한 겹씩 그의 빠른 옷을 벗어놓는다. 순식간에 공기는

희고 딱딱한 액체로 가득 찬다.

— 기형도, 「안개」 부분

　　표층적 역설은 '멸종된 코뿔소가 죽지 않는다'(「코뿔소는 죽지 않는다」)거나 '액체가 딱딱하다'(「안개」)와 같은 모순된 표현을 말한다. 문장의 표면에 바로 모순이 드러나기 때문에 쉽게 감지할 수 있는 역설이다. 또한 서로 어울리지 않는 모순된 표현을 통해 나타나기 때문에 낯선 감각을 소환하게 된다. 최승호와 기형도의 시 역시 이러한 이율배반의 언어를 통해 기존 질서와는 다른 감각을 표현한다.

　　당신과 나를 생각한다. 아직 태어나지 않은 딸을 생각한다. 가정과, 가정의 행복과, 국가라는 평화와, 평화의 공포를 생각한다. 담당의는 말이 없는

최승호

뒤에는 기형도, 박해현, 앞에는 이승하, 전동균

사람이다. 보이는 것의 목소리를 생각한다. 보이지 않는 것의 낯익은 얼굴을 생각한다. 말한다. 만진다. 국가의 본능을 생각한다. 마음의 기슭에선 대기와 피가 망각된다. 당신이 사라진다. 사라진 당신을 만지면 손톱 끝에 핏방울이 맺힌다. 핏방울을 머금고 연한 잎이 돋는다. 담당의는 나의 동공 속으로 붉은 빛을 쑤셔 넣는다. 당신의 작고 동그란 입술을 생각한다. 이 가정 속에 당신이 뚫어놓고 간 구멍을 생각한다. 구멍 속에서 손을 뻗어 아직 태어나지 않은 딸의 손을 만진다.

— 김안, 「시놉티콘」 부분

김안

　김안의 「시놉티콘」 역시 모순된 표현을 통해 표층적 역설을 보여준다. "보이지 않는 것의 낯익은 얼굴"이나 "사라진 당신을 만지면 손톱 끝에 핏방울이 맺힌다"거나 "구멍 속에서 손을 뻗어 아직 태어나지 않은 딸의 손을 만진다"라는 역설은 어긋난 지점을 교차하며 낯선 감각을 만들어낸다. 있을 수 없는 세계를 엇갈리게 직조하여 만든 정황은 낯선 세계를 재현함으로써 일반적인 문장으로는 제시할 수 없는 시인의 내면을 제시한다.

나는 울음의 입속으로 걸어 들어가
귀기울여 본다
큰 울음은 작은 울음들로 빽빽하다
큰 울음은 오늘도 울음이 없다

— 이영광, 「저수지」 부분

이영광

존재론적 역설은 종교적이거나 철학적인 것과 같이 형이상학적인 것을 표현하는 것이다. 따라서 존재론적 역설은 표층적 역설에 비해 난해한 의미 구조를 갖는다. 이것은 형이상학적인 세계를 다루기 때문에 보다 커다란 사상이나 상징체계와 연관을 맺는다. 흔히 종교적인 작품에서 존재론적 역설을 많이 사용한다. 이영광의 「저수지」와 같이 철학적이고 형이상학적인 세계의 모순을 통해 시적 인식을 전달하는 것이 바로 존재론적 역설이다. "큰 울음은 오늘도 울음이 없다"는 단순한 울음을 말한다기보다 우리 삶의 근본적인 고통을 의미한다는 점에서 철학적이고 형이상학적인 세계와 맞닿아 있다.

시적 역설은 작품 전체의 구조적인 역설을 의미한다. 표층적인 역설이 문장이나 연과 같은 단위에서 발생하는 부분적인 역설이라면 시적 역설은 작품 전체의 구조와 그것이 내포하고 있는 의미의 모순으로부터 드러나는 역설이다. 시적 역설은 구조적 반어와 유사한 구조를 지니고 있기도 하다.

내 열쇠는 피를 흘립니다 내 사전도 피를 흘립니다 내 수염도 피를 흘리고 저절로 충치가 빠졌습니다 내 목소리는 굵어지고 주름도 굵어지고 책상 서랍의 쥐꼬리는 사라졌습니다 소문대로 난 일 년의 절반을 지하실과 지상에서 공평하게 떠돕니다

나의 눈에서 물이 흐릅니다 한쪽 눈알은 말라빠졌습니다 두 다리의 무릎까지만 털이 수북합니다 음부의 반쪽에선 피가 나오고 오른쪽 사타구니엔

정액이 흘러내립니다 백 년에 한 번 있는 일입니다만

　　하하하 농담 그냥 여자도 남자도 아니고 죽은 것도 산 것도 아니라는 말
을 요즘 유행하는 환상적 어투로 지껄인 겁니다 말도 하기 귀찮다는 예 바
로 그 말이죠

　　자자 내게 제모기와 쥐덫은 그만 보내시고요 이가 들끓는 가발도 처치
곤란입니다 도려서 얹어놓은 과일들 이 모든 쓰레기는 충분해요 머리맡에
양초든 향이든 피우지 마세요 죽겠네 정말 꽃무더기 따위 묶어오지 말라니
까요

　　죽은 장미가 그랬죠 너는 아름답구나

　　지금은 뼈만 남은 늙은이와 놀다 쉬는 참입니다 매일 한두 명과 그리고
그러지만 어떤 날은 여자애들이 한꺼번에 들이닥쳐 정신이 나갑니다 공동
묘지로 허가 났나요 전기가 끊어지고 수도관이 막힌 지도 한참 됐어요 하
긴 정신 차린다는 말의 뜻도 모르지만 제발 축언은 닥치고요 축복도 그만
좀 주세요

　　지하실엔 매달 공간이 없답니다 정원에도 파묻을 자리가 없구요 누군 나
더러 불러들였다는데 제 발로 찾아와 발가벗는데 난들 별수 있나요 공평하
게 대할 수밖에

　　내게 없는 걸로 주세요 가령 고통이니 절망 허무랄까 뭐 한 번도 경험하

지 못한 사전에만 있는 그 말뜻이 통하게요 안 될까요 그럼 견딜 수 없을 것 같은 흔해빠진 문구를 써먹을 수 있는 상황이랄까 혹은 질투라는 단어에 적합한 대상을 보내주세요

누가 봤을까요 나도 날 못 봤는데
그러나 나는 아름다워요

— 김이듬, 「푸른 수염의 마지막 여자」 전문

김이듬

시적 역설은 문장 수준에서 이루어지는 표층적 역설과는 달리 작품 전체와 연계된다는 점에서 보다 확장된 역설의 효과를 기대할 수 있다. 김이듬의 「푸른 수염의 마지막 여자」는 전체적으로 비극적 정서가 주조를 이루고 있다. 하지만 이때 비극적 정서는 가벼운 어투와 결합하여 작품 전체가 역설적인 분위기를 자아낸다. 따라서 「푸른 수염의 마지막 여자」는 심층적 역설인 시적 역설의 효과를 제시한다. 그리고 작품 전체의 정서와 정반대의 감각을 드러내는 마지막 한 행을 통해 다시 한 번 역설적인 상황을 만든다.

따라서 「푸른 수염의 마지막 여자」는 시 전반에 역설적인 상황이 내장되어 있을 뿐만 아니라 마지막 문장을 통해 역설적인 구조를 강화하는 이중적인 구조를 지닌다. 그 모든 비극적 장면에도 불구하고 "그러나 나는 아름다워요"라고 말함으로써 비극과 아름다움은 시의 구조 속에서 역설의 관계에 놓이게 되는 것이다. 다만 마지막 문장의 경우에 반어의 범주에 포함되기도 한다. 반어와 역설은 앞서 밝힌 바와 같이 동시에

나타날 수 있는데, 「푸른 수염의 마지막 여자」 역시 반어와 역설을 하나의 작품 안에서 동시에 발견할 수 있다.

반어와 역설의 새로움

반어와 역설은 기본적으로 혼용되어 쓰이기도 하고 반어의 범주에 역설이 포함되기도 한다. 그러나 중요한 것은 반어와 역설이 분리된 것이냐 아니냐가 아니라 그것이 어떻게 사용되느냐이다. 우리는 일상생활 속에서 수없이 많은 반어적 표현과 역설적 표현을 하게 된다. 특히 반어와 역설은 앞에서도 밝힌 바와 같이 현대사회의 속성을 드러내기에 적합한 표현법이다. 때문에 반어와 역설은 과거보다 더 중요한 수사법으로 기능하며 빈번히 사용된다. 그런 만큼 반어와 역설은 현대시에서 더욱 자주 사용되는 수사법이기도 하다.

반어와 역설이 빈번하게 사용되는 만큼, 그와 같은 익숙함을 어떻게 극복하느냐가 관건이다. 물론 익숙함을 극복하고 새로움을 보여주어야 하는 것이 반어와 역설만은 아니다. 하지만 반어와 역설이 다른 수사법에 비해 현대에 와서 더욱 자주 쓰이게 된 만큼 새로움의 측면에 더욱 신경을 써야 한다. 당연한 말이지만 새로움을 전할 수 없다면 그것은 상투적이고 진부한 표현이 되어 시적 언어의 기능을 상실하고 만다.

그리고 세계를 바라보는 시인의 태도와 관련해서도 반어와 역설은 중요한 의미를 지닌다. 현대사회가 비극성을 전제로 한 세계인 만큼 시인들은 우리의 삶과 세계를 비판적으로 바라보기 마련이다. 이때 비판적 시선을 적절하게 수용하는 것이 바로 반어와 역설이다. 시적 대상과 정황을 반대로 보거나 모순된 것으로 파악하는 것은 비극성을 비판하는 적극적인 표현이다. 반어와 역설은 세계의 비극성과 이런 방식으로 연결되기 때문에 현대시에서의 중요성이 더 강조되는 것이다. 시인은 세계의 이면을 파악하는 자이다. 반어와 역설은 일반적인 어법으로는 보여줄 수 없는 지점을 제시한다는 점에서 세계의 이면을 파악하고자 하는 시적 수단으로 적합하다.

이미지의 개념

이미지라는 말은 우리의 일상생활에서 다양하고 빈번하게 사용되고 있다. 우리는 사진이나 영화와 같은 영상물을 두고 이미지라는 말을 쓰기도 하고, 사람이나 사물의 인상을 두고 '그(것)의 이미지'라는 말을 쓰기도 한다. 회화에서는 재현된 대상을 두고 주로 이미지라는 말을 사용하며, 음악에서도 그 곡이 주는 전체적인 느낌 등을 이미지라는 말로 표현하기도 한다. 그런데 자세히 보면 우리가 일상적으로 사용하는 '이미지'라는 말에는 두 가지의 의미가 내포되어 있음을 알 수 있다. 하나는 '대상을 재현한 재현물로서의 이미지'이고, 다른 하나는 '재현물을 보고 마음에 떠오르는 인상'이 그것이다.

사진은 실재를 재현한 것으로 그 자체로 하나의 이미지가 된다. 이미지의 첫 번째 용례이다. 그런데 사진에 나타난 가족들의 모습을 보면서 우리는 가족의 모습들을 떠올리게 된다. 이때 마음속에 떠올린 가족들의 모습을 무엇이라 부를 수 있을까. 이 역시 이미지라 부른다. 이미지의 두 번째 용례이다. 전자는 원인이고 후자는 결과인 셈인데, '이미지(인상)를 떠올리게 만드는 이미지(재현물)', 혹은 '이미지(재현물)를 보고 떠오른 이미지(인상)'라는 동어반복이 생겨나는 것은 이 때문이다. 철학자 사르트르J. P. Sartre는 이 때문에 마음속에 떠오르는 인상을 이미지라고 하고, 이미지를 불러일으키는 재현물을 '아날로공'이라는 명칭으로 부를 것을 제안했다. 이 책에서는 '이미지'를 주로 '재현물', 즉 시적 표현을 지칭하는 첫 번째 개념으로 사용한다. 시론은 시 작품의 구성 원리나 요소를 다루는 분야이기 때문이다. 필요한 경우에는 두 번째 개념을 '마음속의 이미지', 혹은 '상상 속의 이미지'라는 말로 사용할 것이다.

문학에서 이미지는 쉽게 '시인의 상상력에 의하여 그려지는 말의 그림'[1] 정도로 정의된다. 이미지의 번역어인 한자어 '심상心像'이 '마음에 나타난 형상'의 의미를 지니고 있는 것도 이와 관련이 있다. 그러나 조금 더 자세히 살펴보면 문학의 이미지 역시 매우 다양한 방식으로 정의되고 있음을 알게 된다 . 이미지는 '모든 심리적·감각적 체험의 구상화이며 동시에 시적 인식의 방법'이다,[2] '우리의 감각에 호소하고 사물에 대한 감각적 경험을 불러일으키는 것'이다.[3] 심지어는 '감각·지각의 모든 대상과 특질을 가리키며, 좁은 의미로는 시각적 대상과 장면의 요소, 일반적으로는 비유적 언어 그 자체를 가리킨다'처럼 복잡하게 정의되고 있는 것이다.[4] 하나의 단어가 이처럼 다양한 방식으로 정의되는 것은 이미지가 매우 복잡한 개념이라는 것을 반증하는 것이라 할 수 있다. 이미

1   C. D. 루이스, 강대건 역, 『시란 무엇인가』, 탐구당, 1987, 42쪽.
2   정한모, 『개정판 현대시론』, 보성문화사, 1988, 70쪽.
3   김준오, 『시론』, 삼지원, 1997, 157쪽.
4   M. H. 아브람스, 최상규 역, 『문학용어사전』, 대방출판사, 1985, 125~126쪽.

지를 두고 "현대비평에 있어서 가장 흔하면서도, 가장 애매성이 많은 용어"[5]이며, "이미지가 의미하는 정확하고 명쾌한 개념 범위에 의문이 제기"[6]되어 왔다는 지적은 이 때문에 생겼다.

이미지에 대해 다양한 정의가 존재한다는 점에서, '이미지가 무엇인가'에 대답하기 위해서는 개별적 정의에 얽매이기보다는 여러 정의들에 공통적으로 내재된 원리를 살펴볼 필요가 있다. '감각'과 '상상력'이 그것인데, 확인한 것처럼 이미지에 대한 다양한 논의가 존재하지만, '감각'과 '상상력'이라는 개념은 계속해서 등장하고 있음을 알 수 있다. 각각의 정의들은 감각과 상상력을 어떤 문맥 아래 놓느냐에 따라 그 뉘앙스가 조금씩 달라졌을 뿐이다. 그러므로 이미지를 이루는 두 개념을 따라가다 보면, 감각과 상상이라는 두 계기를 통해 이미지가 어떻게 형성되고 향수되는지, 나아가서는 이미지가 무엇인지를 확인할 수 있을 것이다.

앞질러서 말해두자면, 시에서 이미지란 '체험과 상상을 감각적 언어로 구체화한 것'이다.

이미지와 감각

문학은 기본적으로 삶의 체험을 바탕으로 창작되며 향수된다. 체험이란 우리가 몸으로 직접 느낀 것을 말하는데, 그래서 살아있는 것이며, 그 자체로 구체적인 것이다. 만유인력이라는 과학적 법칙은 낙하하는 사과에 대한 체험으로부터 도출되었으며, 그것을 실감하는 것 역시 우리의

5　위의 책, 124쪽.
6　J. M. 호손, 정정호 외역, 『현대 문학이론 용어사전』, 동인, 2003, 360쪽.

체험을 통해서만 가능하다. "숲과 초원과 개천이 어떤 것인지를 처음으로 가르쳐 준 것은 체험되고 지각된 구체적 풍경"이지 지리학이 가르쳐 준 것은 아니며,[7] 힘든 노동의 끝에 마시는 물 한 잔의 시원함은 생리학이 가르쳐준 것이 아니다. 바로 우리의 체험이 이를 알게 한 것이다. "한 줄의 시를 쓰기 위해서는 오랫동안 기다려야"하고 "많은 도시와 사람들 그리고 사물을 보아야 하며 동물들을 알아야" 한다고 릴케[R. M. Rilke]가 말한 이유 또한 체험이 시의 근본임을 강조하고자 한 것이다.[8]

그렇다면 우리의 체험은 어떻게 형성되는가. 기본적으로 감각과 지각을 통해서 이루어진다. 외부의 자극에 대한 우리 몸의 직접적인 반응을 감각이라 하고, 이 감각의 성질을 파악하는 것을 지각이라 한다. 지금 내 앞에 실제의 국수가 놓여있다고 할 때, 그것은 나의 눈과 코, 혀 등의 감각기관에 포착될 것이다. (이 포착을 '자극'이라고 부를 수도 있다.) 이때 '국수라는 자극'에 대한 '감각기관의 직접적이고 반사적인 반응'이 감각이며, 이 감각(반응)이 어떤 것인지(허수무레하다, 부드럽다, 수수하다, 슴슴하다 등등)를 파악하는 것이 지각이다.[9] 체험이 감각과 지각을 통해 이루어진다는 말은, 역으로 체험을 효과적으로 재현하는 방법 또한 감각과 지각에 있다는 것을 의미한다. 이처럼 감각과 지각에 호소하는 표현, 이것이 이미지이다.

부연하자면, 일부 시론서에서 이미지를 '감각적 이미지', '비유적 이미

---

7   기다 겐 외편, 이신철 역, 『현상학사전』, 도서출판b, 2011, 378쪽.

8   라이너 마리아 릴케, 김용민 역, 『말테의 수기』, 책세상, 2000, 26쪽.

9   관점에 따라 감각과 지각의 관계는 다르게 설명될 수도 있다. 메를로-퐁티는 감각과 지각이 별개의 문제가 아니라 동일한 것이어서 구별하기 어렵다고 본다. 감각하는 것과 지각하는 것은 동시에 이루어지기 때문이다. 설명의 편의를 위해 여기서는 감각과 지각을 세분화하여 나누었다. 감각과 지각에 대한 다양한 논의들은 심귀연, 『신체와 자유』, 그린비, 2015, 26~59쪽 참조.

지', '상징적 이미지'로 나누는 것은 이치에 맞지 않은 분류이다.[10] 먼저, 이미지는 모두 감각적일 수밖에 없기 때문에 '감각적 이미지'란 표현은 불필요한 첨언이다. '비유적 이미지', '상징적 이미지'라는 개념도 적절하지 않다. 비유적 이미지란 직유나 은유, 환유, 제유 등 비유적 수사법을 통해 나타나는 이미지이고, 상징적 이미지란 상징적 수사법을 통해 드러나는 이미지라는 의미이다.[11] 그러나 비유를 통해 형성된 이미지와 상징을 통해 형성된 이미지의 결과가 서로 다른 것도 아니다. 결국 감각과 지각에 호소하는 표현, 즉 이미지만 있을 뿐이다.

그러므로 굳이 이미지를 분류해야 한다면, 시각·청각·미각·후각·촉각적 이미지와 기관적(심장박동, 맥박, 호흡 등) 이미지, 근육감각적 이미지, "분수처럼 흩어지는 푸른(시각) 종소리(청각)"처럼 두 감각을 복합적으로 결합하여 제시하는 공감각적 이미지 등 신체의 감각기관들과 관련된 이미지가 있을 뿐이다. 거듭 말하지만, 이미지는 감각하는 우리의 신체가 겪은 체험을 다시 감각과 관련된 언어로 표현하는 것이기 때문이다.

---

10 Alex Preminger ed., "imagery", *Princeton of Poetry & Poetics* (Enlarged Ed.), Prinston University Press, 1975, pp.363~364. 이 같은 이미지 분류가 이미지에 대한 이해를 어렵게 했다. 분류란 기본적으로 기준이 단일해야 하고 그 요소들은 공통된 자질을 지니고 있어야 한다. '감각적 이미지'와 '비유적/상징적 이미지'는 전자가 감각에 호소하는 것이라는 의미이고, 후자는 수사법에 의해 산출된 이미지라는 의미이니 그 자체로 분류의 기준에 맞지 않다.

11 이 같은 주장은 비유가 '(마음이) 불경처럼 서러워졌다(직유)"나 "내 마음은 호수요(은유)"처럼 원관념(마음)을 구체적인 보조관념(불경/호수)으로 나타내는 수사법이라는 점에서, 상징 역시 '조국의 하늘에 비둘기가 날아왔다'의 "비둘기"처럼 원관념인 평화가 보조관념인 비둘기에 포함되어 있다는 점에서 '관념을 감각적인 대상'으로 바꿔놓는다는 점을 근거로 한 것이다. 비유에 의해서 형성된 표현이 이미지를 비유적 이미지, 상징에 의해서.

아, 이 반가운 것은 무엇인가

이 히수무레하고 부드럽고 수수하고 슴슴한 것은 무엇인가

겨울밤 쩡하니 닉은 통티미국을 좋아하고 얼얼한 댕추가루를 좋아하고

싱싱한 산꿩의 고기를 좋아하고

그리고 담배 내음새 탄수 내음새 또 수육을 삶는 육수국 내음새 자욱한

더북한 삿방 쩔쩔 끓는 아르궅을 좋아하는 이것은 무엇인가

이 조용한 마을과 이 마을의 으젓한 사람들과 살틀하니 친한 것은 무엇

인가

이 그지없이 고담하고 소박한 것은 무엇인가

— 백석, 「국수」 부분

영어교사를 했던 백석 시인

많은 시인들이 그렇지만 특히 백석은 감각에 호소하는 표현들을 적절히 사용함으로써 그의 체험을 독자들에게 생생하게 전달한다. 위의 시 「국수」가 대표적이다. 여기서 국수는 결코 일반적인 국수가 아니다. 철저하게 백석이 먹고 백석이 체험했던 국수이며, 백석 자신만의 '고유한 국수'이다.

시각적으로 그것은 "히수무레하"고 "수수하"며, 촉각적으로는 '부드러우'며, 미각적으로는 "슴슴"하다. 국수를 말아 먹는 동치미국은 "쩡하니" '익은(미각)' 것이고, 넣어 먹는 고춧가루는 '얼얼(촉각)'하며, 산꿩의 고기는 '싱싱(시각)'하다. 그것을 어디에서 먹는가. "담배"와 "탄수(식초)", 수

육 삶는 냄새가 가득하고(후각) 자욱한(시각), 쩔쩔 끓는 아랫목(촉각)에서 먹는다. 우리는 온갖 감각을 통해 이미지화된 이 '국수'로부터 한 그릇의 음식은 '단순한 음식'이 아니라, 시인 자신의 삶 속에서 구체화된 '체험된 음식'임을 확인할 수 있다.

이처럼 시에서는 어떤 사물도 '사물 그 자체가 아니라' 감각하는 '나와의 관계 속에서 체험된 사물'이다. 몸의 모든 감각을 통해 스며든 이 체험을 '생생히' 꺼내놓는 방법은 다시 감각에 의존하는 것밖에 없으며, 그 표현 결과가 바로 이미지인 것이다.

더불어 하나의 대상은 단순히 단일한 감각만을 불러일으키지는 않는다. 국수는 시각만도 아니고 청각만도 아니며 미각만도 아닌, 모든 감각을 통해 체험된다. 우리가 새벽에 일어나 산책을 할 때, '새벽'은 어슴프레한 빛깔로만 오는 게 아니라 흙과 나무의 냄새, 서늘한 기온, 새들의 소리 등으로 다가오는 것처럼 대상은 모든 감각을 통해 우리에게 육박해 오는, 감각의 총체이다. 그러므로 하나의 이미지는 단일한 감각에만 의존하지 않는다. 다만 우리의 언어가 이를 동시에 표현하지 못할 뿐이다. 이미지는 '이해하는 것이 아니라 느껴야 하는 것'이라는 말은 이런 의미이다.

이미지는 시인의 고유한 체험을 재현할 뿐만 아니라 개념이나 관계까지도 감각적으로 구체화한다.

> 그가 보는 동물의 왕국 속 ; (뱀이 뱀을 먹으며 죽어간다
> 같은 황토色 비늘이라 얼핏 보면 한 마리 같다
> 처음과 끝이 모두 꼬리인 길고 긴 몸
> 뱀의 대가리는 몸 가운데에 멈춰 있다

그 두 눈은 핏빛이다 힘껏 뒹굴어도 끊어지지 않는

몸, 속으로 못 박히듯 또 다른 몸이 채워지고 있다

황토色 비늘이 붉은 잔금들로 깨지기 시작한다

천천히 먹어치우며 가는 몸은 멀고 먼 길이다

고독한 길 뱀은 자꾸 이빨을 박으며 간다

독은 길을 따라 몸속으로 서서히 퍼진다

이 끔찍한 길은 포장도로처럼 딱딱하게 굳는다

꾸역꾸역 삼키며 가는 길 뱀은 찔끔 눈을 감는다

그러자 몸속으로 스스로 기어들어가는 길

어쩌면 처음부터 저도 함께 안간힘 쓰며

몸속으로 밀려왔을, 서로의 몸 끝까지 가지 못하고

멎어버린다면 그 모습 얼마나 웃길까?

사랑은 그런 것, 천천히 몸속을 기어가는 숨막히는 길

서로 다른 끝을 보며 스쳐가듯 하나가 되는 고통 속

다시 슬그머니 눈을 뜬 뱀의 눈빛이 깊어졌다

함께 가자, 아가리를 크게 벌리고 뱀은 운다

커다랗게 부풀어오르며 완전히 하나가 된 시뻘건 몸

천천히 굳어가는데) 그가 보는 동물의 왕국 전원을

강제로 꺼버리는 그녀, 쩌억 벌어진 입에서

독이 쏟아지고 뱀 먹는 뱀처럼 갈 길이 정해진 듯

거실을 기어가는 늙은 몸 하나

— 신기섭, 「아버지와 어머니」 전문

작품은 형태적으로 괄호를 사용하여 텔레비전의 세계와 현실 세계를 시각적으로 구분하고 있다. 괄호의 안에서는 뱀이 뱀을 잡아먹는 그로테스크한 이미지가 길게 늘어 서 있다. 괄호의 밖이라고 해서 평온하지는 않다. 현실 세계에서 "그(아버지)"와 "그녀(어머니)"가 서로를 '잡아먹기나 할 듯이' 으르렁댄다. 슬픈 일이지만 어떤 사랑은 상대를 상처주면서, 때로는 연민하면서 지속된다. 독기를 품으며 상대를 힐난하면서도

교통사고로 요절한 신기섭 시인

"함께 가"고야 마는 사랑의 모습을 우리는 가족이라는 이름으로 종종 보곤 한다. 이 '관계의 이중성'을 어떻게 드러낼 수 있을까.

보통 '슬픔'이라는 말을 국어사전에서 찾아보면 '슬픈 느낌이나 감정', 혹은 '욕구의 억압에 따른 괴롭고 답답한 감정'으로 풀이되어 있다. 이같은 풀이가 '슬픔'에 대한 진정한 설명이 되지 못함은 당연하다. 동어반복에 지나지 않거나 슬픔을 느끼는 우리의 감정과 상황이 전혀 반영되지 않았기 때문이다. 우리는 '슬픔'이라는 개념어를 설명해 보라고 하면 머뭇거릴 수밖에 없다. 개념이란 언제나 추상적이며 불안하게 흔들리며, 동시에 존재의 본질을 놓치기 마련이기 때문이다. 그래서 '슬픔'이라는 말을 들으면 헤어짐의 장면이나 울고 있는 아이, 어떤 상실의 순간을 이미지화하기 마련이다. 즉 슬픔과 관련된 하나의 이미지를 구성하게 되는 것이다.[12]

위 시에서 시인은 아버지와 어머니의 관계를 뱀과 뱀의 관계로 비유

---

12 흔히 이미지를 두고 '관념의 육화'라는 말을 사용하기도 하는데, (관념만이 이미지가 되는 것은 아니기에 정확한 말은 아니지만) 이미지가 개념이나 관계를 구체적인 감각으로 대체한다는 점에서는 맞는 말이라 할 수 있다.

함으로써 이 관계를 연결하고 있다. 그러나 '먹으면서 동시에 먹히는' 사랑의 이중성은 설명 불가한 것이며 이미지들을 통해서만 실감을 얻는다. 시 전편에 가득한 시각적 이미지와 내장기관적 이미지들이야말로 이 관계에 내포된 질김과 참혹함을 감각적으로 구체화할 수 있는 유일한 길이다. 뱀이 뱀을 먹을 때 "황토색ᵉ 비늘이 붉은 잔금들로 깨지기 시작"하듯, 서로를 상처 주며 늙어가는 양친의 주름도 그렇게 늘어갈 것이다.

감각과 지각은 우리가 세계와 교섭하는 통로이기도 하다. 그러므로 감각적 표현 그 자체인 이미지는 우리가 세계를 어떻게 파악하고 있는지를 드러낸다. 감각이 없다면 나의 세계도 없고 세계에 대한 나의 삶도 없다는 것은 과장된 표현이 아니다. 메를로-퐁티는 『지각의 현상학』에서 백내장 수술을 받고 시력을 되찾은 선천성 맹인들의 사례를 소개하고 있다. 개안 수술을 받은 환자는 새롭게 보게 되는 시각적 공간에 끊임없이 놀라워한다. 그는 이전에는 자신의 촉각적 경험이 너무도 빈약했음을 토로하며, 수술 전에는 정상적인 시각을 지닌 사람들이 파악하는 '공간의 경험'을 가져본 적이 없다고 고백한다. 또한 원과 사각형을 시각을 통해 구별하라는 요구를 받게 되면 그들은 시각을 지니고 있음에도 그 대상들을 언제나 잡아보고 싶어 한다. 심지어는 18년간 실명 생활을 보낸 후 수술을 받은 환자는 태양광선을 만지려고까지 한다고 서술하고 있다. 이처럼 눈 먼 사람들의 세계는 지팡이로 두드리는 땅의 굳기에 대한 촉각과 반향되는 소리를 듣는 촉각, 골목의 냄새를 맡는 후각 등을 통해 구성된 세계이다. 더불어 촉각이 없다면 우리는 스쳐가는 저 바람을 느낄 수 없고, 눈을 감는다면 사랑하는 사람의 존재 가능성을 확인할 수 없다. 이처럼 세계는 감각에 의해 우리에게 다가오며, 우리는 감각을 통해 세계로 나아간다. 어떻게 보면 우리의 삶이란 감각 그 자체이며, 개인이 가진 감각적 특수성에 따라 그 자신이 창출하는 이미지도 달라지는 것이다.

새가 앉았다 떠난 자리, 가지가 가늘게 흔들리고 있다

나무도 환상통을 앓는 것일까?
몸의 수족들 중 어느 한 부분이 떨어져 나간 듯한, 그 상처에서
끊임없이 통증이 베어 나오는 그 환상통,
살을 꼬집으면 멍이 들 듯 아픈데도, 갑자기 없어져 버린 듯한 날

한때,
지게는, 내 등에 접골된
뼈였다
목질의 단단한 이물감으로, 내 몸의 일부가 된
등뼈.

언젠가
그 지게를 부수어버렸을 때, 다시는 지지 않겠다고 돌로 내리치고 뒤돌
아섰을 때
내 등은,
텅 빈 공터처럼 변해 있었다
그 공터에서는 쉬임없이 바람이 불어왔다

그런 상실감일까? 새가 떠난 자리, 가지가 가늘게 떨리는 것은?

허리 굽은 할머니가 재활용 폐품을 담은 리어카를 끌고 골목길 끝으로
사라진다
발자국은 없고, 바퀴 자국만 선명한 골목길이 흔들린다

사는 일이, 저렇게 새가 앉았다 떠난 자리라면 얼마나 가벼울까?
물끄러미 쳐다보고 있는 창 밖,

몸에 붙어 있는 것은 분명 팔과 다리이고, 또 그것은 분명 몸에 붙어 있
는데
사라져 버린 듯한 그 상처에서, 끝없이 통증이 스며 나오는 것 같은 바람
이 지나가고

새가 앉았다 떠난 자리, 가지가 가늘게 흔들리고 있다

— 김신용, 「환상통」 전문

김신용

알다시피 환상통이란 외상으로 인해 잘려진 팔다
리에 통증을 느끼는 '환지통'의 일상적 표현이다. 시
에는 세 차원의 환상통이 이미지로 등장한다. 하나
는 "새가 앉았다 떠난 자리"에서 나뭇가지가 "가늘
게 흔들리"는 이미지, 다른 하나는 오랜 세월 동안
지게를 짊어지고 다니던 "등"을 공터로 전환한 이
미지, "허리 굽은 할머니가 재활용 폐품을 담은 리

어카를 끌고" 사라진 후 흔들리는 골목길의 이미지가 그것이다. 부재에 대한 상실감이 이 통증들의 공통점이지만, 이 통증의 발원지는 "목질의 단단한 이물감으로, 내 몸의 일부가 된 / 등뼈", 즉 "내 등에 접골된" 지게의 부재이다. 더 정확히는 지게를 짊어졌던 세월의 부재이며, 그 세월의 간난신고가 그리움으로, 한편으로는 고통의 감각으로 계속 뼈에 사무친 채 남아 있다는 사실 확인의 통증이다. '지게'로 표현되는 한 시절이 사라진 후에도 "텅 빈 공터처럼 변해"버린 그 자리에서 느끼는 통증의 지속은, (감각을 통해 체화된)체험의 특수성에 따라 그 자신의 세계도 달라지는 것이라는 것을 다시 확인시켜 준다.

살펴본 것처럼, 이미지는 체험의 언어적 표현이다. 체험은 감각과 지각을 통해 획득되므로 이미지는 감각을 재현하거나 구성함으로써 표출된다. 또한 이미지는 관념이나 관계가 지닌 근본적인 허약함을 감각화함으로써 독자의 이해를 돕는다. 이미지는 한 시인의 개성을 드러내는 표지이기도 하다. 이미지는 체험의 반영이고 시인의 체험은 각자 다르기 때문이다.

이미지와 상상력

다음으로 이미지와 상상력의 관계에 대해 살펴보자. 상상력은 예술의 원천이며, 예술가가 작품을 구상하는 기본적인 힘이다. 특히 시에서 상상력은 이미지를 구성하고 변형하며 조직해내는 능력으로 평가된다. 보통 상상력, 혹은 구상력構想力을 의미하는 영어가 'Imagination'임을 생각한다면 상상하는 일이란 곧 '이미지Image화하기'라는 말과 같은 의미임을 알 수 있다.

> 이미지(상상하는 것 : 인용자)는, 그 자체로서 주어지는 것이 아니라 겨냥
> 된 대상의 '유사 재현물'의 자격으로서 주어지는 물리적인 혹은 심리적인
> 내용물을 통하여, 부재하거나 혹은 존재하지 않는 어떤 대상을 그 형체성
> 속에서 겨냥하는 행위이다.[13]

허무맹랑하거나 현실에서는 있을 수 없는 일을 떠올리는 공상fancy과
는 달리, 상상력은 '현실구속적'이다. 우리는 '무'로부터는 아무것도 상
상할 수 없다. 상상을 위해서는 상상의 대상이 있어야 한다. 호랑이를 한
번도 보지 못한 사람은 호랑이를 '상상'할 수 없다. 호랑이의 실물을 보
거나 그것을 재현한 것("유사 재현물")을 전제할 때 비로소 호랑이를 상상
하는 것이 가능해지며, 우리의 마음속에서 호랑이는 그만의 형체를 지
닐 수 있다. 상상은 이처럼 현실에 있는 어떤 것, 특히 감각을 통해 얻어
진 대상을 마음속에 떠올리는 의식이며, 그것을 다시 이미지들로 구성
하는 힘이다.

> 얻어온 개가 울타리 아래 땅그늘을 파댔다
>
> 짐승이 집에 맞지 않는다 싶어 낮에 다른 집에 주었다
>
> 볕에 널어두었던 고추를 걷고 양철로 덮었는데

---

13 이 글에서는 장 폴 사르트르, 지영래 역, 『상상력』, 기파랑, 2008, 253쪽의 해설에 나오
    는 번역을 인용했다. 장 폴 사르트르, 윤정임 역, 『상상계』, 기파랑, 2010, 52쪽에는 "이
    미지란 그 유형성 안에서 부재하는 혹은 비존재인 대상을 겨냥하는데, 고유한 상태가
    아니라 겨냥된 대상의 "유사 표상물"의 자격으로 주어지는 물적 혹은 심적 내용을 통해
    서 겨냥한다"고 번역되어 있다.

밤이 되니 이슬이 졌다 방충망으로는 여치와 풀벌레가

딱 붙어서 문설주처럼 꿈적대지 않는다

가을이 오는가, 삽짝까지 심어둔 옥수숫대엔 그림자가 깊다

갈색으로 말라가는 옥수수 수염을 타고 들어간 바람이

이빨을 꼭 깨물고 빠져나온다

가을이 오는가, 감나무는 감을 달고 이파리 까칠하다

나무에게도 제 몸 빚어 자식을 낳는 일 그런 성 싶다

지게가 집 쪽으로 받쳐 있으면 집을 떠메고 간다기에

달 점점 차가워지는 밤 지게를 산 쪽으로 받친다

이름은 모르나 귀익은 산새소리 알은채 별처럼 시끄럽다

— 문태준, 「처서」 전문

가을은 어떻게 상상되는가, 그것은 어떤 이
미지로 나타낼 수 있는가. 이 작품은 '무'로부터
의 창조가 아니라 '유'로부터의 창조라는 상상
력의 성격을 잘 보여주고 있다. "갈색으로 말라
가는 옥수수 수염을 타고" 들어갔다가 옥수수의
"이빨을 꼭 깨물고 빠져나"오는 바람을 나타내
는 이미지가 매우 독창적이다. 가을이 깊어가는
것을 더 많아진 바람과 옥수수 알이 여물어가는

문태준

것으로 표현한 것이다. 그렇지만 시는 대부분 가을에 볼 수 있는 일상의
묘사적 이미지들로 채워져 있다. 더 깊어진 "땅그늘"을 파대는 강아지
와, "볕에 널어두었던 고추를 걷고 양철로 덮"는 일과의 반복과, "문설주
처럼 꿈적대지 않"는 풀벌레의 모습과, "까칠"해지는 나뭇잎의 빛깔은

그 자체로는 우리가 농촌에서 쉽게 만날 수 있는 이미지들이 나열된다. 그러나 이 병렬적 구성 자체가 시인의 의도이며 이 시의 상상력이다. 시인의 상상력을 통해 각각의 현실적이고 개별적인 이미지들이 서로 충돌하고 연결되면서 상호작용을 거쳐 하나의 이미지로 완성된 것이다.

상상력은 다른 한편으로 '현실변형적'인 성격을 지닌다. 상상력은 이미지를 제시하고 병치하는 데서 멈추지 않는다. 상상력을 깊이 있게 연구한 바슐라르G. Bachelard가 "상상력이란 오히려 지각작용에 의해 받아들이게 된 이미지들을 변형시키는 능력"[14]이라고 본 것은 이 때문이다. 이에 따르면 상상력이란 애초의 이미지로부터 우리를 해방시키고, 이미지들을 변화시킴으로써 이전과는 다른 이미지를 산출해내는 능력이다. "시는 본질적으로 새로운 이미지에 대한 갈망"이며,[15] 세계를 구성하고 있는 수많은 이미지들의 울타리에 머물지 않고 새로운 이미지를 창조함으로써 우리의 삶을 풍요롭게 만들고자 하는 것이 시의 존재 이유인 것이다. 여기서 상상은 이미지들을 '창조'하는 것이라는 표현에는 약간의 주의가 필요하다. 말했듯이 이미지 자체가 현실로부터, 혹은 현실을 재현한 '재현물'을 마음 속에 떠올리는 것이지 없는 것을 만들어내는 것이 아니다. 그러므로 '이미지를 창조한다'는 것은 무로부터의 창조가 아니라, 존재하는 이미지들의 변형과 변화에 중점을 둔 표현이다.

봄, 놀라서 뒷걸음질치다
맨발로 푸른 뱀의 머리를 밟다

---

14   G. 바슐라르, 정영란 역, 『공기와 꿈』, 민음사, 1993, 10쪽.
15   위의 책, 12쪽.

슬픔

물에 불은 나무토막, 그 위로 또 비가 내린다

자본주의

형형색색의 어둠 혹은

바다 밑으로 뚫린 백만 킬로의 컴컴한 터널

─여길 어떻게 혼자 걸어서 지나가?

문학

길을 잃고 흉가에서 잠들 때

멀리서 백열전구처럼 반짝이는 개구리 울음

시인의 독백

"어둠 속에 이 소리마저 없다면"

부러진 피리로 벽을 탕탕 치면서

혁명

눈 감을 때만 보이는 별들의 회오리

가로등 밑에서는 투명하게 보이는 잎맥의 길

시, 일부러 뜯어본 주소 불명의 아름다운 편지

너는 그곳에 살지 않는다

─ 진은영, 「일곱 개의 단어로 된 사전」 전문

위 작품은 제목 그대로 "일곱 개의 단어"에 대한 이미지 사전이다. 제시된 단어는 '봄', '슬픔', '자본주의', '문학', '시인의 독백', '혁명', '시'이다. 시인은 상상력을 발휘함으로써 혁명이나 자본주의와 같은 거대 담론까지도 이미지화하고 있다. "눈 감을 때만 보이는 별들의 회오리"는 혁명의 시각적 이미지화다. 진정한 혁명이란 이상에 가깝다. 진정한 혁명은 우리가 도달해야 할 '성소'이기에 "별들"처럼 아름답지만, 현실에서는 이루기 힘든, "눈 감을 때만" 보이는 이상향이기도 하다. 또한 혁명은 역동적이다. 그것은 "회오리"처럼, 때로는 토네이도처럼 현실의 부조리한 질서를 해체한다. 그런가 하면 혁명은 또 "가로등 밑에서는 투명하게 보이는 잎맥의 길"처럼 '자연적'이면서도 우리가 손 뻗으면 닿을 곳에 있는 것이기도 하다. 나뭇잎에 난 잎맥의 길을 물이 타고 흐르듯 혁명도 순리의 길을 간다. 낮에는 그저 푸른 잎에 불과하지만, '세상이 어두워졌을 때' 밝히는 가로등 아래에서 올려다보면 나뭇잎 하나하나에도 혁명의 노선이 펼쳐 있는 것이다. 이처럼 시인은 우리가 하나의 시선으로는 포착할 수 없는 개념과, 더더욱 온전히 파악할 수 없는 현실의 복잡한 계기들을 상징하는 일곱 개의 단어들을 이미지화한다. 말했듯이 이미지를 떠올리는 것 자체가 상상력이다. 별들에 대한 이미지, 가로등 아래 나뭇잎에 대한 이미지는 도처에 있겠지만, 이 '일곱 개의 단어로 된 사전'의 이미지들은 상상력이 새로운 이미지를 '창출'하는 과정을 깊이 있게 드러내 보여주고 있다.

또한 상상력은 본질적 특성상 우리를 자유롭게 한다. 물론 이 자유는 정치적이고 신체적인 의미의 자유가 아니라 현실세계 자체의 제약과 구속으로부터의 자유이다. 현실의 세계는 끊임없이 변화하며 어느 순간에도 고정적이지 않다. 바위조차도 매 순간 마모되고 있는 것이 지각이 파악하는 현실세계의 성격이다. 또한 우리의 삶은 우연으로 가득 차 있다. 변화와 우연이 현실의 질서라면, 상상의 질서는 견고함과 예측가능함의 이미지로 이루어진다. 그곳에서는 우연이란 없으며 모든 것이 필연적인 인과의 관계로 구성된다. 필연적인 인과의 중심에 상상하는 내가 있으며, 이 세계에서 한계를 넘어서는 자유가 탄생한다.

다음의 시는 상상력의 이 같은 모습을 잘 보여준다.

가난한 내가
아름다운 나타샤를 사랑해서
오늘밤은 푹푹 눈이 나린다

나타샤를 사랑은 하고
눈은 푹푹 날리고
나는 혼자 쓸쓸히 앉어 소주를 마신다
소주를 마시며 생각한다
나타샤와 나는
눈이 푹푹 쌓이는 밤 흰 당나귀 타고
산골로 가자 출출이 우는 깊은 산골로 가 마가리에 살자

눈은 푹푹 나리고
나는 나타샤를 생각하고
나타샤가 아니 올 리 없다
언제 벌써 내 속에 고조곤히 와 이야기한다
산골로 가는 것은 세상한테 지는 것이 아니다

세상 같은 건 더러워 버리는 것이다

눈은 푹푹 나리고
아름다운 나타샤는 나를 사랑하고
어데서 흰 당나귀도 오늘밤이 좋아서 응앙응앙 울을 것이다

— 백석, 「나와 나타샤와 흰 당나귀」 전문

백석 시집 『사슴』 속표지

시인은 "가난한 내가 / 아름다운 나타샤를 사랑해서 / 오늘밤은 푹푹 눈이 나린다"고 적고 있다. 백석이라는 이름은 '흰 돌'을 의미하고, '나타샤'라는 이름은 러시아의 여인을 떠올리게 한다. 두 사람의 세계에 흰 눈이 내린다. 한 편의 아름다운, 백색의 이미지이다. 가난한 시인이 한 여인을 사랑한다고 해서 "푹푹 눈이" 내리지는 않을 것이지만, 이 시에서는 '내가 나타샤를 사랑'한다는 이유로 인해 발생하는 필연적인 결과이다. 그러므로 이 시의 제2연과 제3연에 등장하는 "생각한다"는 '상상한다'의 의미로 받아들여야 한다. 그럴 때 이 시의 성격과 그 맥락이 분명해진다.

"가난한 내가" 사랑하는 나타샤는 시인의 앞에 존재하지 않는 대상이다. '나는 혼자 쓸쓸히 앉아 소주를 마시며' 나타샤를 상상할 뿐이다. 그러나 사랑의 제약 — 이 제약이란 "가난한" 나와 관련이 있을 것이다 — 과 대상의 부재에 안타까워하며 "혼자 쓸쓸히 앉아 소주를 마시"는 내가 나타샤를 상상하기 시작하자 세계가 달라진다. 내가 나타샤를 상상하는

순간, 나타샤는 "언제 벌써 내 속에 고조곤히 와"서, '산골로 가는 것은 세상한테 지는 것이 아니며 세상 같은 건 더러워 버리는 것'이라고 말해 준다. 이처럼 현실의 세계에서는 '진 것'이 상상의 세계에서는 '승리한 것'이 된다. 자신의 존재의 정당성이 상상을 통해 확보되는 셈이다. 또한 '출출이(뱁새)'가 우는 깊은 산골의 '마가리(오막살이)'를 상상하자 "눈은 푹푹 나리고 / 아름다운 나타샤는 나를 사랑하고 / 어데서 흰 당나귀도 오늘밤이 좋아서 응앙응앙" 우는 이 대동大同의 이미지가 탄생한다. 상상 속에서만 가능한 아름다운 나타샤와 나(백석)라는 흰 존재들의 사랑이 당나귀마저 희게 만들고 온 천지에 흰 눈을 내리게 만든 것이다.

상상력은 이처럼 현실의 고통과 패배를, 상상하는 사람의 내면에서 기쁨과 승리로 전환한다. 있어야 할 것과 있으면 좋을 것을 작품 속에서 이미지화함으로써 현실의 완고한 질서를 허물고 고쳐 세운다. 덧없는 우연이 확실한 필연으로 바뀌는 이 세계에서 시인은 자신의 존재 가치를 증명하고 자유로이 살아가는 힘을 얻는다. 덧붙여 상상력의 이 같은 힘은 특별한 개인에게서만 나타나는 것은 아니다. 이 시가 이루지 못한 사랑을 상상 속에서나마 이루고자 하는 불우한 시인의 한낱 '정신승리'가 아닌 까닭은 현실 자체의 성격 때문이다. 누구에게나 현실은 일정 부분 불편하고 불확실한 것이기 때문이다. 그러므로 상상은 시인 백석만의 것이 아니며, 모든 시인의 것이다. 또한 모든 독자들의 것이기도 하다. 바슐라르가 『물과 꿈』에서 "보이지 않는 것에의 소속, 이것이 원초적 포에지(시정신)"라고 한 것처럼 우리는 현실뿐만 아니라 상상의 세계에 소속되어 있으며, 그 상상은 시 안에서 하나의 이미지로 구체화된다.

이미지의 창조와 향유

도식화의 우려를 무릅쓰고 시적 이미지의 창조와 향유를 정리하면 다음과 같다.

① 시인은 자신의 신체를 통해 세계를 체험한다. 신체를 통해 세계를 체험한다는 것은 감각과 지각을 통해 체험을 구성한다는 말과 같다.

② 시인은 또한 하나의 세계를 상상한다. 상상은 곧 마음속의 이미지를 형성하는 일이다. 상상을 통해 시인은 현실의 질서를 무너뜨리고 새로운 질서, 즉 시적 질서를 만든다. 이 마음속의 이미지 역시 감각적이다.

③ 시인은 체험된 것과 상상한 세계의 이미지를 언어로 표현하되 가급적 개념이 아닌 감각적 표현들로 구체화한다. 체험과 상상을 '생생히' 꺼내 놓는 방법은 다시 감각에 의존하는 것밖에 없기 때문이다.

④ 독자는 작품을 통해 '시인이 체험과 상상에 의해 감각화한 이미지(표현)'를 향유한다. 이 과정에서 독자는 시인의 체험과 상상을 '다시 체험하게' 되며, '다시 상상하게' 된다.

살펴본 것처럼 이미지에는 두 가지의 서로 다른 계기가 작동하고 있다. 하나는 감각과 지각을 통해 세계를 체험하는 신체, 다른 하나는 상상하는 의식이 그것이다. 감각과 지각에 의한 체험은 시적 이미지의 본질이며, 상상 역시 시적 이미지의 본질이다. 상상하는 것은 그 자체로 이미지를 떠올리는 일이기 때문이다. 그러므로 상상력은 이미지를 구성하는 원리이고, 감각은 이미지를 표현하는 재료라고 생각하면 안 된다. 감각과 상상 모두 이미지의 구성 원리이며 동시에 재료이다. 시의 이미지는 이처럼 감각과 상상이 동거하는 자리이며, 체험과 새로운 질서에 대한 갈망이 맞닿는 자리이다. 시의 이미지는 '체험과 상상을 감각적 언어로 구체화한 것'이라는 말은 이런 의미에서이다.

제2부

현대시
세론

제1장

시와 영화의 관계

박민영

영화 예술의 가장 큰 특징은 작품을 관객에게 '보여준다'는 것이다. 특히 원작이 문학 작품인 영화는 작품을 읽으며 독자가 상상할 몫의 상당 부분을 친절하게 제시한다. 모든 창조적 작업의 원천이 상상력에서 비롯되고 이 상상력은 이미지를 통해서 나타난다는 시론의 기본 항목을 인용하지 않더라도 스크린에 나타나는 이미지는 작가 혹은 감독의 상상력의 방향을 직접적으로 드러내 보인다.

이 장에서는 시를 원작으로 한 영화를 중심으로 영상화된 시적 상상력과 그 시각적 이미지의 해석에 대하여 알아보기로 하자. 시를 원작으로 한 영화는 소설을 원작으로 한 영화와는 비교도 안 되게 드물다. 이러한 현상은 시를 영화로 각색할 때 다의적이고 함축적인 시 고유의 장르적 개성을 일정 부분 포기해야 되기 때문일 것이다. 그러나 이것은 다른 한편으로, 모호한 시가 영화가 되면서 서사적인 명료성을 획득하는 것으로도 해석할 수 있다. 이러한 현상은 논자에 따라서 긍정적으로도 혹은 부정적으로도 평가할 수 있다. 분명한 것은 특정 소수의 독자를 대상으로 하는 시가 불특정 다수의 관객들에게 노출되면서 대중성을 확보하게 된다는 사실이다. 시와 영화의 만남은 그 자체가 주목할 만한 현상이다.

원작이 시인 영화는 시 작품 자체를 영상으로 해석하여 옮겨놓은 것과 시를 영화의 주된 소재로 삼는 것으로 나눌 수 있다. 전자의 대표적인 예로는 장정일의 시 「요리사와 단식가」를 원작으로 한 박철수 감독의 영화 〈301 302〉(1995)[1]와 이 영화를 리메이크한 에히디오 코치미글리오 감독의 〈섹슈얼 컴펄전Compulsion〉(2013)[2]을 들 수 있다. 후자에 속하는 영화는 황동규의 시 「즐거운 편지」를 소재로 한 이정국 감독의 영화 〈편지〉(1997)[3]가 있다.

「요리사와 단식가」와 영화 〈301 302〉, 〈섹슈얼 컴펄전〉

〈301 302〉는 음식과 성을 소재로 한 영화다. 이 영화는 장정일의 시 「요리사와 단식가」를 원작으로 하고 있는데, 원작 시 전문을 인용해 보면 다음과 같다.

1

301호에 사는 여자. 그녀는 요리사다. 아침마다 그녀의 주방은 슈퍼마켓에서 배달된 과일과 채소 또는 육류와 생선으로 가득 찬다. 그녀는 그것들을 굽거나 삶는다. 그녀는 외롭고, 포만한 위장만이 그녀의 외로움을 잠시 잠시 잊게 해준다. 하므로 그녀는 쉬지 않고 요리를 하거나 쉴 새 없이 먹

---

1 박철수 감독, 방은진 · 황신혜 주연. 1995년 청룡 영화제 여우주연상(황신혜) 각본상, 춘사영화제 여우주연상, 영화평론가상 여우주연상을 수상하였다.
2 에히디오 코치미글리오 감독의 캐나다 영화. 헤더 그레이엄 · 캐리 앤 모스 주연.
3 이정국 감독. 최진실 · 박신양 주연. 제34회 백상예술대상 인기상(박신양), 제18회 영평상 신인남우상(박신양), 제21회 황금촬영상 동상(박경원), 인기 배우상(박신양), 제19회 청룡영화상 최고흥행상(신씨네), 인기스타상(박신양 · 최진실) 등을 수상하였다.

어대는데, 보통은 그 두 가지를 한꺼번에 한다. 오늘은 무슨 요리를 해먹을까? 그녀의 책장은 각종 요리사전으로 가득하고, 외로움은 늘 새로운 요리를 탐닉하게 한다. 언제나 그녀의 주방은 뭉실뭉실 연기를 내뿜고, 그녀는 방금 자신이 실험한 요리에다 멋진 이름을 지어 붙인다. 그리고 그것을 쟁반에 덜어 302호의 여자에게 끊임없이 갖다 준다.

2

302호에 사는 여자. 그녀는 방금 301호가 건네준 음식을 비닐봉지에 싸서 버리거나 냉장고 속에서 딱딱하게 굳도록 버려둔다. 그녀는 조금이라도 먹지 않기 위해 노력한다. 그녀는 외롭고, 숨이 끊어질 듯 한 허기만이 그녀의 외로움을 약간 상쇄시켜주는 것 같다. 어떡하면 한 모금의 물마저 단식할 수 있을까? 그녀의 서가는 단식에 대한 연구서와 체험기로 가득하고, 그녀는 방바닥에 탈진한 채 드러누워 자신의 외로움에 대하여 쓰기를 즐긴다. 한 번도 채택되지 않을 원고들을 끊임없이 문예지와 신문에 투고한다.

3

어느 날, 세상 요리를 모두 맛본 301호의 외로움은 인간 육에게까지 미친다. 그래서 바싹 마른 302호를 잡아 스플레를 해먹는다. 물론 외로움에 지친 302호는 쾌히 301호의 재료가 된다. 그래서 두 사람의 외로움이 모두 끝난 것일까? 아직도 301호는 외롭다. 그러므로 301호의 피와 살이 된 302호도 여전히 외롭다.

— 장정일, 「요리사와 단식가」 전문

시 「요리사와 단식가」는 시라는 형식 속에 개성적인 인물과 독특한

스토리가 들어 있어 한 편의 짧은 소설을 보는 듯하다. 두 여성은 탐식과 거식으로 일견 대조되는 것처럼 보이나 외로움이라는 공통분모를 가지고 있다. 탐식과 거식은 외로움을 표출하는 각각의 방식이다. 301호에 사는 여성의 요리하기와 302호에 사는 여성의 단식하기는 요리사가 단식가를 잡아먹는 데서 끝난다. 그러나 그들은 여전히 외롭다. 외로움이란 어떤 방법으로도 해결할 수 없는 것이다.

영화 〈301 302〉는 원작 시를 충실하게 영상화시켰을 뿐만 아니라 요리사와 단식가의 과거를 되짚어 그 여자들의 비정상적인, 음식에 대한 집착과 거부의 원인을 밝힌다. 시가 현재 시제로 두 여성의 행동을 보여주고 있다면 영화는 회상의 기법으로 현재와 과거의 모습이 교차되며 나타난다.

302호에는 신경성 식욕부진증에 시달리며 음식을 먹지 못하게 된 윤희라는 여자가 살고 있다. 영화에서 정신과 의사의 진단에 따르면 신경성 식욕부진증이란 음식에다가 사랑이라든지 섹스를 결부시키는 병이라고 한다. 사랑을 운반하는 도구가 음식이라는 것이다. 윤희의 신경성 식욕부진증의 원인은 어린 시절 정육점 하는 의붓아버지에게 성폭행을 당했던 데서 기인한다.

앞집 301호로 이사 온 송희는 이혼녀다. 그녀는 요리하기를 즐기고 남편과의 관계에서 가장 큰 만족감을 느끼던 여성이었는데 남편의 외도에 대한 앙갚음으로 그가 아끼는 애완견을 요리해 먹이고 이혼당한다.

이사 온 날부터 송희는 윤희에게 먹을 것을 만들어 나르고 그 음식은 고스란히 버려진다. 음식을 두고 벌이던 갈등 끝에 송희와 윤희는 서로의 과거를 알게 되고 윤희는 기꺼이 송희의 음식 재료가 된다.

영화 〈301 302〉는 요리를 소재로 한 영화답게 음식과 관련된 영상이 많이 등장한다. 송희가 장볼 때 시장과 슈퍼에서 클로즈업되는 다양한 식재료들(싱싱한 야채와 과일에서부터 보신탕용으로 도살된 개까지)과 그것들을 조리할 때의 능숙한 손놀림, 완성된 요리의 아름다운 모습은 관객들에게 보는 즐거움을 선사한다. 또한 이 영화는 요리사와 단식가라는 두 여성의 특별한 개성을 시각적인 대비를 통해 효과적으로 전달한다. 301호 송희는 비만하며 302호 윤희는 바싹 말랐다. 의상도 원색의 화려함과 검정색의 절제됨으로 각각 대비된다.

영화 〈301 302〉에서 단식가 윤희에게 억지로 자신이 만든 음식을 먹이는 요리사 송희

마주보고 있는 두 집도 다르다. 송희는 이사 오면서 301호 전체를 주방으로 개조하여 빨간 싱크대와 색색의 그릇, 번쩍이는 조리 기구로 가득 채워 넣는다. 이에 반하여 302호는 책으로 둘러싸인 서재다. 소박한 나무 책상에는 컴퓨터와 종이, 펜 같은 최소한의 집필도구만 있다. 장식품은 무채색 그림, 윤희처럼 바싹 마른 자코메티 풍의 조소 작품과 선인장 화분 하나가 전부다. 송희가 요리를 할 때 윤희는 글을 쓴다. 301호가 육신의 양식을 만드는 공간이라면, 302호는 정신의 양식을 구하는 공간이라 볼 수 있다.

가장 중요한 대조는 음식에 대한 태도다. 송희는 끊임없이 요리하며 음식을 먹는다. 한때 다이어트를 시도했으나 실패했다. 송희는 신혼시절 자신이 만든 요리를 맛있게 먹는 남편에게 말한다. "맛있어? …… 난 어때." 요리를 먹던 식탁은 곧바로 성행위의 공간이 된다. 남편이 송희가 만든 음식에 싫증을 내는 것과 그녀를 외면하는 것은 동시에 일어난다. 남편이 요리를 거절할 때마다 송희는 자신이 거절당했다고 생각하고 실제로 남편은 그녀를 거부한다. 송희는 남편을 위해 만든 요리를 혼자서 다 먹어치운다. 뿐만 아니라 쉴 새 없이 음식을 만들고 허전한 속을 채우려는 듯 마구 먹어댄다. 이혼 조정위원회에서 송이가 한 말 "사랑 대신 얼마나 많은 음식을 먹어치워야 했는지, 관심 대신 얼마나 많은 생크림 케이크를 먹어야 했는지, 그리고 그 외로움을 왜 탄수화물로밖에 바꿀 수 없었는지……"는 그녀 역시 음식을 사랑을 대체하는 도구로 여겼음을 알 수 있다.

윤희는 끊임없이 토한다. 먹고자 해도 먹을 수 없다. 윤희는 성폭행당한 경험으로 자신의 몸이 더럽다고 생각한다. "다이어트 하는 것이 아니라 먹을 수가 없어요. 그래요. 내 몸은 더러운 걸로 가득해요. 그런데 내 몸에다 남자를, 음식을 처넣겠어요?" 그래서 그녀는 음식을 거부하고, 이미 받아들인 음식마저 토해냄으로써 자신을 깨끗하게 비우고자 한다.

여기서 윤희의 거식에 대해 좀 더 살펴보자. 성폭행 기억이 음식의 거부로 나타나는 윤희의 신경성 식욕부진증의 징후는 이 영화를 페미니즘적인 관점에서 해석할 수 있는 여지를 만든다.

일반적으로 여성의 육체성의 부정은 윤희의 경우처럼 식욕부진이나 구토와 같은 양상으로 나타나는데 이는 육체를 비워냄으로써 자신의 몸을 정화시키고자 하기 때문이다. 문학 작품에서 굶주림은 여성의 정신성과 동일시되곤 하였다. 다음은 굶주림을 소재로 한 여성 시인의 작품이다.

나는 즐겨 굶네
아니 굶는 것이 아니라

조개가 뱃속의 모래를 뱉듯

내 속의 더러운 것들을

조금씩 토해놓네

내 몸은 서표(書標)처럼 얇아져

어느 물결 갈피에나 쉽게 끼워지네

마술사가 감춘 모자 속 비둘기처럼 작아지네

품과 품 사이로

꽃향기, 바람 머물게 하네

랄라…… 모든 관계가 허기로 아름다워지네

눈도 맑아져

몸속 온갖 잡동사니 투명하게 들여다보네

즐겁게 육체를 망각하고

다른 육체 속으로 들어가네

오, 공복의 기쁨

공복의 포만

— 강신애, 「공복의 기쁨」 전문

　　강신애의 시 「공복의 기쁨」은 굶주림의 즐거움에 대하여 노래한다. 시인에게 굶주림은 고통이 아니다. 조개에 비유되는 여성의 몸은 더러운 모래로 가득 찬 살덩어리에 지나지 않기 때문에 그는 즐겁게 굶을 뿐만 아니라 '내 속의 더러운 것들'을 토해낸다. 단지 음식을 먹지 않음으로써 서서히 속을 비워가는 것이 아니라 토해냄으로써 적극적으로 몸을 비우는 것이다. 자신의 육체에 대한 부정 의식은 곧 살을 말리는 것으로 나타난다. 그가 지향하는 것은 극도로 육체성이 상실된 몸이다. 그것은 책갈피에 꽂힌 얇은 서표書標로 구체화되는데, 왜 하필이면 서표일까.

책은 사물화된 정신이다. 그것은 보편적으로 이성과 지식을 나타내는 기호다. 시인은 서표처럼 얇아져 어느 책갈피에나 쉽게 끼워지기를 바란다. 정신세계의 한 부분이 되기를 간절히 원하는 것이다. 정말 책갈피에 끼워지길 원한다면 풍요로운 육체란 거추장스러운 존재에 불과하다. 세계의 물결 속에 쉽게 끼워지기 위해서는 우선 여성의 몸은 작아져야 한다. 그래서 그녀는 굶을 수밖에 없고 먹더라도 아주 적게 먹거나 그나마도 모두 토해버려야 한다.

단식은 곧 욕망의 절제를 의미한다. 시인에게 육체의 욕망이란 쓸데없는 것이거나 조개 뱃속의 모래처럼 더러운 것에 지나지 않는다. 이성과 논리 중심의 사고에서 육체는 당연히 정신보다 열등한 것이며, 더욱이 여성의 몸은 불결하고 수치스러운 것일 따름이다. 이러한 육체에 대한 폄하가 아무런 갈등 없이 즐겁게 자신의 육체를 망각할 수 있게 한다.

윤희가 성폭행을 당한 후 음식을 거부하게 되고, 이후 그가 책으로 둘러싸인 정신의 세계에서 마치 시에서처럼 서표같이 얇게 말라가는 것은 자신의 여성성에 대한 환멸과 그 반작용으로서 정신세계에 대한 동경을 상징한다. 물론 그 밑바닥에는 자신이 성폭행을 당했던 고깃덩어리 가득한 정육점과 의붓아버지에 대한 증오와 두려움이 잠재돼 있다. 윤희가 말라가는 것은 바로 이 고깃덩어리로서의 자신의 육체성을 거부하는 것이다.

이렇게 두 여성은 음식을 남성, 나아가 자신과 동일시하고 있다. 상반되어 보이는 음식에 대한 두 여성의 태도는 남성으로부터 거부당하거나 폭행당한 아픈 경험으로부터 비롯된다. 윤희가 음식을 거부하는 신경성 식욕부진증을 앓고 있다면, 송희 역시 음식을 지나치게 탐하는 신경성

영화 〈301 302〉를 리메이크한 캐나다 영화 〈섹슈얼 컴펄전〉. 요리사 에이미는 자신이 만든 요리를 먹이려 하고 단식가 사프론은 그것을 거부한다. 남성에게 상처 받았다는 공통점으로 두 여성은 화해하고 서로 의지하게 된다.

식욕항진증을 앓고 있는 것이다.

영화 〈301 302〉는 탐식과 단식이라는 원작의 시적 이미지를 풍부한 영상으로 재해석해 직접적으로 보여줄 뿐만 아니라, 시에서 말하는 외로움의 실체를 추적함으로써 독자들의 이해를 돕고 있다. 그러나 이 과정에서 인간의 외로움 그 자체에 주목하였던 원작 시의 의미는 외로움을 야기한 가해자로서의 남성과 피해자로서의 여성의 대결 구도로 단순화되었다. 또한 송희에게 잡아먹힌 윤희가 환영으로 나타나 만족스럽게 음식을 먹고 있는 이 영화의 마지막 장면은, 외로움이란 어떤 방법으로도 해결할 수 없다는 원작의 의미를 성급한 화해로 마무리한 것으로 시의 여운을 영상과 서사로 해석하는 데 한계를 보여준 전형적인 예라고 볼 수 있다.

박철수의 영화는 2013년 에히디오 코치미글리오 감독에 의해 리메이크 되었다. 우리나라 개봉 제목은 〈섹슈얼 컴펄전〉으로 제목 그대로 탐식과 거식으로 표현되는 두 여성의 성적 강박증에 대한 영화다. 요리사

에이미는 텔레비전 요리 프로그램의 진행자로 성공을 꿈꾸는 여성이다. 그 여자는 음식에 집착하다 연인에게 버림받는다. 단식가 사프론은 아역배우 출신으로 한때는 유명했으나 현재는 한물간 배우다. 그 여자는 어린 시절 감독에게 성폭행당한 경험이 있다. 음식을 사이에 두고 갈등하던 두 여성은 '남성에게 상처받았다'는 공통점으로 화해하고 서로에게 의지한다.

영화 〈섹슈얼 컴펄전〉은 영화 〈301 302〉와 동일하게 현재에서 과거를 회상하는 기법으로 전개되며 탐식과 거식으로 표현된 두 여성의 외로움의 근원을 추적한다. 다만 송희가 윤희를 살해하고 잡아먹었음을 분명히 하는 〈301 302〉와는 다르게 이 영화는 피로 얼룩진 수건과 시퍼렇게 빛나는 칼, 그리고 형사의 놀란 표정을 차례로 보여줌으로써 '에이미가 사프론을 죽였고 어쩌면 요리했을 수도 있다'고 암시하는 선에서 마무리된다. 한마디로 〈섹슈얼 컴펄전〉의 영상은 〈301 302〉보다 화려하고 자극적이지만 충격은 덜하다. 상대적으로 가벼운 마음으로 볼 수도 있으나 그만큼 원작 시에서 멀어지고 있음은 부인할 수 없다.

「즐거운 편지」와 영화 〈편지〉

시가 영화의 주된 소재가 된 예로는 영화 〈편지〉(1997) 속의 시 「즐거운 편지」를 들 수 있다. 지금까지는 시가 영화와 만나 서사를 획득하고 동시에 많은 관객들에게 폭넓게 다가설 수 있었던 비교적 긍정적인 예를 살펴보았다. 영화 속 시 「즐거운 편지」 역시 〈편지〉의 상업적 성공으로 대중에게 널리 알려졌으나 아쉽게도 많은 장면이 왜곡된 시 해석을 유도한다.

문학 작품이 영화와 만났을 때 작품 자체의 의미는 일정 부분 변할 수 있다. 문학 작품을 해석하여 영상으로 재창조하는 과정에서 얼마든지 감독의 주관이 들어갈 수 있으며, 또한 영화라는 불특정 다수의 대중을 대상으로 하는 장르의 특성상 의미가 단순화될 수도 있다.

그러나 주관적 해석을 넘어 작품의 의미를 왜곡하는 것은 경계하여야 한다. 특히 한 편의 시를 영화 안에 삽입할 때는 보다 신중하여야 한다. 영화의 관객들은 시 자체의 의미보다는 영화의 전반적인 맥락 안에서 제한적으로 시를 이해하기 때문이다. 이렇게 되면 영화에 삽입된 시는 본래의 의미를 떠나 영화의 소품으로 전락한다. 그 사실을 단적으로 보여주는 예가 바로 영화 〈편지〉 속의 시 「즐거운 편지」이다. 그러면 시의 의미가 영화에서 어떻게 변형되었는지 살펴보자.

1

내 그대를 생각함은 항상 그대가 앉아있는 背景에서 해가 지고 바람이 부는 일처럼 사소한 일일 것이나 언젠가 그대가 한없이 괴로움 속을 헤매일 때에 오랫동안 전해오던 그 사소함으로 그대를 불러보리라.

2

진실로 진실로 내가 그대를 생각하는 까닭은 내 나의 사랑을 한없이 잇닿은 그 기다림으로 바꾸어 버린데 있었다. 밤이 들면서 골짜기엔 눈이 퍼붓기 시작했다. 내 사랑도 어디쯤에선 반드시 그칠 것을 믿는다. 다만 그때 내 기다림의 자세를 생각하는 것뿐이다. 그 동안에 눈이 그치고 꽃이 피어나고 낙엽이 떨어지고 또 눈이 퍼붓고 할 것을 믿는다.

— 황동규, 「즐거운 편지」 전문

황동규의 「즐거운 편지」는 짝사랑하는 연인을 향한 열정을 퍼붓는 눈에 비유한, 함박눈과도 같이 순결하고 서늘한 열정을 노래한 시다. 기다림의 자세 또한 고뇌의 시간을 견디는 지순함을 나타낸다. 화자는 그대를 향한 고뇌와 열정이 언젠가는 반드시 그칠 것을 알고 있지만 그때까지 그의 등 뒤에서 한결같은 마음으로 기꺼이 기다리겠다고 한다. 짝사랑은 외롭고 쓸쓸하다. 그러나 그렇게 지순한 사랑을 바치며 마냥 기다릴 수 있는 것만으로도 화자는 충분히 행복하다. 시인이 시 제목을 '쓸쓸한 편지'가 아닌 '즐거운 편지'로 만든 이유일 것이다.

실제로 이 시는 황동규가 고등학교 3학년인 18세 때, 연상의 여성을 사모하는 애틋한 마음을 표현한 작품이라고 한다. 그는 한 신문과의 인터뷰에서 이렇게 말했다.

「즐거운 편지」는 고등학교 졸업할 때 교지에 실렸던 것입니다. 완성도에서 만족스러웠지요. 그러니 글자 한 자 덧붙이지 않고 나중에 이 작품으로 『현대문학』 추천(1958)까지 받아 등장했지요. (…중략…) 고3 때 짝사랑했던 연상의 여대생에게 전해준 시였으니, 완전히 고3의 시라고는 볼 수 없죠. 처음에는 김소월과 한용운 유의 연애시를 쓰려고 했어요. 그런데 쓰다 보니, 영원한 사랑은 존재하지도 않고 바랄 수도 없다는 것이 됐어요. '진실로 진실로 내가 그대를 사랑하는 까닭은 내 나의 사랑을 한없이 잇닿은 그 기다림으로 바꾸어버린 데 있었다. 밤이 들면서 골짜기엔 눈이 퍼붓기 시작했다. 내 사랑도 어디쯤에선 반드시 그칠 것을 믿는다'는 구절처럼. 사랑도 선택이고, 중간에 그칠 수도 있고, 그럼에도 온몸을 바쳐 사랑할 수밖에 없다는 것이죠. 어쩌면 우리나라 최초의 현대적인 연애시일지 모르죠.

— 황동규, 「등단 50년…황동규 시인」, 『조선일보』, 2008.1.12~13.

이 시를 소재로 한 영화 〈편지〉는 남자 주인공이 불치의 병으로 죽는 이른바 최루성 멜로영화로 주연을 맡았던 배우들의 인기에 힘입어 1997년 당시 서울 관객 72만 명을 동원한 흥행작이다. 이러한 〈편지〉의 인기는 이듬해에 개봉된 〈8월의 크리스마스〉나 〈약속〉과 같이, 남자 주인공이 병들거나 투옥되는 최루성 멜로영화 붐을 일으켰다. 이는 IMF 사태 이후 가부장적 남성성이 붕괴하는 세기말적 징후로 평가되기도 하였다. 특히 〈8월의

〈편지〉에서 행복한 신혼을 보내는 정인과 환유

크리스마스〉는 황동규의 시에서 모티브를 따와 원제목이 〈즐거운 편지〉였지만 영화 〈편지〉가 흥행에 성공하면서 제목이 바뀌었다는 에피소드도 있다.

세기말을 무사히 넘기고 2000년대 들어서자 최루성 멜로에 대한 적극적인 반작용, 혹은 잃어버린 남성성에 대한 향수로서 〈친구〉(2001)류의 조폭영화가 양산되었다. 그리고 다른 한편에서 영화 〈편지〉는 설날 혹은 추석 특집 영화로 매해 텔레비전에서 방영되었고 2004년에는 태국의 파온 찬드라시리 감독이 〈더 레터The Letter〉(2004)라는 제목으로 리메이크했다. 이 영화는 같은 해 부산국제영화제를 통해 국내에도 소개되었다.

영화 〈편지〉의 줄거리는 단순하다. 청평의 한 수목원 연구원인 조환유는 매일 아침 기차를 타고 춘천으로 등교하는 국문과 대학원생 이정인을 짝사랑하고, 둘은 결혼한다. 수목원의 그림 같은 집에서 동화처럼 신혼 생활을 하는 두 사람. 정인은 환유에게 생일 선물로 편지를 써달라

고 하고 환유는 편지를 쓰는 대신 황동규의 시 「즐거운 편지」를 읽어준다. 행복한 시간도 잠시, 환유가 악성 뇌종양이었음이 드러나고 투병 끝에 그는 정인이 읽어주는 시 「즐거운 편지」를 들으며 숨을 거둔다. 남편이 죽은 뒤 정인은 뒤따라 죽으려 하지만 환유의 편지가 한 통씩 배달되기 시작하면서 그 편지를 기다리며 하루하루 생명을 연장한다. 그리고 임신 사실을 알게 된다. 정인은 비로소 자신을 위하여 편지를 미리 써 놓은 환유의 깊은 뜻을 깨닫는다.

영화에서 시 「즐거운 편지」는 주인공인 정인과 환유가 가장 행복할 때와 가장 불행할 때, 한 번은 남편에 의하여 장난스럽게, 한번은 아내에 의하여 비장하게 낭송된다. 황동규의 시는 두 사람의 지고지순한 사랑을 상징하는 역할을 하며, 죽음을 예견한 환유가 혼자 남을 정인을 위하여 매일매일 실제로 편지를 쓰게 되는 것에 대한 복선이다. 즉 이 영화에서 황동규의 「즐거운 편지」는 환유의 실제 편지와 오버랩되면서 병든 남편이 아내에게 보내는, 혹은 임종을 앞둔 남편에게 아내가 마지막으로 전하는 애절한 마음을 대변한다. 특히 정인이 환유의 임종을 지키며 시를 읽어줄 때, "밤이 들면서 골짜기엔 눈이 퍼붓기 시작했다. 내 사랑도 어디쯤에선 반드시 그칠 것을 믿는다"라는 대목에서 환유가 숨을 거두는 장면은 이 시가 마치 영화 속 주인공들의 운명을 그대로 그린 것 같다는 느낌을 유발한다. 물론 이런 것들은 영화를 만든 감독의 의도된 연출이다. 이 시가 지고지순한 연시임에는 분명하지만 신혼부부의 사랑 노래로 해석하기는 분명 무리가 있으며 죽음을 예감하는 유언 시는 더더욱 아니기 때문이다.

문학 작품을 영화로 만들 때에는 원작의 의미를 왜곡하거나 훼손시키지 않는 보다 세심한 배려가 필요하다.

시인을 주인공으로 한 영화로는 망명지의 파블로 네루다를 다룬 영화 〈일 포스티노〉(마이클 레드포드, 1994), 베를렌과 랭보의 사랑을 다룬 영화 〈토탈 이클립스〉(아그네츠카 홀란드, 1995), 스페인내전 발발 직전의 페데리코 가르시아 로르카를 다룬 영화 〈데스 인 그라나다〉(마르코스 쥬리나가, 1997) 등이 있었다. 쿠바 혁명 당시 시인 레이날도 아레나스의 생애와 작품 세계를 그린 영화 〈비포 나잇 폴스〉(줄리안 슈나벨, 2002), 퓰리처상 수상 시인 엘리자베스 비숍의 사랑과 작품 세계를 그린 영화 〈엘리자베스 비숍의 연인〉(브루노 바레토, 2013), 은둔 생활을 했던 파블로 네루다의 생애를 형사의 관점에서 추적한 영화 〈네르다〉(파블로 라라린, 2017), 미국 시인 에밀리 디킨스의 생애와 작품 세계를 그린 영화 〈조용한 열정〉(테렌스 데이비스, 2017) 등도 예로 들 수 있다. 국내 영화로는 이상과 금홍의 사랑을 다룬 영화 〈금홍아 금홍아〉(김유진, 1995), 윤동주와 송몽규의 우정을 다룬 영화 〈동주〉(이준익, 2015) 등이 있었다.

제2장

시와 에로티시즘

– 금기와 위반

박소영

금기를 건드리고 무너뜨리고 노는, 고뇌의 언어

에로티시즘Eroticism이라는 용어는 그리스 신화에 나오는 사랑의 신 에로스Eros로부터 유래되었다. 일반적으로 에로티시즘은 인간의 애욕, 성애, 관능적 욕망을 의미한다. 우리가 어떤 작품을 읽고 '에로틱Erotic하다'고 생각한다면, 아마 해당 작품에 성행위나 성적 분위기를 환기하는 장면이 있었을 것이다. 우리는 때때로 성적인 것에 대한 상상에 사로잡히지만, 현실에서 이 상상을 발설하기란 불가능에 가깝다. 특히 근엄한 권위를 갖춘 장소일수록 성에 대한 침묵은 미덕이 된다. 이는 성에 호기심을 갖는 것이 인간의 자연스러운 본능 중 하나라는 사실을 알면서도, 성을 외부로 노출시키기를 꺼려하는 사회적 금기가 작동한 결과이다. 우리는 금기의 울타리를 지키며 동물성에서 벗어나 인간성을 획득한다.

귀스타브 쿠르베, 〈세상의 기원〉(1866)

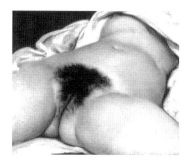

〈세상의 기원〉은 카릴 베이, 자크 라캉 등을 거쳐 현재 오르세 미술
관에 소장되어 있다. 얼굴을 가린 여성의 젖가슴과 바기나(Vagina)가
적나라하게 묘사되어 있는 이 작품은 자궁으로의 회귀 욕망, 대담한
에로티시즘의 발현, 모든 존재의 시작점에 관한 철학적 사유 등 다양
한 관점에서 해석된다. 다양한 해석을 시도하기 이전, 이 작품을 대
면했을 때 우리에게는 어떠한 감정이 촉발되는가? 아마 대부분 당혹
감과 부끄러움이 생겨날 것이다. 이 작품은 우리 모두가 탄생한 그곳
을 정면으로 응시하게 만든다. 성기는 모든 생명의 근원이면서 성적
쾌감을 일으키기에, 우리는 이 작품으로부터 성스러움과 불온함, 경이로움과 음란함을 동시에 느끼게 된
다. 우리는 스스로에게 되물을 수 있다. 이 작품은 왜 부끄러운가? 어째서 불순하게 느껴지는가?

    인간이 동물과 변별된다는 확고한 믿음은 우리가 인간다움을 자각하
고 실천하는 존재라는 사실을 일깨워준다. 우리는 이 세계에 태어나 언
어를 이해하기 시작한 이후로 인간다워야 한다는 집요한 가르침 속에서
금기를 엄격하게 지키며 살아간다. 죠르주 바타유Georges Bataille는 『에로
티즘』(1989)에서 "노동을 하게 되면서, 죽음을 의식하게 되면서, 부끄럼
없이 행하던 성행위를 부끄럽게 여기게 되면서 인간은 동물성을 벗어난
것"[1]이라고 말한다. 인간은 공공장소에서의 성행위를 금기시하지만, 동
물에게는 성행위에 대한 위기의식이나 문제의식이 없다. 인간만이 금기
를 위반하여 삶의 균형을 깨뜨리고, 사회를 안정적으로 만드는 질서에
저항하며, 위반 이후의 죄책감을 벌거벗은 온몸으로 감당한다. 에로티
시즘은 때로는 폭력적이고 때로는 공포스러우며 때로는 억누를 수 없을
정도의 황홀한 가면을 쓰고 우리의 몸과 마음을 들쑤신다.

    시적 언어와 에로티시즘은 어떠한 연관관계를 갖는가? 고대 시인의
명칭인 바테스vātes는 "악마에 홀린 사람, 신들린 사람, 헛소리 하는 사람,

---

1   죠르주 바타유, 조한경 역, 『에로티즘』, 민음사, 2009, 33쪽.

신탁을 받은 사람"이라는 의미를 내포한다. 바테스는 정교하게 깎은 언어로 기존 세계를 찢고 새로운 세계를 창조하는 자이다. 옥타비오 파스Octavio Paz의 『활과 리라』에 의하면, 시詩는 "광기이며 황홀경이고 로고스이다. 시는 어린 시절로 돌아가는 것이며 성교性交이고 낙원과 지옥 그리고 연옥에 대한 향수이다. (…중략…) 시는 순수하면서 순수하지 않고, 신성하면서도 저주받았고, 다수의 목소리이면서 소수의 목소리이고, 집단적이면서 개인적이고, 벌거벗고 치장하고, 말하여지고, 색칠되고, 씌어져서, 천의 얼굴로 나타나"[2] 우리 앞에 선다. 시는 말해지지 않는 것을 과감하게 말하며, 그것이 왜 말해져야만 하는지에 대해 집요하게 물고 늘어진다. 에로티시즘을 구현하는 시적 언어는 순수와 폭력, 성스러움과 비속함, 공동체의 윤리와 개인의 불온 사이를 넘나들며 우리 존재의 내적 진실에 다가서게 한다.

시는 한편으로 자아의 심연에 몰입하는 동시에 타자와의 관계를 통해 세계와 연결된다. 에로티시즘은 몸과 마음에 잠복된 광기적 몰입과 탕진의 욕망에 대한 것이다. 이러한 에로티시즘의 극적인 상황과 마주한 시적 대상을 통해 나와 너 그리고 우리를 이해하게 된다. 평온하고 잔잔한 호수에 돌을 던지는 장면을 떠올려보자. 호수의 안정을 깨뜨리는 금기의 행위는 위태로움을 만들어내지만 한편으로는 파장을 일으키며 멀리 퍼져나가는 물의 속성을 드러낸다. 금기의 위반은 균열을 통해 대상의 본성을 드러내고, 본성을 씌우고 있던 껍데기를 해체할 동력을 얻는다. 에로티시즘을 동반한 시적 언어는 깊은 사유와 고뇌를 동반하는 정신의 언어이자, 온몸으로 삶의 감추어진 욕망을 파헤치는 몸의 언어이다.

---

2   옥타비오 파스, 김홍근·김은중 역, 『활과 리라』, 솔, 1998, 14쪽.

성적 도발과 욕망의 표출로서의 에로티시즘

바타유는 성행위를 부끄럽게 여기는 것을 인간과 동물의 변별 지점으로 파악한다. 더불어 인간과 동물은 성행위의 목적에 따라 변별되기도 한다. 동물은 생식을 위해 발정기 때 교미를 시도한다. 이에 반해 인간은 생식뿐 아니라 즉각적 쾌감을 위해 성행위를 의식적으로 시도한다. 인간은 거부할 수 없는 쾌감에 몰입하면서 이성적 판단이 무화되는 황홀하고 위태로운 순간을 경험한다. 그리고 이는 도발적이고 감각적인 시적 언어로 형상화된다.

눈 코 귀가 순해지고
입속 벙어리들만 사납게
들썩이는 거
손가락이 열다섯 갈래로 벌어지다
흔들리는 거

얼굴과 얼굴이 기찻길이 되어
달아나는 거
뛸 수 있는 근육들이 미래를 유예하다
잦아드는 거

투명한 물레바퀴에 혀가 물려
터엉, 끼익 터엉, 끼익 축축하게

굴러가는 거

— 박연준, 「키스의 독자」 부분

위 시는 '키스의 독자'라는 제목처럼, 지극히 육체적이면서도 내밀하게 심연을 흔드는 키스의 행위를 다양한 감각으로 펼쳐내고 있다. 이 시의 '혀'는 서로의 입속에서 사납게 들썩이지만 연하고 물큰하게, 여러 갈래로 갈라져 흔들리면서도 부드럽게 상대의 혀를 받아준다. 투명한 물레바퀴에서 떨어지는 물처럼, 간헐적으로 맞부딪치는 혀와 혀의 끈끈한 타액이 이 시에 에로티시즘적 상상력을 불어넣는다. 특히 "터엉, 끼익 터엉, 끼익"과 같이 물레바퀴가 굴러가는 소리는 키스의 행위에 동적인 움직임을 부여하면서 우리의 청각을 자극한다. 서로의 얼굴이 나란히 겹쳐지며 둘만의 세계 속으로 달아나다가 잦아들 줄 아는 유희가 이 시에 펼쳐져 있다. 서로에 대한 끈질긴 몰입과 도취의 과정이 이 시의 성애적 상상력을 자극하는 토대가 된다.

1. 팔

너를 만지기보다
나를 만지기에 좋다
팔을 뻗쳐 봐 손을 끌어당기는 곳이 있지
미끄럽게 일그러트려지는, 경련하며 물이 나는
장식하지 않겠다
자세를 바꿔서 나는
깊이 확장된다 나를 후비기 쉽게 손가락엔 어떤 반지도

끼우지 않는 거다

고립을 즐기라고 스스로의 안부를 물어보라고

팔은 두께와 결과 길이까지 적당하다

— 김이듬, 「지금은 自慰중이라 통화할 수 없습니다」 부분

 에로티시즘의 관점에서 창작되는 시는 필연적으로 관계성의 문제를
동반한다. 에로티시즘 시는 상대의 몸을 향한 '나'의 성애적 욕망에 대해
발설하곤 한다. 이성의 가면으로는 도저히 감춰지지 않는 들끓는 욕망을
과감하게 드러내는 것이다. 그러나 때로 성애적 욕망의 대상은 타인이
아닌 나 자신이 되기도 한다. 자위행위는 나의 쾌감을 일으키는 주체가
오로지 자기 자신인 수음手淫을 의미한다. 자위행위가 쾌락의 심연에 몰
입하기 위한 가장 원초적이고 본능적인 시도임에도 불구하고, 이 목적이
오로지 쾌감을 위한 것이라는 이유로 엄숙한 도덕주의를 표방하는 사회
에서는 발화되는 것 자체가 금기시된다. 이중에서도 여성의 자위행위는
남성의 그것보다 더욱더 금기시된다. 성행위에 여성의 수동적 태도를 강
요하고 당연시하던 가부장제 이데올로기의 영향으로, 시작품에 여성의
자위행위가 형상화될 때 도발의 강도가 더욱 세지는 경향이 있다.

 김이듬의 시 「지금은 자위自慰중이라 통화할 수 없습니다」는 이러한
억압적 상황에 정면으로 맞선다. 이 시에서 여성의 음부는 자연스럽게
"손을 끌어당기는 곳"이며, "경련하며 물이 나는" 속성을 지닌다. 이 시
에서 '미끄럽다', '일그러트려지다', '경련하다', '물이 흐르다', '확장되다'
와 같은 시어들은 따뜻하고 끈적거리는 체액과, 이 체액에 의해 유연하
게 확장되는 음부를 상기시킨다. 내가 나의 쾌감을 일으킴과 동시에 느
끼게 되는 만족의 상태는 '고립'을 즐기는 차원으로 나아간다. 이때의

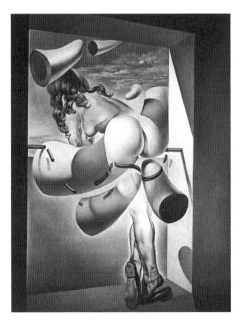

살바도르 달리, 〈순결 때문에 망한 젊은 처녀〉(1954)
살바도르 달리는 대표적인 20세기 초현실주의 화가
이다. 그의 작품은 한눈에 이해되기 어려운 수수께
끼 같은 구성으로 해석의 재미를 준다. 이 작품에서
창밖을 내다보는 여인의 둔부는 남성 성기의 모양으
로, 바깥쪽에서 여성의 둔부와 바기나 쪽을 향해 있
다. 남성 성기는 여성의 머리 위인 하늘에 둥둥 떠다
닌다. 우리는 이 여성이 창밖을 보며 무슨 상상을 하
는지 궁금해진다. 더불어 이 여성을 그려넣은 달리의
머릿속이 궁금해진다. 제목을 다시 한번 음미해 보
자. 〈순결 때문에 망한 젊은 처녀〉는 남성 성기에 둘
러싸인 채 어떤 사건에 휘말려 있을까?

'고립'은 존재의 소외된 상태를 뜻하는 것이 아닌, 음부를 쉽게 후비기
위해 '반지'를 거부하는 선언과 동일한 맥락에서, 오로지 자기 자신에게
몰입하고자 온전한 자유를 취하는 것으로 이해된다.

이처럼 에로티시즘 시는 자신의 몸을 열고, 귀를 기울이고, 손으로 만
지고, 입김을 불어넣는 황홀과 소진의 경험을 시적 언어로 드러내면서
성적 욕망을 표출한다.

죽음을 파헤치는, 모독으로서의 에로티시즘

바타유는 인간의 에로티시즘에 내재된 금기와 위반의 속성을 통해
우리에게 가장 폭력적인 행위인 '죽음'으로 사유의 영역을 넓힌다. 상대

의 몸을 열고 들어가 파열-결합을 동시에 경험하는 기묘한 감각이 에로티시즘의 세계에서는 가능하다. 채호기의 시「지독한 사랑」(『지독한 사랑』, 1999)은 그대의 몸 위로 드러눕는 화자의 몸을 기차의 레일 이미지로 드러낸다. 시의 일부인 "그대 몸의 캄캄한 동굴에 꽂히는 기차처럼 / 시퍼런 칼끝이 죽음을 관통하는 / (…중략…) / 내 자궁 속에 그대 주검을 묻듯 / 그대 자궁 속에 내 주검을 묻네"와 같은 구절은 몸의 겹침을 통한 에로스의 감각을 형상화한다. '동굴'과 '기차'는 각각 여성의 자궁과 남성의 성기를 의미한다. 이 시의 성적 결합은 '덮쳐 누르다', '드러눕다', '부딪치다', '꽂히다', '관통하다', '묻다'와 같이 촉각을 자극하는 표현을 통해 구체화된다. 육중한 무게로 레일 위에서 가속화되는 기차와 같이, 서로의 살을 맞부딪치며 탐하는 그대와 나는 마침내 모든 생명의 시작점인 자궁 속으로 죽음을 이끌고 들어간다.

> 그 여자의 몸속에는 그 남자의 시신(屍身)이 매장되어 있었다 그 남자의 몸속에는 그 여자의 시신(屍身)이 매장되어 있었다 서로의 알몸을 더듬을 때마다 살가죽 아래 분주한 벌레들의 움직임을 손끝으로 느꼈다 그 여자의 숨결에서 그는 그의 시취(屍臭)를 맡았다 그 남자의 정액에서 그녀는 그녀의 시즙(屍汁) 맛을 보았다 서로의 몸을 열고 들어가면 물이 줄줄 흐르는 자신의 성기가 물크레 기다리고 있었다 이건 시간(屍姦)이야 근친상간이라구 묵계 아래 그들은 서로를 파헤쳤다 손톱 발톱으로 구멍구멍 붉은 지렁이가 기어 나오는 각자의 유골을 수습하였다 파헤쳐진 곳을 얼기설기 흙으로 덮었다 그는 그의 파묘(破墓) 자리를 떠도는 갈 데 없는 망령이 되었다 그녀는 그녀의 파묘(破墓) 자리를 떠도는 음산한 귀곡성(鬼哭聲)이 되었다
>
> — 김언희,「그라베」전문

김언희의 시는 죽음을 파고드는 에로티시즘을 부패한 감각 이미지로
드러낸다. 여자의 몸속에 매장된 남자의 시신과 남자의 몸속에 매장된
여자의 시신은 섬뜩한 그로테스크 이미지와 함께 죽음의 에로스를 보여
준다. 이들 남녀는 상대의 부패한 몸속에서 자신의 '시취屍臭'를 맡거나
'시즙屍汁'의 맛을 본다. 즉 서로의 몸을 열고 들어갈수록 부패된 자신의
몸을 확인하게 된다. 남자의 '정액'을 비롯해 성기에서 줄줄 흐르는 분비
물은 썩은 채로 서로를 받아들인다. 그리고 이 시의 남녀는 각자의 유골
을 수습한 뒤에도 자신의 무덤을 파낸 자리에서 벗어나지 못하는 망령
이 되어 음산한 귀신 울음소리로 떠돌게 된다.

바타유는 인간의 금기 중 가장 엄격하게 지켜지는 것으로 '성'과 '죽
음'을 꼽는다. 우리는 시체의 곁에 가까이 다가가지 않아야 하고 성적인
행위를 함부로 발설해서는 안 되며 무엇보다도 근친상간을 범하지 않아
야 한다. 바타유는 강력한 금기로부터 강렬한 욕망을 발견하며, 우리가
비윤리적이라고 판단하는 것들, 공포나 혐오의 감정을 동반하는 이 금
기의 행위들이 얼마나 집요하게 우리의 욕망을 충동질하며 동요를 일으
키는지 설명한다. 김언희 시의 화자 역시 악취와 분비물로 뒤덮인 채 서
로의 알몸을 더듬는 남녀의 행위에 '시간屍姦'과 '근친상간'의 금기를 씌
운다. 이 시의 남녀는 서로의 '손톱 발톱'으로 금기를 파헤치며 들끓듯
격렬한 폭력성을 보여준다.

김언희의 시에 드러난 성적 폭력은 절망과 고통의 또 다른 표현 방식
이다. 그의 시 「스크래치」(『뜻밖의 대답』, 2005)에는 "내겐 / 십자가 대신
갈고리가 / 왔을 뿐이야, 식육食肉의 / 성당聖堂이, 시뻘건 / 여인숙이"와
같은 구절이 있다. 기독교 신앙에서 십자가는 인류를 구원하기 위해, 인
류를 대신하여 홀로 십자가 형틀에 못 박힌 그리스도의 수난을 상징한

다. 때문에 십자가에는 세속을 벗어난 성스러움과 사랑의 실천, 희생 등의 거룩한 의미가 담기게 된다. 그러나 김언희 시의 화자에게는 구원의 십자가 대신 절망의 갈고리가 그의 삶을 지탱한다. 성당과 여인숙이 나란히 병치되면서 신성의 공간이 짐승의 살육 이미지와 퇴폐적 이미지로 타락한다. 절대적 존재인 신도 화자를 구제해 주지 못하는 절망적 상황은 조소와 냉소의 어조로 드러난다. 이는 「단 한 줄도 쓰지 않았다」의 "나는 내 음문의 / 비위에 / 맞지 / 않는 건, 단 한 줄도 / 쓰지 않았다 증오 / 없이는"(『보고 싶은 오빠』, 2016)의 내적 고백으로 이어진다. 이로부터 증오와 살의와 적의로 자신의 삶을 일으켜 세우는 화자의 내면을 발견할 수 있다.

성부와 성자와 성신의 이름으로

한번 박혀볼래?
박아줘?
더럽게 지분거리는 벌건 십자가의 이름으로

나는 내 자궁에 불을 지르고
그 불길에 담배를 붙이네

— 김언희, 「더럽게 재수 없는」 부분

화자는 종교의 절대성과 신성함을 해체하고 모독하는 차원으로까지 나아간다. "성부와 성자와 성신의 이름으로"의 고결한 종교적 언술과 "한번 박혀볼래?"의 불경한 발화는 나란히 놓일 수 없는 위험한 조합

즈지스와프 벡신스키, 〈무제〉(1984)

벡신스키는 '환시 미술'이라는 장르를 구축한 화가로 알려져 있다. 그는 인간의 죽음과 절망, 에로티시즘과 상실감을 환상적으로 그려낸다. 작품 속 인물들은 살과 피가 빠져나간 이후 뼈만 남은 모습이다. 마주보고 앉아 절망을 껴안듯 온몸으로 서로를 받아들이는 모습으로부터 성과 죽음의 그로테스크한 공존을 볼 수 있다. 절박하기까지 한 이들의 비극적 시간에 대해 생각해보게 된다.

이다. 이 부조화는 화자의 불온한 상상력으로부터 비롯되고, 독자는 이에 당혹감을 느낄 수밖에 없다. '수태고지'의 성스러움은 "더럽게 지분거리는 벌건 십자가"의 천박한 음란함으로 대체된다. 이때 십자가는 발기된 남성 성기의 이미지를 내포하면서 화자를 둘러싸고 있는 세계에 대한 혐오를 드러내는 도구가 된다. 이어 화자는 스스로의 자궁에 불을 지르고, 그 불로 담뱃불을 붙이는 자학과 조소 그리고 유희의 측면까지 보여준다. 김언희의 시는 가장 강력하고 오래된 금기 중 하나인 성과 죽음, 종교에 균열을 가하는 크나큰 위반을 범한다. 이는 환멸의 세계에 맞서 가장 불온한 방식으로 대항하는 김언희의 시작법이라 할 수 있다.

금기가 된 존재, 소수자의 에로티시즘

성에 대한 금기 중에서도 동성애는 이중의 자물쇠가 채워진 채로 '정상이라고 믿어지는' 사회에서 배제된다. 오랜 역사 속에서 동성애자들은 호모포비아homophobia에게 혐오의 대상이 되어 왔다. 동성애 혐오를 뜻하는 호모포비아는 동성애 혹은 동성애자를 사회 구성원으로 받아들이지 않고, 이성애 중심의 사회질서를 구축하려는 성향을 지닌다. 이러한 사회에서 동성애자를 철저히 분리하여 이 사회와 공존할 수 없는 종種으로 만들어버리고자 하는 것이다. 때문에 동성애자는 이성애 중심 사회가 만들어낸 실체 없는 환상 속에서 소외될 수밖에 없다.

이처럼 동성애에 대한 편견과 비난이 관성화된 사회에서 지속적으로 동성애 소재의 작품을 발표하는 시인들이 있다. 이 작품들에는 금기의 틀을 깨고 내닫는 일탈의 흔적이 복합적이고도 혼란스러운 감정들과 함께 발견된다. 동성애자의 성적 주체성을 드러낸 이들 시에는 성행위에 대한 다양한 묘사가 드러난다. 몇몇 독자는 이러한 작품에 낯섦, 이질감, 경계심 등의 감정을 느낄 수 있다. 남녀를 대상으로 한 성행위의 묘사보다 동성애자의 성행위에 한층 더 불편한 감정을 느끼며 우리는 깨닫게 된다. 동성애자의 성행위는 그 성행위뿐만 아니라 그들 존재 자체가 금기에 해당된다는 것을.

폴 캐드머스, 〈욕조〉(1951)

폴 캐드머스는 미국 도시에서 살아가는 사람들의 모습을 사실적으로 보여주는 그림을 그렸으며, 그중 남성의 누드를 그린 작품들이 많다. 〈욕조〉는 두 명의 남성이 씻고 있는 모습을 그린 것이다. 벽에는 벗어놓은 옷가지들이 걸려 있고, 욕조 안에서 씻고 있는 남성과 욕조 바깥에 서 있는 남성의 몸은 건장해 보인다. 폴 캐드머스는 남성 신체의 근육을 사실적이고 매력적으로 형상화하는 데 심혈을 기울인다. 그는 자신의 동성 애인을 모델로 삼아 그림을 그리곤 했다. 동성애를 에로틱하게 다룬 그의 작품들은 많은 논란을 불러일으키며 찬사와 비난을 동시에 받았다. 〈욕조〉역시 그러한 작품 중 하나이다.

이러한 금기를 다룬 시인 황병승은 동성애, 여장남자, 트랜스젠더의 정체성을 소재로 작품을 발표한 바 있다. 그는 첫 시집『여장남자 시코쿠』(2005)에서 "열두 살, 그때 이미 나는 남성을 찢고 나온 위대한 여성"(「여장남자 시코쿠」)이라고 선언한다. 이 시의 화자는 "누군가 내 필통에 빨간 글씨로 똥"이라고 쓴 기억을 가지고 있는데, 여기에는 일상에서 너무나 쉽게 격하되곤 하는 소수자의 상황이 그려져 있다. 황병승은 남성과 여성, 소년과 소녀의 경계를 무너뜨리고, 그 무너진 잔재 위에서 서로 뒤섞이는 착란의 관계를 그려낸다.

> 눈을 씻고 봐도 죄인이 없으니
>
> 나라도 표적이 될래요 이름도 창녀로 바꿨죠, 대야미의 소녀
>
> (…중략…)
>
> 한때 아무것도 모르는 소년이었을 때, 말이죠
>
> 마구 벌을 내렸죠. 오로지 용서받고 싶어서……
>
> 클린트 이스트우드를 좋아했어요 지금도 그때를 떠올리며
>
> 정육점에서 뿌리째 잘라준, 이 쬐그만 녀석을 허리춤에 차고는
>
> 잔뜩 속상한 표정의 사내를 흉내내곤 하죠, 웃음……웃음……대야미의
>
> 소녀.
>
> ─ 황병승, 「대야미의 소녀─황야의 트랜스젠더」 부분

위 시의 화자인 '대야미의 소녀'는 창녀이자, "한때 아무것도 모르는 소년"이었다. 제목에 제시된 것처럼, 이 소녀는 트랜스젠더의 속성을 지닌다. 소녀는 자신을 찾는 사내들과 침대에서 성행위를 하며 "*내 뺨을 내 뺨을 갈겨봐요 / 당신이 쏘고 싶은 구멍에 대고 / 당신을 당신을 털어봐*

봐요"와 같은 노래를 지어 부른다. 가학과 피학, 자학과 냉소가 교차하는 지점에 소녀의 웃음이 있다. 이 웃음에는 스스로를 죄인으로 규정짓고 죄가 씻길 때까지 무작정 벌을 내리곤 했던, 어린 날의 자신을 향한 연민의 시선이 내포되어 있다. 황병승의 시에서는 종종 공허하고 쓸쓸한 정념이 발견된다. 그의 시 「메리제인 요코하마」 중 "빨고 만지고 핥아도 / 우리를 기억하는 건 우리겠니? // 슬픔이 지나간 얼굴로 / 다른 사람들 다른 산책로"와 같은 구절에는 모든 감각을 동원하여 함께 있음을 실감하던 '우리'가 서로 다른 길로 향하는 타인임을 깨달을 때 오는 쓸쓸함이 있다. 화자는 독자에게 되묻는다. 결국 우리를 기억하는 건 누구일까?

동성애자인 화자를 내세운 또 다른 시인으로 김현이 있다. 그의 시 「퀴어─늘 하는 이야기」(『글로리홀』, 2014)에서 화자는 "이 쓰레기 호모새끼야", "나는 햄스터가 아니야, 이 쓰레기 호모새끼야"와 같은 울분의 목소리를 낸다. 이 목소리는 치욕과 분노의 상황을 바꿀 강력한 힘이 부재한 채로 반복된다. 동일한 시집에 실린 「블로우잡Blow Job」은 "올해로 꼭 아흔 아홉 살을 맞은 앤디 할아버지"의 일상과 죽음에 대한 이야기를 그린다. "약에 찌든 자지에서도 1분 안에 정액을 빼낼 수 있다는 소문" 속 앤디 할아버지는 "똥구멍에 버드와이저가 쑤셔 박힌" 모습의 시체로 발견된다. 이 폭력적인 죽음은 화자의 가볍고 수다스러운 어조와 부조화를 이루며 그로테스크한 미감을 형성한다. 김현의 시에 묘사되는 성행위는 적나라하고 과격하며 무엇보다도 허무함을 준다. 그의 시가 허무함을 주는 이유는 동성애자인 시적 대상들의 관계가 언제나 뒤틀려 있고, 이들의 삶으로부터 회생의 가능성을 발견할 수 없으며, 결국 이들이 상처투성이로 남겨지기 때문이다.

일렬횡대로 젖은 운동장을 행군해 오는 두꺼비 떼의 구령에 맞춰, 녀석
은 힘껏 달렸네. 나는 녀석의 반짝이는 드리블을 떠올렸지. 골을 넣을 때마
다 퍽을 내뱉던 녀석의 입술은 퍽 신비로웠어. 침으로 범벅이 된 감정은 부
드럽고 미끄덩하고.

곧 줄줄 흘러내렸네. 감정의 불알을 감추고, 녀석은 황량하고 사랑스러
운 발길질로 나를 걷어찼지. 유리창 안에서 시간에 좀먹은 내가 늙은 신부
처럼 나를 나처럼 바라볼 때. 녀석은 똥 묻은 팬티를 끌어올리고 사라지고
아름답고. 나는 면사포처럼 속삭였어. 안녕.

— 김현, 「늙은 베이비 호모」 부분

소년인 화자는 멋지게 드리블을 하는 '녀석'에게 매료된다. 화자는 무
릎을 꿇고 처음으로 "감정을 빨"며 자신의 정체성을 확인한다. 이때 '녀
석'의 성기가 아니라 감정을 빤다는 은유는 줄줄 흘러내리는 체액 이미
지에 끈적거리는 서정성을 부여한다. 처음으로 사랑의 감정을 느낄 때,
상대는 신비롭고 아름다워 보인다. 그러나 이 시에서 '녀석'은 화자를 발
길질로 걷어차는 폭력을 통해 이 은밀하고도 금기시된 공간에서 단박에
빠져나가 버린다. 아슬아슬하게나마 마음을 나누고 있다고 믿었던 '함
께 있음'의 감각이 모욕적으로 깨진 것이다. 이 시의 제목이기도 한 '늙
은 베이비 호모'는 첫 감정을 빨던 미성숙한 시간 속에서 영원히 도망치
는 '호모들'의 삶을 지칭한다. 이들은 발길질로 내쳐져 수치심을 느끼는
존재, 자학과 자기연민을 반복하는 존재이다. 몰아치는 광기와 성적 열
망이 과연 이성적 판단으로 유예되거나 정지될 수 있는가? 다만 감춰질
뿐이다. 화자는 자줏빛 비가 내리는 하늘 아래 새하얀 면사포처럼 덧없
이 하늘거리며 '글로리홀'을 바라본다.

옥타비오 파스는 "시적 행위는 본래 혁명적인 것이지만 정신의 수련으로서 내면적 해방의 방법"[3]이라고 말한다. 에로티시즘 시는 사회가 정해놓은 성적 금기를 드러내고 경계를 깨부순다. 이러한 성애적 욕망으로 촉발된 폭력성은 성스러움을 모독하고 죽음으로 파고드는 극단의 충동을 불러온다. 에로티시즘에는 낙원의 황홀함과 악마적 불온성이 동시에 잠복되어 있다. 우리는 금기를 위반하는 시적 언어로부터 이 세계에 정초되어 있는 억압적 규범과 질서에 대항할 힘을 얻을 수 있다. 금기의 문턱을 필사적으로 넘나드는 에로티시즘 시를 읽으며 끝없이 위반을 꿈꾸는 우리 본성의 이면과 마주하게 되는 것이다.

---

3   위의 책, 13쪽.

제3장

폭력과 광기의 시

이승하

문학 속의 폭력과 광기

　폭력과 광기에 대한 사전적인 정의는 너무도 간단하다. 3,086쪽짜리 『민중民衆 엣센스 국어사전』을 찾아보니 폭력을 "난폭한 힘"이라고 설명하고 있고, 광기는 "미친 증세" 혹은 "사소한 일에 화내고 소리치는 사람의 기질"이라고 설명하고 있다. 하지만 이 두 낱말은 한두 마디로 정의내릴 수 있는 성질의 것이 아니다. 더군다나 우리 문학은 일제 강점기에서 벗어난 이후로도 정치적 질곡이 끊이지 않은 한국 현대사의 제 문제를 부단히 형상화해왔는데, '폭력'과 '광기'로부터 완전히 자유로웠던 적은 없었다. 문학이 다루었던 폭력과 광기는 시대에 따라 그 질과 양이 달랐고, 작가에 따라 무게와 부피가 달랐다. 하지만 많은 문인에게 이 두 가지는 버릴 수 없는 화두로 작용해왔다. 전후문학·분단문학·참여문학·민중문학 등 비평적 용어 속에는 폭력의 힘과 광기의 증세가 은밀히 내재해 있었다. 자크 엘룰이 "폭력은 오만이요, 분노요, 광기이다. 폭력에는 대 폭력이니 소 폭력이니 하는 것이 없다. 폭력은 단일체이며, 항상 동일한 것이다"[1]고 말한 바 있듯이 이 둘은 떼려야 뗄 수 없는 관계에 있다.

우리 문학에서 폭력과 광기는 어떻게 다루어져 왔던 것일까? 김동인의 「광화사」와 「광염 소나타」를 읽으면서 우리는 탐미주의의 한 극단에 서 있는 인간의 광기에 찬 부르짖음을 들은 바 있다. 또한 폭력의 총화라고 할 수 있는 한국전쟁을 겪은 뒤에 나온 이범선 작 「오발탄」에서 고향으로, 그 옛날로 "가자!"고 외쳐대는 철호 어머니의 광기를 기억하고 있다. 폭력과 광기는 강용준의 소설 『광인일기狂人日記』에서부터 임철우의 『붉은 방』에 이르기까지 수많은 작가의 작품에서 찾아볼 수 있다. 하지만 우리 현대시에서는 이상하게도 폭력과 광기를 발견하기가 그리 쉽지 않다.

폭력은 문학작품 속에서 전쟁·고문·데모·테러·공권력 행사·인간성 파괴 등으로 형상화되어 왔다. 특히 우리 민족은 가혹한 고문과 테러가 행해진 식민지 지배체제에서 해방된 이후부터 한국전쟁 발발 사이에도 대구 10·1사건, 여수순천반란사건, 제주도 4·3사태 등을 치르면서 극한적인 폭력사태를 체험하였다. 한국전쟁 중에는 남북한이 상호 대량학살을 자행하였고, 거제도 포로수용소에서의 학살은 장용학의 소설 「요한 시집」에서 은유적으로 형상화되기도 했다.

광기, 달리 말해 정신병은 인류의 역사와 더불어 내려오고 있는 것이다. 미셸 푸코는 『광기의 역사』에서 중세나 르네상스 시기까지만 해도 유럽 사회는 광기에 대해 관용을 보였지만 절대왕권의 시대로 접어들면서 '비이성非理性'의 침묵화로 인해 광기가 '정신의학'이라는 이성의 검열

---

1   자크 엘룰, 최공고 역, 『폭력』, 현대사상사, 1974, 117쪽.

에 의해서만 파악할 수 있게 되었다고 했다. 또한 르네상스 시기만 해도 용인되던 광기 표현의 자유가 17세기 고전주의 시대를 맞이하면서 '대감금大監禁'이 이루어져 이성이 광기를 배제하는 무서운 역사가 시작되었다고 했다. 더욱이 18세기에 이르러서는 광기가 비이성의 다른 행태, 혹은 범죄가 구별되면서 순수한 정신병으로 제도화되어 결국 광인은 자신의 광기로부터 차단되고 말았다는 것이 그 책의 핵심 내용이다.[2]

피에르 쟉세름은 여기서 몇 걸음 건너뛴다. 그는 『광기 없는 사회가 존재하는가?』에서 그리스 로마 시대의 광기에서부터 20세기의 광기에 이르기까지 서구 사회가 온통 광기의 역사로 이루어져왔음을 다음과 같이 설득력 있게 이야기한다.

고대에는 광기를 외부적 힘에 의해 어떤 존재로부터 '홀림 당한 것'으로 생각했다. 기독교에서 '마귀 들린 사람'은 '악마'가 화신한 자이다. 르네상스 이후에는 홀림(광기의 소유)이 더 이상 육체의 타락이 아니라 영혼의 자유를 취소한 것으로 생각했다. 18세기에는 광기를 결여, 실수, 무지 등으로 보았다. 19세기에는 시민으로서의 자유와 법률상의 권리를 결여한 사람을 광인이라 했다. 19세기에 정신병 환자는 유산자 계급의 혁명이 자신들에게 부과한 자유의 행사와는 대조적으로 그 권한을 갖지 못한 자들이다. 그래서 미친 사람은 소외되었고, 다른 사람들은 그 정신병자(또는 그 가족들)와 다르게 시민으로서 권리를 행사했다. 프로이트가 다양한 연구 업적을 남긴 후, 20세기에 와서 정신의학자들은 환자를 모든 것과 격리하여 치료하려고 하지 않고 다른 것들과 공존한 상태에서 치료하려고 애쓴다. 그렇다면 국가는 정신병 화자를 위험스럽고 얼빠진

2   미셸 푸코, 김부용 역, 『광기의 역사』, 도서출판 인간사랑, 1991 참조.

사람으로 취급하고 있다고 밝힌다. 이들 보고서에 따르면 광인은 계속해서 감시를 받아야 하며, 병세가 악화될 조짐을 보이면 사회로부터 제거해야 한다.[3]

문학에 대해 조예가 깊은 저자는 소포크레스의 『아작스』, 에라스무스의 『광기에 대한 찬사』, 몽테뉴의 『맥베드』, 세르반테스의 『돈 키호테』, 디드로의 『라모의 조카』, 로트레아몽의 『말도로르의 노래』 같은 작품 외에도, 네르발·니체·스트린트버크·게오르크 트라클·앙드레 브르통·모리스 블랑쇼·미셸 푸코 등에 대해 언급하면서 각 시대마다 문학인이 광기를 어떤 식으로 인식하여 형상화했던가를 설명하고, 각 민족과 문화, 또 대부분의 집단들이 광기와 광인에 대한 개념을 어떻게 지니고 있었던가를 밝히고 있다.

서구에서는 이처럼 광기에 대한 연구가 폭넓게, 체계적으로 이루어져왔다. 오늘날에는 광기가 일종의 현대병으로 치부되고 있다. 정도의 차이가 있을 뿐 너나없이 앓고 있는 병으로, 산업화·문명화·정보화가 진전되면 될수록 더욱 만연될 병이다. 하지만 폭력과 광기 두 가지 측면을 함께 아우르면서 한국 현대시를 고찰해볼 때, 마땅히 거론되어야 할 시인의 수는 그리 많지 않다. 경제개발과 자주국방을 내세우며 국민의 말할 권리를 빼앗아갔던 박정희 정권 시대의 희생양이었던 박봉우 시인과 천상병 시인[4]을 꼽아볼 수 있지만 본고에서는 우리 현대사에 있어 또

---

3 피에르 쟉세름, 박치완 역, 『광기 없는 사회가 존재하는가?』, 동화문화사, 1992, 29~30쪽.

4 천상병(1930~1993)은 동백림사건(1967)에 연루되어 심한 고문을 당한 후 넋이 거의 나간 상태로 살았다. 박봉우(1934~1990)는 불량배들한테 심하게 맞아 정신병을 얻은 이후 병원에 입원과 퇴원을 되풀이하며 고생하는 과정에서도 시작(詩作)을 멈추지 않았다.

하나의 격동기라고 할 수 있는 5, 6공화국 시대의 네 시인을 살펴보고자 한다. 한편 평문에 해방 이후 우리 시에 나타난, 폭력과 광기와 관련이 있는 시들을 전부 모아놓고 논할 수는 없는 노릇이다. 거기다 개인적인 질환으로서의 정신병 혹은 광기에 대해서까지 논한다고 하면 이연주·박서원·박남철·박노해·김영승 네 시인의 작품이 가장 적합하다고 생각되어 이들 네 시인의 작품을 다뤄볼까 한다.

시대가 주는 분노와 광기

문학작품에 나타나 있는 병. 특히 정신병은 시대적인 고통의 상징으로서, 그 작품의 시대적인 배경에 따라 양상을 달리한다. 이범선·손창섭·최인훈 등 전후 작가들의 작품에서 보게 되는 광기는 전쟁이 준 충격이나 공포로 인한 것이었다. 시에 광기가 본격적으로 나타나는 것은 광주민주화운동이 신군부 세력의 대량학살로 끝이 난 이후부터였다. 전 시대의 천상병과 박봉우는 시인 자신이 광기에 사로잡혀 살았지만 80년대의 광기는 시대적인 책무와 고민, 고문과 저항의지가 낳은 것들이라 앞선 시대와는 그 양상이 많이 달랐다. 5, 6공화국 군사독재정권 아래서 정치범으로 교도소에 갇힌 상태로 쓴 그의 시 세계는 한마디로 광기의 세계였다. 그리고 그가 그려낸 세계는 도저히 어떻게 해볼 수 없는 '미친 세계'였다.

밤 12시
도시는 벌집처럼 쑤셔놓은 붉은 심장이었다

밤 12시

거리는 용암처럼 흐르는 피의 강이었다

밤 12시

바람은 살해된 처녀의 피묻은 머리카락을 날리고

밤 12시

밤은 총알처럼 튀어나온 아이의 눈동자를 파먹고

밤 12시

학살자들은 끊임없이 어디론가 시체의 산을 옮기고 있었다.

— 김남주, 「학살 1」 부분

학살의 원흉이 지금

옥좌에 앉아 있다

학살에 치를 떨며 들고 일어선 시민들은 지금

죽어 잿더미로 쌓여 있거나

감옥에서 철창에서 피를 흘리고 있다

그리고 바다 건너 저편 아메리카에는

학살의 원격 조종자들이 회심의 미소를 짓고 있다.

— 김남주, 「학살 3」 부분

　2편의 시에서 김남주는 광주민주화운동을 무력으로 진압한 이들에
대한 분노를 억누를 길 없어 솟구치는 감정을 그대로 분출하고 있다. 시
를 보면 학살자들(진압군)은 어디론가 시체의 산을 옮기고 있다. 학살의
원격 조종자들인 미군은 학살자들이 시민의 항쟁을 무력으로 진압하자
멀찍이 물러서서 회심의 미소를 짓고 있다. 시인은 시적 형상화니 언어

의 조탁이니 주제의 심화니 하는 것에는 별다른 관심이 없다. 인간 광기의 폭발이었던 그날을 증언하고, 그날의 폭력을 연출한 범죄 집단을 고발하겠다는 의지가 워낙 강해, 원색적이고 단순하기까지 한 증언시 내지 고발시를 쓴 것이다. 시대가 하 수상하지 않았더라면 김남주가 어찌 다음과 같은, 유사 이래 그 많은 시론을 몽땅 거부하는 시를 썼을 것인가.

> 미군이 없으면
> 삼팔선이 터지나요
> 삼팔선이 터지면
> 대창에 찔린 개구락지처럼
> 든든하던 부자들 배도 터지고요.
>
> — 김남주, 「다 쓴 시」 전문

> 총칼 한번 휘둘러
> 수천 시민을 살해한 놈은
> 대통령이 되어 청와대로 가고
>
> 주먹 한번 휘둘러
> 뺨 한 대 때린 놈은
> 폭력배가 되어 가막소로 가고.
>
> — 김남주, 「깡패들」 전문

> 낫 놓고 ㄱ자도 모른다고
> 주인이 종을 깔보자

종이 주인의 목을 베어버리더라

바로 그 낫으로.

— 김남주, 「종과 주인」 전문

해방 직후 이북의 감옥은

친일한 사람들로 우글우글했지

미처 남으로 도망치지 못해서겠지

해방 직후 이남의 감옥은

항일한 사람들로 빽빽했지

미처 북으로 넘어가지 못해서겠지.

— 김남주, 「남과 북」 전문

이런 직설적인 시들은 시라기보다는 감옥에서 내뱉은 탄식이요 외침이었다. 9년여 긴 세월 동안 영어囹圄의 몸이었던 김남주가 아닌 다른 시인이 썼더라면 시집에 수록되지도 않았을 것이다. 시인이 보기에 남북 분단의 원흉은 북한도 이데올로기도 아니고 미국이다(「다 쓴 시」). 광주에서 수천 시민을 살해한 깡패 같은 놈은 대통령이 되어 청와대로 가니 참을 수가 없다(「깡패들」).

김남주

시대가 바뀌어 종이 낫을 들어 주인의 목을 베듯이 민중은 이제 위정자에게 피를 보는 복수를 해야 한다(「종과 주인」). 농민 봉기를 예로 들면서 폭력에 대한 대응 양식은 폭력밖에 없다고 한 프란츠 파농식의 논리가 그대로 적용될 수 있는 시들이다.[5] 「남과 북」에서는 남한과 북한이 어떻게 다른가를 이야기하고 있다. 시인에 따르면 친일파들이 득세한 '잘못된' 세상이 남한이며, 친일파들을 처단한 '올바른' 세상이 북한이다. 아무리 폭력과 광기에 대한 비판의식이 충만해 있다고 한들 이런 시들을 이성적 성찰의 시로 볼 수는 없다.

시인은 이런 과격한 시들을, 감방에서 못 같은 것으로 썼다고 한다. 잘못된 역사와 현실, 정치와 경제 상황에 대해 울분을 이기지 못해 시를 쓰다 보니 시인 자신이 제어할 수 없는 광기에 사로잡혀 있다. 짧은 시 몇 편만 예시했지만 난폭한 현실에 대해서 난폭한 대응 양식으로 시를 썼기에 이성은 약화되고 감성은 충만하다. 김남주의 시가 시 같지 않다고 하여 비난할 수 없는 이유는 바로 상황 때문이다. 상황도 인간을 광기로 몰아갔고 시인도 광기에 사로잡혀 있던 시대가 바로 '80년대'였다.

폭력 없는 세상에 대한 희망

1979년에 등단한 박남철은 1984년에 첫 시집 『지상地上의 인간人間』을 출간한다. 이 시집에는 「첫사랑」이라는 시가 있다.

> 고등학교 다닐 때
>
> 버스 안에서 늘 새침하던
>
> 어떻게든 사귀고 싶었던
>
> 포항여고 그 계집애

---

5   프란츠 파농, 구자익 역, 『대지의 저주받은 자들』, 언어문화사, 1996, 105~117쪽 참조.

어느 날 누이동생이

그저 철없는 표정으로

내 일기장 속에서도 늘 새침하던

계집애의 심각한 편지를

가져왔다.

그날 밤 달은 뜨고

그 탱자나무 울타리 옆 빈터

그 빈터에 정말 계집애가

교복 차림으로 검은 운동화로

작은 그림자를 밟고 여우처럼

꿈처럼 서 있었다 나를

허연 달빛 아래서

기다리고 있었다.

— 박남철, 「첫사랑」 전반부

시의 앞 2연은 제목에 걸맞게 첫사랑에 얽힌 추억담이다. 고교시절, 시적 화자에게 있어 첫사랑의 대상은 짝사랑이었다. 그 첫사랑의 대상이 놀랍게도 어느 날부터인가 나를 사랑하게 된 것인지, 심각한 편지를 나의 누이동생을 통해 내게 보내온 것이었다. 그 편지에는 만나고 싶은 시각과 장소가 적혀 있었다. 시각은 달이 뜬 어느 밤이요, 장소는 공터였

박남철

다. 그런데 풋풋한 로맨스가 전개되어야 할 제3연에 가서 시적 화자는

눈앞에 나타난 첫사랑의 대상을 죽도록 때린다.

그날 밤 얻어맞았다

그 탱자나무 울타리 옆 빈터

그 빈터에서 정말 계집애는

죽도록 얻어맞았다 처음엔

눈만 동그랗게 뜨면서 나중엔

눈물도 안 흘리고 왜

때리느냐고 묻지도 않고

그냥 달빛 아래서 죽도록

얻어맞았다

그날 밤 달은 지고

그 또 다른 허연 분노가

면도칼로 책상 모서리를

나를 함부로 깎으면서

나는 왜 나인가

나는 왜 나인가

나는 자꾸 책상 모서리를

눈물을 흘리며 책상 모서리를

깎아댔다

— 박남철, 「첫사랑」 후반부

언제까지나 간절한 그리움의 대상으로만 있어야 할 '그 계집애'는 나의 환상을 깨뜨려버렸다. 나로서는 용납할 수도, 용서할 수도 없는 일인 것이다. 그래서 나는 '그 계집애'에게 무자비하게 폭력을 가한다. 이 시에서 인상적인 부분으로 두 군데를 꼽을 수 있다. '그 계집애'가 엄청나게 맞으면서도 왜 때리느냐고 묻지 않았다는 것과, 그날 이후 나는 학교 책상의 모서리를 면도칼로 깎아내며 눈물을 흘렸다는 것이다. 첫사랑의 대상이 맞으면서도 눈물을 흘리지 않은 것은 화자의 절망감을 이해했기 때문이 아닐까. 마지막 연을 이렇게 쓴 것은 첫사랑이 그런 식으로 허망하게 끝나버린 일이 몹시도 한스러웠기 때문일 것이다. "나는 왜 나인가 / 나는 왜 나인가?" 하는 자문 속에서 '나는 이런 놈일 수밖에 없다'는 자탄과 '나의 첫사랑이 이 정도밖에 안 된단 말인가' 하는 회한이 담겨 있다.

박남철은 이 시에서 지극히 개인적인 체험의 영역 내에서 일어날 수 있는 폭력의 양상을 그려 보인 셈이다. 두 번째 시집 『반시대적 고찰』에 가면 폭력사태에 대한 묘사를 도처에서 볼 수 있는데, 간혹 역사적 · 정치적 함의를 지니기도 한다. 하지만 시의 주류는 여전히 일상적 체험 가운데에서 겪는 폭력이다.

> 17개월, 제 엄마는 버릇을 가르친다고
> 애를 자꾸 찰싹찰싹 때린다.
> 아이는 세상에서 처음으로 당하는
> 폭력에 눈물을 뚝뚝 흘리며 내 쪽으로 걸어오며
> 서럽게 서럽게 울어댄다.
>
> — 박남철, 「아버지」 제1연

사랑했던 제자가 졸업 후에 찾아왔습니다.

문학평론가 한 분과 새로운 젊은 聖者 시인 한 분과 같이 만나게 되었습니다.

새로운 젊은 聖者 시인께서는 엄지손가락을 둘째손가락과 셋째손가락 사이에 끼워 넣으며 「많이 하라!」고 하셨습니다.

나는 빈 맥주병을 들어 그 젊은 聖者의 대가리를 박살내버렸습니다.

— 박남철, 「그 젊은 聖者의 대가리를」 앞부분

공터에 가서 얻어터진다, 공터에 가서 얻어터진다, 태양빛은 더욱 뜨겁, 고 나는 내가 왜 태어났는가를 저주한다

입술에 묻은 피를 닦고, 교복을 털 생각도 못하며 짓밟힌 가방은 주위 들고 집으로 돌아온다

— 박남철, 「모범생(1967년~1987년)」 부분

박남철은 자기고백 시를 많이 쓰는 시인으로 알려져 있다. 예로 든 3편의 시에 나오는 폭력은 모두 시인 자신이 겪은 폭력이라고 여겨진다. 「아버지」에서 시인은 어린 자식을 향한 어머니의 폭력을 가로막는 중재자의 역할을 한다. 「그 젊은 聖者의 대가리를」에서는 시적 화자와 그의 제자를 향해 몸짓 욕을 한 '젊은 성자聖者 시인'이란 자에게 빈 맥주병으로 "대가리를 박살내버리는" 폭력을 가한다. 폭력의 행위 주체자, 즉 가해자가 된 것이다. 「모범생(1967년~1987년)」에서는 반대로 폭력의 피해자가 된다. 교복을 입은 화자는 어느 날 공터에서 "야, 임마 니 일로 쫌 온나 보자!"고 말한 자가 우두머리인 불량배 너댓 명에게 얻어터지고

나서 세상을 태어난 것을 저주한다. 시적 화자는, 아니 시인은 때로 폭력의 가해자가 되고 때로 피해자가 된다. 때로는 폭력을 말리는 중재자도 된다. 공권력에 의한 폭력이나 정치적·역사적 의미를 지닌 폭력도 이 시집에서 볼 수 없는 것은 아니지만 시인 자신이 직접 겪은 폭력보다는 강하지 않다. 박종철 군 고문치사사건을 연상하지 않을 수 없는 「박해미르 XI-2 [시고試稿]」에는 "왜 죽였니!", "왜 죽였나!", "왜 죽였나? 탕 하고 치니 억 하고 죽었나?" 등의 구절이 되풀이해서 나온다. 하지만 시의 주된 내용은 해미르란 이름의 자기 아들이 태어난 기나긴 내력이다. 황동규의 시 「아이들 놀이」를 패러디한 다음과 같은 시도 소재와 주제가 모두 폭력이지만 직접적인 체험 영역 내에서의 폭력이다. 폭력은 아무나, 어느 때나 행할 수 있는 것이며, 누구라도 당할 수 있는 것이다. 폭력은 우리의 일상적 삶 가운데 만연해 있지만 우리 사회에도 만연해 있다.

아빠, 나도 진짜 총 갖고 싶어
아빠 허리에 걸려 있는,

이 골목에서
한 눔만 죽일 테야

늘 술래만 되려 하는
도망도 잘 못 치는
아빠 없는 돌이를 죽일 테야

그 눔 흠씬 패기만 해도

다들 설설 기는데,

아빠.

— 「묵상: 예수와 술래」 전문

아기 사진이 함께 제시되어 있는 이런 시는 제5공화국 시절, 이른바 '시범케이스'로 걸려 심한 고문을 당한 박정만·한수산·정규웅을 연상케 한다.[6] 나아가 광주 시민을 폭도로 몰아 학살극을 자행한 뒤에 제5공화국의 문을 연 신군부세력도 연상해볼 수 있다. 하지만 시인은 이 시의 폭력을 정치적·사회적 폭력 양상과 연계시켜 이해하라고 하지 않고 넌지시 암시만 하고 있을 뿐이다.

누이야. 미안하다. 오빠를 미워해다오. 그리고 김 서방이 한번만 더 때리면, 한번만 더 애기들에게 칼 들이대면 말해다오. 제발 때리지 말라고, 나는 오빠에게도 너무나 많이 맞은 사람이라고. 그리고 그 칼은 제발 나의 오빠에게나 들고 가라고. 원수 같은 오빠에게나 들고 가버리라고.

— 박남철, 「정신병동 시화전 4」 부분

이튿날 베란다에 고여 있던 내 오줌에는 똥파리, 파리, 날파리 들이 모여들어 한마당 큰 잔치를 벌여대고……

2
흐이유우우우……

---

6   정규웅, 「무늬와 얼룩 ─ 한수산에 관한 기억들」, 『글동네 사람들』, 작가정신, 1991, 288
~313쪽.

그래, 그래, 그래, 이젠 모든 생명을 다 존중하리라.

어찌 인간에게만 생명이 있다 하랴……

— 박남철, 「1991년 7월 30일, 새벽」 부분

박남철 시 속에서의 폭력은 이처럼 대부분 개인적인 의미망을 지니고 있다. 폭력 없는 세상에 대한 희망을 시인은 위와 같이 갖고 있는 것이 아닌가. 이 두 편의 시가 실려 있는 『자본에 살으리랏다』는 앞서 낸 시집들과는 많이 다르다. 폭력을 자행하던 시적 화자가 여기서도 피해자가 되어 있고 어느덧 생명옹호의 사상을 펴고 있다.

정치와 노동현실에 대한 원색적인 비판

『노동의 새벽』(1984)과 『참된 시작』(1993) 사이의 10년 세월 동안 박노해는 서울노동운동연합(서노련) 가입, 5·3인천사태 배후인물로서 받은 지명수배, 남한사회주의노동자연맹(사노맹) 결성과 구속·수감 등 파란만장한 생을 살게 된다. 그리고 그 사이에 시인 박노해에게는 1989년 4월에 창간된 월간지 『노동해방문학』(1989.4~1989.12, 1990.6, 1991.1)의 시대가 가로놓인다. 수배생활 도중 박노해는 『노동해방문학』에 주로 장문의 논설문을 발표하며 집권세력과 재벌기업을 강도 높게 비판한다. 그러나 그는 시인이었기에 창간호에 12편의 시를, 제4호(1989.9)에 '시사시' 13편을 발표한다. 이 시기 박노해의 시가 얼마나 끔찍한 광기에 사로잡혀 있었는지 살펴보도록 하자.

조선의 거리에서 조선사람의 껍질이

미군의 대검에 꿰어 걸려 있다

조선인의 자존심이, 조선인의 주권이,

미군의 대검에 꿰어 걸려 있다

팀 스피리트로, 한미 행정협정으로,

이 땅 미군기지 곳곳마다 6천만의 등골을

호시탐탐 겨냥하고 있는 가공할 핵무기로,

수도 복판 미8군 기지로, TV 전파 채널로,

람보로, 패스트푸드로, 영어와 팝송으로,

조선사람 껍질이 미군의 대검에 꿰어져 빙빙 돌려지듯

미제의 발톱에 조선의 모든 것이 꿰어져

빙글빙글 돌려지며 파르르르 떨고 있다

— 「조선사람 껍질」 부분

쳐라 쳐라 폭력테러로

좌경용공 구속조치 탄압의 쇠망치로

네놈들이 미쳐 날뛰어 치면 칠수록

나는 시퍼런 칼날로 일어설 것이다

이제 무너져야 할 것은 네놈들의

자본의 황금탑이다

네놈들이 짓밟고 치면 칠수록

시퍼런 칼날 되어 내가 일어서고

내 아내가 일어서고 우리 동지가 일어서고

이 공장 저 공단 전국의 노동자가

우뚝우뚝 일떠서 손을 치켜드는 날

공고한 자본가 세상은 모래성처럼 무너져

피 비린 총칼은 수수깡처럼 흩어져

끝내 한줌 먼지로 화하고 말 것이다

— 「무너진 탑」 부분

박노해의 이런 시 역시도 김남주의 시처럼 분노의 직
설적인 토로요, 세상의 잘못된 질서에 대한 구토 같은
발언이다. 미국이 이 땅에서 행해온 온갖 범죄에 대해
서 자못 흥분한 어조로, 또한 무척이나 과장된 표현법
으로 들려준 시가 「조선사람 껍질」이다. 현실이 광기
어린 상황이기 때문에 시인도 광기에 사로잡혀 이런 시
를 썼다고 볼 수도 있다. 하지만 너무 과격하고 거칠어

박노해

이런 시는 얻는 것보다 놓치는 것이 더 많다. 그는 시를 버려서라도 공분
公憤을 얻고자 했던 것이리라. 노동자들이 노동운동을 전개해 자본가 계
급을 무찌르고 노동해방의 천국을 이룩해야 한다는 주장이 들어 있는
시 「무너진 탑」 역시 과격함에 있어 앞의 시에 못지않다. 노동운동을 좌
경 용공으로 몰아붙여 탄압하던 그 암담했던 시대를 반추해보더라도 이
시는 구호의 차원에 머물고 있다. 그래서 『노동의 새벽』의 진실함과 절
실함에 미치지 못하고 만다.

잡지사에서 이름을 붙였는지 시인 자신이 이름을 붙였는지 모르겠으
나 『노동해방문학』 제4호에는 '시사시'라는 이름의 시가 13편 발표된다.
시사성이 강한 문제를 다루되 내용은 다분히 현실풍자적이고 형식은 입

체적인 시들인데, 하나같이 길어 13편 시의 원고지 매수가 300매에 달한다. 마지막 시 「'노동자 후보'가 나가신다」는 24쪽에 걸쳐 전개되는 장시이다. 13편의 시에 한 컷짜리 그림이 3개, 사진이 4장, 게다가 '최근 10년간의 '산재보신탕' 현황표'라는 재해발생 현황표도 들어간다. 다수의 시가 연극 대본의 형식을 취하고 있으며, 연설문과 기사문의 형식을 취하기도 한다. 호소문이나 약장수의 너스레 형식을 취한 시도 있다. 창간호의 시에 비해 재미의 측면을 향상시키되 전통적인 시의 외양으로부터 많이 벗어나는 시도를 이 시기에 들어 집중적으로 해보게 된다.

문교부 차관   원래 저 화끈하게 밀어붙여온 놈이니 화끈하게 한 가지만 얘기하겠습니다. '교원노조'에서 요즘 내세우는 아주 아주 싹수없는 말이 있습니다.

'아이들의 해맑은 웃음을 위해!'

이거 절대로 안 됩니다! 장차 이 나라를 걸머지고 나갈 어린 학생들에게 해맑은 웃음을 띠게 한다는 것은 교육의 포기올시다. 이것은 학생들을 무능력하고 비경쟁적으로 만들어 사회 적응력을 제거하는 망국적 행위인 것입니다.

— 「'교원노조' 타도하고 '성자조합' 결성하자!」 부분

아나운서   시청자 여러분 안녕하십니까? 저희 KBS에서는 최근 중요한 사회문제로 대두되고 있는 성범죄와 인신매매를 척결하기 위하여 특별생방송 – '성범죄 대책 시리즈'를 기획하였습니다. (…하략…)

검사   존경하는 국민 여러분!

그동안 얼마나 잠 못 이루는 밤을 보냈습니까?

(⋯중략⋯)

이를 보다 못한 청와대의 물태우 각하께서, (아차!) 아니 노태우 대통령 각하께서, 아 제가 목이 말라 물컵을 찾다가 실수하였습니다. 으흠−, 노태우 대통령 각하께서는 7월 12일 "날로 흉포화, 광역화, 기동화하고 있는 조직폭력배와 인신매매범을 척결하기 위하여 치안본부와 각 시·도 경찰국에 '특별수사 기동대'를 신설하라"고 특별 지시하셨습니다. 이를 계기로 인신매매범을 완전 소탕하고자 오늘 이 자리를 마련한 것입니다.

(⋯하략⋯)

— 「인신매매범의 화끈한 TV 신상발언」 부분

존경하는 내무부장관님, 치안본부장님, 아니 더 높은 공안합수부장님, 보다 더 높으신 안기부장님, 아니 아니 최고통치권자이신 노태우 대통령 각하!

저는 ○○공단의 ××공장에 근무하고 있는 노동자 정꺼벙입니다.

저는 며칠 밤을 심사숙고한 끝에 이렇게 직접 편지를 보내기로 작정하였습니다. 저의 판단이 옳은지 그른지도 헷갈리고 지금 뭐가 뭔지 잘 모르겠습니다.

— 「'공작금을 받겠다'는 내 아내를 고발합니다」 부분

노동자1　고저 고저 요렇게 무더운 여름철엔 보신탕이 제일이야. 우리 조선사람은 예나 지금이나 몸보신에는 개고기가 최고지 뭐.

노동자2　그려 그려. 세월 따라 시대 따라 이름은 단고기에서 보신탕으로, 영양탕에서 사철탕으로 변하고 바뀌어도 영양보충엔 개고기가 끝내주제잉.

노동자3 자, 한잔 듭시다. 그나저나 이번 여름휴가 보너스 쟁취투쟁
을 승리로 마치고 나서 잡수시는 보신탕이라선지 더 맛나네그랴. 김형도
투쟁하느라 고생 많이 했습니다. 자 듭시다. 크아~ 술맛 쭈타.

— 「하루 일곱 마리의 '산재보신탕'」 부분

자, 요것이 무엇이냐? 요것이 무엇이냐?

요것이 바로 구세주여! 요것이 바로 천국행 티켓이여!

일단 한 방 꽂아만 봐, 잘 봤다 못 봤다 말씀 마시고 일단 한 방 찔러만 봐.

자, 히로뽕 한 방에 단돈 1만 5천원!

싸다 싸. 단 한 방으로 기쁨이 와. 싸정없이 행복이 몰려와.

(…중략…)

'히로뽕 당' 결성하여 민중에게 기쁨을!

전민중의 당원화! 보수대연합의 주도자! 차기의 확실한 대권주자! 일단
한 방 찔러만 봐, 일단 한 방 꽂아만 봐, 희로뽕, 뽕, 뽕!

자본주의의 꽃!

자유민주주의의 안전판!!

체제수호의 필수품!!!

— 「'히로뽕 당' 결성하여 민중에게 기쁨을」 부분

예시한 5편의 시가 다룬 시사적인 내용은 교원노조 탄압, 인신매매범
소탕에 따른 '특별수사 기동대'의 신설, 서경원 의원 방북사건, 하루 7명
에 달하는 산업재해 사망자 발생, 3당 합당이다. 그 당시의 온갖 시사적
인 문제를 시의 소재로 끌어온 이유는 명백하다. 잘못된 현실을 비판하
기 위해서이다. 비판의 강도는 여전히 높되 사뭇 비장하고 엄숙하던 4개

월 전의 시 창작 방법론에서 벗어나 새롭게 시도해본 우스꽝스런 풍자satire요, 기상천외한 해학humor이다. 그렇다고 해서 광기 어린 현실에 대한 예리한 비판의식이 무뎌져 있는가 하면 결코 그렇지 않다. 웃음 속에 눈물이, 우스갯소리 속에 욕설이, 환호 속에 탄식이 숨어 있다. 이런 시들을 '시적 형상화'의 측면에서 논한다면 낙제점을 주지 않을 수 없을 것이다. 하지만 당시의 박노해는 시를 공감이나 감동의 차원에서 쓴 것이 아니라 현실고발과 선전-선동의 측면에서 썼으므로 그 효과는 합격점 근처에 다다라 있다고 본다. 박노해의 말투를 흉내 낸다면 그의 시에 그려진 정치상황은 '미치광이들의 개판 놀음'이요, 경제상황은 '돈벌레들의 한 판 도박판'일 것이다. 이렇듯 과격하기 이를 데 없는 정치 비판과 노동현실 비판이 '시'의 이름으로 발표될 만큼 1980년대 역시도 억압 일변도의 시대였다. 박노해는 지명수배자로서 쫓겨 다니며 절박한 심정으로 이런 반시反詩를 쓰다 사노맹을 결성했던 것이리라. 80년대는 박노해의 '시사시'가 증명해주듯 광기가 충만해 있는 시대였다.

반성과 권태, 섹스와 광기의 나날

김남주와 박노해가 분기탱천하여 정치풍자시를 쓸 시점에 김영승은 자기 자신을 풍자의 대상으로 내세운 기상천외한 시집『반성』(1987)을 준비하고 있었다. 김영승의 시에서 정치적 함의도 어느 정도는 읽어낼 수 있지만 그는 선배들과는 달리 미쳐 날뛰는 우리 사회 인간 군상의 이모저모를 관찰하여 재미있게 비꼬고 거리낌 없이 비판하였다.

넋 없이 초점 없이 한 곳을 응시하고 있으면

두 개로 보일 때가 있다.

(…중략…)

서 있는 내 앞에 앉은

두 명의 아가씨의 네 개의 무릎 위에 놓인 두 권의 여성 잡지엔

두 개의 입으로 두 개의 음경을 여기저기 잘 빨아줘야 한다는

fellatio 얘기

신문엔

두 명의 대통령 얘기

— 김영승, 「반성 788」 부분

두더지잡이 놀이의 두더지처럼

망치로 한 대 맞고 찌익 들어갔다 나왔다.

혓바닥이나 음경이나 대가리나

들락날락 집이나 감옥이나 병원이나

가장 예민한 성감대 너의 핵무기

그 음핵은 어디냐 버스야 전철아 교회야

찍 쌀 때까진 열심히 문질러야 하냐 우리는

대오각성하여 쩝쩝쩝 여자

똥구멍에나 사정하고 나온 놈이

들어가면서 굽실굽실 실례합니다 실례합니다

사무실로 관공서로 재판소로 괜찮습니다

괜찮습니다 여관으로 호텔로 섹스 천국으로

— 김영승, 「반성 844」 부분

김영승의 시에는 금기가 없다. 특히 인간의 치부에 대해 추호의 망설임도 없이 이야기한다. 대수롭지 않게 이야기하면서 그는 인간의 의식 깊숙한 곳에 잠재해 있는 성은 물론이고 생활 일반에 널리 편재해 있는 성 윤리와 성 본능을 까발린다. 또한 성에 몰입하는 자신과 타인을 비웃는다. 내 앞에 앉아 있는 아가씨

김영승

(숙취로 말미암아 두 사람으로 보인다)가 보고 있는 여성지에는 "음경을 여기 저기 잘 빨아줘야 한다는 / fellatio 얘기"가 나온다. 「반성 844」에서 시인은 동네 꼬마 두 아이에게 재미난 동화 얘기를 해주고 돌려보낸 뒤 두더지잡이 놀이를 생각하고, 어디를 가나 여관과 호텔이 있는 섹스 천국으로 우리 사회를 간주한다. 우리나라에서 '실례합니다'나 '괜찮습니다'란 말을 입에 달고 사는 사무원이나 공무원이 많은데, 그들 중 어떤 이를 "여자 / 똥구멍에나 사정하고 나온 놈"으로 생각하니, 시인의 성에 대한 생각은 집요하기까지 하다. "생각나시면 / 늘 하시던 대로 / 여가를 선용해 딸딸이라도 치시고 / 제발 / 제 항문에만은……"(「반성 659」), "생각해 보았는가 / 아무도 몰래 묵묵히 / '보지'를 발음해보며 / 고개를 끄떡거리고 있는 / 불타나 예수의 모습을"(「반성 563」), "아름다운 여인이여 그대는 / 재림한다고 하지 말고 해결한다고 하라 / 재혼한다고 하지 말고 해결한다고 하라"(「반성 745」), "결혼 안 하세요? / 여자가 묻는다. // 킥킥, 결혼? / 나는 딸딸이에 도가 튼 놈이오"(「반성 699」) 등 시인의 성 담

론을 예로 들자면 한이 없다. 김영승의 시집을 읽고 있으면 시적 화자이
건 풍자의 대상이건 세상 사람이건 '성도착자' 아니면 '섹스 중독자' 같
다. 성에 미쳐 있는 이 세상 사람들ᅳ이 또한 광기가 아니고 무엇인가.

이 피

어디서 묻었어?

너어 이 상처 이거

이거 어디서 났어 새꺄?

깊은 밤

히히

자다 말고 곰곰 생각하다가 벌떡 일어나

제 마누라 음부를 보고

너어 이거

이거 어디서 찢어졌어,

갓난아기를 보고

이거 어디서 났어!

— 김영승, 「반성 722」 끝 부분

— WXY 그려진 W.C 入口

非常口 같은 膣口

都市는, 아 고녀석 자지도 굵다

까만 데만 25cm네, 이젠, 凱旋門도

疥癬, 改善, 개, 個個, 砲門도 이젠

이젠 挿入 以前에 끝난단다, 少女야

찢어지지 않아서 좋겠다, 좆 컸다

美童들아

脚뜬 유방과 히프 한 사라

※ 사라: dish · Ⅲ · 접시

200₩어치는 안 판다고요?

— 김영승, 「반성 784」 부분

　　이런 시를 보면 시인 특유의 유머 센스가 고소를 머금게 한다. 우리 사회의 성에 대한 통념은 대개 개방이 아니라 억압인데 이런 통념이 여지없이 파괴되고 있어 재미를 만끽하게 된다. 하지만 『반성』의 시대에 시인의 성에 대한 집착은 폭넓은 사회 풍자로 나아가는 것을 계속해서 방해하고 있다. 자다가 벌떡 일어나 아내의 음부를 들여다보곤 "너어 이거 / 이거 어디서 찢어졌어"하고 외치는 시적 화자를 시인이 상상해볼 수는 있지만 그런 상상이 말초적인 재미의 차원에 머문다면 곤란한 일이다. 공중화장실에 그려진 낙서를 보고 쓴 시 「반성 784」를 읽고 혹자는 성의 상품화 현상에 대한 시인의 비판적 시각을 읽어낼 수도 있겠지만 이어지는 "싱싱한 '대음순·소음순·음핵' 모듬회膾 / 1,000원어치도 안 판다고요? // 그럼 음모陰毛 딱 한 개 / 그것도 안 팝니까? / 그럼 코딱지는 팝니까?"에 이르면 풍자의 수준이 형편없이 저급해져 눈살을 찌푸리게 된다.

　　자본주의 사회에서 '성'과 '엽기'와 '돈'은 서로 맞물려 돌아가는 톱니바퀴와도 같은 것이다. 상업적인 의도로 만들어진 광고의 상당수가 성 sex과 여성의 몸을 교묘하게 이용한다. 인터넷 포르나 사이트를 예로 들지 않더라도 한쪽에서는 성의 자유를 마음껏 누리고 있고 다른 쪽에서는 성이 인간을 억압하는 기제가 되고 있다. 한쪽에서는 성을 이용해 돈을 벌고 있고 다른 쪽에서는 성이 여전히 금기의 세계이다. 성과 광기의 상관관계에 대한 연구를 제대로 해보았다면 의미 있는 결과물이 나올 수 있었을 텐데 80년대의 김영승은 그 경지까지 나아가지 못했다. 풍자성은 1994년에 낸 시집 『권태』를 통해 어느 정도 획득하게 된다.

> 도라무깡 반을 쪼개 돌에 걸고, 아아, 내일은 감자 썽둥썽둥 썰어 넣고 수제비를 하나 가득 끓여서 또 세숫대야에 바가지로 퍼주어야지, 저 개새끼들은, 저 푸른 초원 위에 그림 같은 집을 짓고, 저 새끼들은, 한겨울에도 핫팬츠 입은 비키니 차림의 찢어질 듯한 글래머들과 씹두덩이 젖통만한 사랑하는 쌍년들과 함께 골프나 치고 있으니, 가마솥, 도라무깡, 다 엎자, 엎자, 실내 풀장에서 수영이나 하고 있으니 다 엎자, 엎어서 섞자.

> 오줌, 똥, 精液, 다 섞어서
> 마요네즈 만들자.
>
> — 김영승, 「권태·594」 부분

내 나이가 몇 살이냐, 서른 하고도 다섯이다. 서른다섯. 그런데 아직도 지나가는 여자들을 보면 하고 싶을 때가 있으니, 헛살았다.

옛날, 한참 꽂꽂할 시절, 영문으로 된 미국의 어느 의서를 보니, 섹스 파트너와 함께 아파트에서 맥주를 잔뜩 마시고 괴로워하며 신음하며 참을 때까지 참았다가 욕실에 가서 69를 하며 서로의 오줌을 마시는, 오줌이 콸콸 나오는 성기를 핥는 그런 섹스를 했다는 어떤 놈의 글을 읽은 적이 있는데, 원색 사진과 함께…… 삼일절이나 현충일이나 광복절 그 모든 위령제 여하튼 그런 엄숙한 기념식에서 국기에 대한 경례를 하고 애국가를 부르는 놈들을 보면 킥, 웃음이 나온다. 게다가 꼭 무슨 기념사까지 하는 놈들을 보면

— 김영승, 「권태·73」 부분

앞의 시에서 비판의 대상이 된 부류는 누구일까. 부유층 같기도 하고 잘사는 나라 사람들 같기도 하고 국내 거주 서양인들 같기도 하다. 나는 고작 실내 풀장에서 수영을 하는데 '저 개새끼들'은 한겨울에도 "사랑하는 쌍년들과 함께 골프나 치고 있느니" 세상은 얼마나 불공평한가. 시인은 눈꼴신 그들을 마음껏 욕해주고자 이런 시를 썼던 것이다. 그런데 육담과 욕설의 정도가 도를 넘어서 있다. 뒤의 시 제1연에서 시인은 영 점잖지 못한 자신을 비난하지만 중반 이후에는 천하의 위선자를 정치지도자들로 간주하여 모욕을 준다. 이렇듯 나를 권태롭게 하는 것들에 대한 원색적인 비판은 시집 『권태』에 차고 넘친다. 성에 대한 집착에서 벗어난 상태에서 우리 사회의 광기를 비판한 시를 좀 더 찾아서 읽어보자.

TV를 켜니, 禪趣의 무용수들, 가수들, 개그맨들, 탤런트들, 영화배우들, 모델들, 운동선수들…… 노래하며 춤추며 재미난 얘기하며 謹賀新年이다.
바로 어제는 그 모습 그대로 送舊迎新이었고, 메리 크리스마스였다.
(…중략…)
그들이 아무리 혀를 내밀고 까불어도 나는 毅然하다.

버릇없이 저희들끼리 맛있는 것 먹고 비싼 것 입고 까르르 웃고 멋있게
왔다 갔다 해도 나는 그냥 그러나 보다 한다.

— 김영승, 「권태·988」 부분

이런 국회의원만도 못한 새끼가 다 있나. 어휴, 저 갖다 붙이는 새끼들,
어디서 머저리 밥통 같은 놈을 신인이라고 낯짝 내밀어주면서 무슨 말 같
지도 않은 개소리를 그렇게 갖다 붙이는지, 신인을 추천하려면 그 신인의
시에 완전 굴복 경탄 경악하지 않으면 안 되는 건데, 내심 이 자식 이거 안
되겠는데 하면서도 그냥 주저리주저리 갖다 붙이는 새끼들

— 김영승, 「권태·71」 앞부분

보디발의 아내 — 이하 '보디발의 아내'를 그냥 '보지발'로 약함 — 들이
여, 이 땅의 모든 크고 작은 보지발들이여, 신문사 문화센터에 나가 별의별
것 다 배우고 자빠진, 그리하여 끝내는 '문인'으로 데뷔하고야 마는, 위대한
보지발들이여, 마침내 노벨 문학상을 타게 된 보지발들이여, 노벨 문학상
공동 수상한 대한민국의 5만 명 보지발들이여,

— 김영승, 「권태·642」 부분

시인이 보기에 영 못마땅한 부류가 셋 있으니, 텔레비전에 나와서 설
쳐대는 소위 인기가 있다는 연예인들, 문학적 역량이 전무한 신인과 그
들을 추천해주는 기성문인들, 신문사 문화센터에 나가 시를 공부하는
아주머니들이다. 「권태·71」에서 시인은 말도 안 되는 등단 추천사를
"그냥 주저리주저리 갖다 붙이는 새끼들"을 "국회의원만도 못한 새끼"
라며 국회의원까지 싸잡아 욕을 퍼붓는다. 성경에 나오는 뭇 여성을 무

지막지하게 비하한 시「권태·642」에는 시인의 평소의 여성관이 잘 드러나 있다. 남자의 정자를 시적 화자로 삼아 "나는 또 궐녀厥女의 음문陰門을 적면覗面한다"로 시작하는「권태·9」도 그렇거니와 스스로 여자에 대한 박애주의자라고 하면서도 "아내는 무섭다. 아내는, 거안擧案, 제미諸未, 십十이다"로 끝나는「권태·7」을 보면 시인의 여성관에 문제가 있음을 알 수 있다. 어쨌거나 김영승의『권태』를 읽으면 역사가, 인간이, 지금 이 세상이 다 미쳐 있다고 여기게 된다. 그리고 시인도 광기에 사로잡혀 이 세상과 싸우고 있음을 독자는 깨닫게 된다. 온전한 정신으로 어찌 다음과 같은 시를 쓸 수 있으랴.

그는, 설움에 겨워, 설움이 복받쳐, 까무러칠 듯 슬퍼, 가슴에 와락 안겨 흐느끼는, 처음 보는 아름다운, 젊은, 오열하는 여인을 가슴에 안고 엉덩이를 쓰다듬으면서 엉덩이 들썩들썩 푹푹 부드럽게, 박는 시늉을 했을 그런 놈이다.
어깨 움츠리고 히히, 혓바닥 메롱 하면서.

광주의 대학살에서도, 부겐바르트 수용소 인체 소각로 앞에서도.

그는 김삿갓 저리 가라며 앙리 뒤낭 나이팅게일 저리 가라의 사랑의 사나이였다.

그는…… 나다.

— 김영승,「권태·888」 전문

한 여인이 나온다. 그녀는 설움에 겨워 눈물을 흘리고 있다. 진심으로 위로해주어야 할 시점에 그녀를 부둥켜안은 그는 음심이 발동한다. 울면서 매달리는 그녀가 광주 대학설의 현장에 있건 유태인이 대량 학살된 부겐바르트 수용소의 인체 소각로 안에 앞에 있건 마찬가지이다. "엉덩이 들썩들썩 푹푹 부드럽게, 박는 시늉을 했을 그런 놈"은 시적 화자가 아니라 시인 자신일 것이다. 이런 것도 시가 될 수 있느냐고 질문하는 대신 이런 것이야말로 광기라고 단정 짓고 싶다. 시인이 '인간은 모두 성에 미쳐 있는 호색한 내지는 화냥년이 아닌가'라고 말한다면 부인할 수 있는 사람은 몇몇 성직자 정도가 아닐까. 김영승의 시에 있어서 광기는 이처럼 철저하게 '성'과 연관되어 있다.

이상 살펴본 바에 따르면 김남주와 박노해는 잘못된 역사, 잘못된 정치에 대한 비판의 강도가 높아서 광기 어린 시를 쓴 시인으로 간주할 수 있다. 박남철은 앞의 두 시인에 비해 개인이 개인에게 가하는 폭력을 자주 시의 소재로 다루었던 시인이다. 한편 김영승은 성에 대한 집중적인 탐구를 하고 있는데, 그 정도가 너무 지나쳐 풍자의 경지에까지는 나아가지 못하고 저급한 외설의 수준에 머물고 말았다.

2001년 10월 6일 자 『한겨레』 12면에는 '세계인구 4분의 1 정신질환 앓아'라는 큰 제목 아래 고딕체의 작은 제목 'WHO 보고서 지적…매년 1천만~2천만 명 자살 시고'가 달린 기사가 났다. 기사는 "세계 인구 4명 가운데 1명이 일생 동안 정신·신경질환을 앓지만 제대로 치료를 받지 못하고 있는 것으로 나타났다"는 말로 시작되는 제네바 / AP 연합으로 들어온 외신이었다.[7] 이토록 많은 사람이 정신질환을 앓고 있으며, 이토

---

7   기사를 좀 더 인용한다. "세계보건기구(WHO)는 4일 발표한 '정신건강-새로운 이해, 새로운 희망'이라는 제목의 연례보고서에서, 현재 세계적으로 4억 5천만여 명이 우울

록 많은 사람이 자살을 시도하고 있는 것이 21세기이다.

지난 세기에 그러했듯이 21세기에도 아들이 아버지를 죽이고, 아버지가 아들을 죽일 것이다. 동생이 형을 죽이고, 형이 동생을 죽일 것이다. 21세기에 이 땅에서 태어날 수많은 시 가운데 인간의 폭력과 광기를 다루는 시가 적지 않을 것이라는 예감이 든다. 오늘날 시인의 위상이 땅에 떨어져 있지만, 시인은 늘 그 시대의 피뢰침이었다. 광기 어린 눈빛으로 처방전을 쓰고 있을 시인의 초상을 떠올려본다. 하지만 아무리 정신의학이 발달해도 광기를 치료할 수 있는 특효약은 나오지 않을 것이다.

증이나 정신분열증·간질·치매·알코올중독증 등의 정신·신경질환에 시달리고 있다고 밝혔다. 하지만 대부분의 환자들이 창피하다고 생각하거나 구체적인 방법을 몰라 전문의 상담을 받지 않아 매년 1천만~2천만 명의 환자가 자살을 시도하고 있으며, 이 가운데 100만 명 정도가 목숨을 잃고 있다고 분석했다. (…하략…)"

제4장

디지털 대중과 멀티미디어시의 모험

허혜정

'웹'이라는 책과 문학의 공진화coevolution

1990년대 이후 컴퓨터의 대량 보급과 웹 인구의 폭발적 증가와 더불어 한국사회의 가장 문제적인 담론들은 정보화와 세계화라는 개념을 중심으로 형성되었다. 이른바 미국의 사회학자 데이비드 리스먼이 『고독한 군중Lonely Crowd』에서 언급한 '고독한 군중'들에게 웹은 공동체적 소속감과 동질성을 제공하는 역할을 했고, 모바일 기기의 급속한 보급은 문화생산과 소비의 방식을 획기적으로 변화시키면서 일상적 삶의 가장 중요한 매개체가 되었다. 대중의 미디어 러시 현상, 인터넷의 가용성과 경제성까지 고려하면 이제 근대문학의 대량생산을 주도했던 출판업도 저비용의 전자출판과 다양한 웹 플랫폼들에 급속히 자리를 내어주는 현상은 당연하게 보인다.

활자문명 시대에 문학의 주도적 매체로서 독점적 지위를 누려왔던 책은 이제 인쇄문화의 종언을 고하는 은유임과 동시에 새로운 테크놀로지의 은유가 되었으며, 언제든지 정보를 예치하고 인출할 수 있는 '데이터 뱅크'의 관념으로 전환되기 시작했다. 이러한 현상은 책의 '가능성'을 실현하는 다양한 매체들에 관심을 갖게 한다. 이제 극장, 도서관, 대학, 박물관 등 모든 것은 책 속으로 쓸려 들어온다. 이른바 퍼포먼스, 전시회 같은 개념적 공간으로서의 책, 전화책과 같은 음성 전송방식으로서의 책, 영화·TV·사진·홀로그램 등 영상부분까지 포괄하는 시각적 형식으로서의 책 등은, 책에 대한 우리의 상투적인 관념을 무너뜨리는 예들이 될 수 있을 것이다. "텍스트는 계속 존재할 것이다. 그러나 페이지는 사라질 것이다"[1]라고 피에르 레비Pierre Levy가 일찍이 언명했듯이 어떠한 의미에서 더 이상 책은 존재하지 않는다. 오직 '책성book-ness'만이 존재할 따름이다. 이미 1990년대부터 진행되어 온 책의 형태[2]에 대한 다양한 논의들은, 책이라는 매체와 운명을 같이 하던 문학 또한 상징적인 전환점에 와 있음을 시사해준다.

새로운 디지털 기술의 급속한 발전은 특히 문학을 생산하는 방식에서 중요한 문제를 환기시킨다. 컴퓨터는 이미 책을 만들어내는 복잡한 공정을 놀라운 속도와 유연성을 가진 프로그램의 구동과정으로 대체해 버렸다. 컴퓨터는 문학의 생산기제일 뿐 아니라 매체이며, 동시에 그것을 향유하는 메커니즘이 된다. 특히 웹 공간 그 자체의 속성인 "하이퍼텍스트hypertext의 작동과 디지털 네트워크는 텍스트를 탈영토화 시킨다. 그것들

---

1   Pierre Levy, "Artificial Reading", *Substance* 82, Wisconsin : UP of Wisconsin, 1997, p.14.
2   이와 관련하여, '반책(anti-book)', '비책(non-book)', '책성(book-ness)' 등의 다양한 규정들이 만들어진다. 이제 예술가의 책은 여타 문화와의 교차형식 속에서 소통되는 매개자이지, 닫혀 있는 하나의 객체로서 존재하지 않는다. Margot Lovejoy, "Artists' books in the Digital Age", *Substance* 82, UP of Wisconsin, 1997. pp.113~114.

은 명백한 경계 없이 텍스트를 나타나게 한다".[3] 간략히 말해 의미가 만들어져 가는 '과정'으로서의 문학 관념이 발생하는 것이다. 페이지를 대체하는 웹 공간 안에서의 작자는 단순히 문학행위를 하는 것이 아니라 문학이라는 관념/체제의 창조자가 될 것이다. 당연히 문학의 일차적 매체였던 책의 기능도 소셜미디어나 위키 같은 온라인 정보, 각종 블로그나 웹 콘텐츠가 분점해갈 수밖에 없다. 무엇보다 웹은 콘텐츠 접근장벽이 없는 개방성과 갖가지 링크가 결합된 연결성을 무기로 정보와 재미를 실어 나르는 거대한 책의 역할을 수행하고 있기에, 현대의 문학인이라면 누구든 책의 가능성을 실현하는 웹과 디지털 대중들에 대한 관심을 더 이상 늦출 수 없다.

우리나라의 디지털 대중을 세대적으로 구분해보면 제1세대는 웹 공간에서 글 중심의 블로그 서비스를 즐기던 유저들이다. 제2세대는 불특정 다수로 관계가 확장되는 소셜네트워크, 가령 트위터·페이스북 등의 유저들이다. 트위터는 친구 맺기 기능과 신속한 메신저의 기능을 결합한 제2세대 SNS로서, 팔로워follower 기능과 모바일을 통한 문자메시지 기능 등이 가능해 빠른 소통이 장점이다. 2004년 마크 저커버그가 제작해 세계 최대 SNS로 확장된 페이스북은 '친구맺기' 기능과 동영상 탑재 기능, 라이브TV와 E-커머스 기능까지 갖춘 소셜네트워크로서, 빅데이터와 알고리즘을 통한 맞춤형 서비스를 제공하는 플랫폼이다. 제 3세대는 글보다는 이미지 중심의 유저 맞춤형 서비스를 즐기는 인스타그램 등의 이용자들이다.

이러한 웹 세대들이 문학을 즐기고 소비하는 문학인구라고 말하기는

---

3   Pierre Levy, *op. cit.*, p.14.

어렵지만, 그들은 웹문화의 일상화와 더불어 다양한 방식으로 문학적 서사를 담아낸 멀티미디어 콘텐츠를 즐기고, 기존의 문화 소비자의 위치에서 벗어나 직접 소프트웨어 제작에도 적극 참여하고 있다. 놓쳐서는 안 될 현상은, 웹 플랫폼을 기반으로 한 콘텐츠가 대세가 되어 있는 지금, 문학 장르의 이름을 가진 텍스트라 해도 그것은 기존의 문학책과는 전혀 다른 물질적 특성을 지닌 텍스트로 진화해가고 있다는 점이다. 이른바 SNS문학, 혹은 '웹'이라는 명칭이 붙은 문학 장르의 경우 그것은 문자텍스트이면서도 모바일 화면에 걸맞은 '페이지'에 내용물을 이미지로 각인하여 '뷰'를 통해 소비자(독자)를 창출한다. 아마도 이러한 형태의 작품들은 전혀 문학이라 불리기를 고집하지 않는 '텍스트'일 뿐이며, 독자가 문학이라 불러주어 문학이 되는 '후장르post-genre'이자 영원히 책으로 나오든 안 나오든 상관없는 것일지도 모른다.

기존의 등단이라는 제도적 관문이 아니라 웹을 기반으로 글로벌한 성공을 거둔 신세대 문인들의 사례들을 보면 이미 등단이라는 완강한 제도적 관문도 전자환경에서는 큰 의미가 없음을 보여준다. 가령 18만 부나 팔려나간 시집 『서울시』로 유명한 하상욱은 일반적인 등단 루트가 아닌 '페이스북'을 통해 시인으로 널리 알려지기 시작했는데 이는 디지털 시대의 문학인구의 진입경로를 확연히 보여준다는 의미가 있다. 원래 그래픽 디자이너였던 그의 시는 마치 카톡의 대화형태처럼 길어야 네 줄에 불과한 형태로서 페이스북에 최적화된 단편시이고, 시라고 불리지만 잘 가공된 문자텍스트는 아니다. 이러한 시의 형태들은 "높은 복잡성을 담지한 인간과 미디어가 능동적으로 결합해 발전하는 공진화coevolution"[4] 현상처럼, 미디어와 더불어 '공진화'하는 시라는 장르의 진화 과정을 잘 보여준다. 이른바 SNS시라 불리는 이러한 형태들은 우리에게 익숙한 문자의 수사적 구축물이 아니라, 그것을 시라고 읽어주는 디지털 대중에게 시인 것이다. 이는 글로벌 전자환경과 플랫폼이 생산해낸, 동시에 전철노선으로 매핑되는 서울시민의 일상적 감수성을 담고 있는 "시 같은" 텍스트일 따름이다.

이러한 사례를 눈여겨보면, 문학이라고 인식되는 것은 과연 무엇일까라는 질문이 다시 솟아오른다. 즉 근대적 문학 장르의 관념에는 들어맞지 않지만 "문학처럼 인식되고 소비되는" 텍스트들을 수많은 독자들의 빅데이터를 축적했을 인공지능은 (마치 그것이 문학텍스트인 양) 잡다한 콘텐츠와 함께 밀어 보내곤 한다. 디지털 대중이 웹 공간에서 주로 소비하고 생산하는 콘텐츠는 웹 공간과 모바일 기기에 최적화된 스낵콘텐츠의 형태가 주를 이루는데 이는 SNS 공유(바이럴)를 점화시킬 수 있는 소재와 모티프, 가벼운 이야기를 주로 다룬다. 이른바 웹소설, 웹드라마, 웹시네마, 웹툰, 웹예능 같은 것은 디지털 대중의 소비기호에 맞게 제작된 콘텐츠들이다. 초창기에 이러한 콘텐츠들은 개인의 창작물로 엉성하게 만들어졌지만 최근에는 이윤을 창출하려는 기업과 포털, 방송사 등의 콜라보레이션Collaboration 작업 경향이 뚜렷해지고 있다. 스트리밍되는 매체에 따라 텍스트 형식이 다양하게 변주되고 장르도 다소 혼성적이다. 그것들은 근대 장르의 이름을 달고 있기는 하지만, 드라마나 소설·희곡같이 장르적으로 특화된 문학적 서사 영역과는 상당히 달라서 이야기 패턴과 모티프에 초점을 맞춰 접근할 필요가 있다.

---

4   김문조, 『융합문명론』, 나남, 2013, 130쪽.

웹 공간에 넘실대는 콘텐츠의 두드러진 특징은 무엇보다 수용자의 능동적 선택을 가능하게 한다는 데 있다. 무수한 콘텐츠에 대한 선택의 폭이 늘어난다는 것은 소비자의 적극적인 수용태도가 요구된다는 것을 의미하며, 더 나아가 메시지의 소비자만이 아닌 적극적인 미디어 이용자이자 메시지 생산자로서의 위상을 가진다는 것을 시사한다. 이렇듯 콘텐츠의 소비와 생산방식이 매우 민주적이고 개방적인 방향으로 변화해옴으로써 일정한 집단성, 즉 분명한 취향을 가진 다양한 하위문화 집단을 형성하고 있음도 주목해야 한다. 비록 각기 다른 취향으로 특정한 콘텐츠에 몰입하는 소비자들이라 해도 디지털 대중에게 가장 일반적인 호응을 얻고 있는 콘텐츠의 양식은 '스낵콘텐츠'인데, 이는 말 그대로 스낵처럼 짧고 가볍게 소비할 수 있는 재미있는 영상 콘텐츠를 뜻한다. 스낵콘텐츠의 두드러진 특징은 제작 패턴상 아주 짧고 가볍고, 소재와 형식, 포맷이 자유롭다는 점이다. 이른바 카톡시·짤소설·드라마·영화·만화·우스개 등 종류는 이름붙이기에 따라 매우 다양해질 수 있다.

중요한 점은 이러한 스낵콘텐츠가 긴 글 공간을 제공해야만 하는 문학의 생태와는 사뭇 성격이 다르다는 점이다. 웹 콘텐츠는 주로 글보다는 다양한 영상표현과 짧은 스토리를 담아 소통하기 때문에 근대 이후의 문학관습을 지배해온 기존의 문학 장르, 즉 시와 소설, 희곡, 평론 같은 미학적인 글쓰기에 전적으로 지배받지 않는다. 이제 웹 시대의 글쓰기는 지극히 개인적인 표현양식의 하나로 소비되거나, 영상표현의 보조적 역할을 수행하기도 하며, 집단적이고 시스템을 중심으로 한 창작성향도 뚜렷하게 드러낸다. 기존에는 읽기와 쓰기가 가장 중요한 문학행위였으나 이제는 보고 듣기 위해 구현되는 미학이 더욱 부상하는 추세이다. 그러므로 문학작품도 보고 듣고 소통할 수 있는 콘텐츠라는 측면에서 전략적으로 사유해볼 필요가 있다. 가령 오늘날 디지털 대중이 일상적으로 소비하는 웹툰 같도 것도 따지고 보면 종이만화의 파생물이라기보다는 웹 시대가 생성한 전혀 형질이 다른 신생 장르이기 때문에, 기존의 문학서사가 어떻게 이런 콘텐츠들과 경쟁하며 웹 공간에서 생존하고 변화할 수 있을지를 우리는 고민해야 하는 것이다.

그렇다면 이러한 웹이라는 새로운 책 공간과 무수한 콘텐츠의 범람 속에서 문학은 어떤 방식으로 생존을 담보할 수 있을까. 사실 탈근대적인 디지털 문화환경 속에서 살아가는 대중들에게 문학의 존재감은 거의 없다고 해도 과언이 아니다. 그래서 더욱 지루한 글 공간을 떠나는 대중들을 찾아 디지털 공간을 문학의 공간으로 만들어가는 모험이 필요하다. 통념적으로 보아 문학적 글쓰기란 장르와 문체 같은 미학적 규칙을 따르는 것, 다시 말해 시의 장르적 관습을 따르는 어떤 글을 만드는 것이다. 하지만 본질적으로 아방가르드의 후예로서 탄생한 현대시의 속성은 그러한 관습을 상속함과 동시에 그런 규칙들의 한계를 실험하고 파괴하고 변화시키는 것이기도 하다. 오랫동안 문자텍스트로만 박제된 문학 그 자체의 한계를 넘어서기 위해 문자와 소리와 이미지는 물론, 근대가 완강하게 구획지어 놓은 각종 장르영역을 교차할 수 있는 '멀티성'에 주목하는 이유가 여기에 있다. 현대시 또한 문자숭배적인 인식과 표현법, 그리고 장르 중심의 문학적 관행과 지배력을 포기함으로써 보다 새로운 문학의 존재양태를 실험하고 그것을 독자와 나눌 수 있는 가능성을 포기해서는 안된다.

멀티포엠의 모험

　문학의 공진화 현상은 미디어의 몸을 입을 수밖에 없는 예술 장르들의 표현양태에 전방위적 충격파를 몰고 왔다. 디지털 시대의 텍스트는 제작자가 만들어낸 기괴한 괴물처럼, 실험실을 뛰쳐나가 보다 넓은 장에서 분열하고 혼합되고 새로운 변종으로 생성되고 있다. 복잡하게 매설되어 있는 웹 공간에서 거미줄처럼 뒤엉켜버린 텍스트를 생각해보자. 누가 작자인지 독자인지, 창작인지 표절인지 모를 수많은 텍스트는 잡종이며 혼성물의 상태로 흘러 다닌다. 서로 다른 방언들이 교차하고 횡단하고 섞이고 반죽된다.

　여기서 우리의 관심거리가 되는 것은, 문학이 문자의 저장소인 종이책이 아닌 다른 매체의 몸을 입을 때 저자(시인)의 예술의식(시정신)과 표현의 전략에 어떤 변화가 수반될 수밖에 없는가 하는 점이다. 웹 공간 그 자체의 속성인 하이퍼텍스트 속에서 저자는 독자와 근본적으로 다른 교섭방식을 획득하게 된다. 새로운 매체는 새로운 작가와 독자와 텍스트를 만들 뿐만 아니라, 텍스트를 장 속에 놓거나 텍스트 안에서 움직이는 장을 인식하는 하이퍼텍스트적 감성을 생산한다. 하이퍼텍스트의 비연속적인 구조 속에서, 스스로 텍스트를 선택하고 웹 공간 전체를 책과 사전처럼 검색하는 독자는, 일관된 메시지를 파악하고 목소리를 읽어내며 문체를 즐기는 전통적인 독자가 아니다. 독자에 의해 끝없이 확장되고 복선화되는 텍스트는, 페이지 위의 단선적인 행처럼 저자가 잘 직조해 낸 이야기를 따라가지 않는다. 독자가 개입하는 과정 자체가 텍스트가 된다면, 작자는 자신이 던지고자 하는 메시지가 어떤 방식으로 경험될 것인가? 어떻게 의미를 효과적으로 조직할 수 있을까? 텍스트의 미감을 어떻게 독자에게 실어 나를까? 어떻게 끝까지 독자를 붙들어둘 수 있을까? 하는 등의 문제를 더욱 깊이 고민하지 않을 수 없게 된다.

가령 텍스트 속에는 선택을 유인하는 장치가 있어야 한다. 변덕스런 독자는 하나의 주제나 의미에 집중하지도 않고 끝없이 지루해진 텍스트 공간을 떠나기 때문이다. 텍스트는 끝없이 업그레이드되어야 하고 기술적 도구와 형식들에 대한 다양한 고려도 필요하다. 어떻게 독자를 유인할까? 어떻게 텍스트의 단계를 조직할까? 어떻게 의미를 폭발시킬 것인가? 단순히 언어적 수사에 몰입하는 것이 아니라 작자의 이념과 메시지를 어떻게 복합적으로 표현할 것인가를 동시에 생각해야 하는 것이다. 당연히 거기서 문학이 전통적으로 토대했던 문체, 구성, 의미, 목소리와 같은 관념은 확장된 방식으로 존재할 수밖에 없을 것이다. 장면/단계/장치 등을 포괄하는 다층적인 전략을 고려하며 텍스트를 만든다는 것은 도입, 전개, 절정, 파국을 만드는 것보다 어려운 일임에 틀림없다. 때문에 의미의 조건이 되면서도 그것을 포함하고 유통시키는, 이미 자기의식을 얻은 매체(기억하고 활동하며 스스로를 생산하는)에 대해, 이제 현대의 시인들은 더 깊은 차원에서 적극적인 고민을 할 필요가 있다.

돌이켜보면 1990년대 우리 시단에서 행해진 멀티포엠 시운동은 이러한 문학텍스트 자체에 대한 개념적 이데아에 대한 고민을 안고 출발했다고 단언할 수 있다. 상기하건대, 이른바 '멀티포엠 시운동'을 기치로 내걸고 세계적인 디지털 아티스트로 명성을 날리고 있는 장경기(시인, 화가, 멀티포엠아티스트)와 필자 및 다수의 멀티포엠 아티스트들이 감행했던 도전적인 실험은 한국시단에서 최초로 이루어진 현대시의 매체적 실험으로 분명히 기억되어야 할 것이다. 이는 필자가 한국 최초의 문학 웹진 『시인학교』의 창간 편집위원이었던 1990년대에 시작되었는데, 5차에 걸친 '멀티포엠 선언문' 발표와 함께 50여 회의 전시와 상영, 다양한 방식의 시운동을 거치면서 멀티포엠은 2000년대 들어와 '디카시'라는 유사 시운동이 생겨날 만큼 시콘텐츠의 보편적 형식으로 자리 잡았다. 멀티포엠 제작과 프로듀싱을 맡은 장경기와 더불어 멀티포엠과 현대시의 매체적 실험에 관한 이론적 구축을 해온 필자가 멀티포엠 시운동을 시작하기 이전에는 문자와 소리, 영상 등이 하나가 된 시 콘텐츠는 존재하지 않았음을 분명히 밝히고자 한다.

모바일 기기의 대중화로 인해 웹 콘텐츠가 대세가 되어가는 지금, 이미 90년대에 이루어진 멀티포엠 시운동의 컨셉과 이론이 자주 도용되는 듯한 불편한 체험을 했기 때문에 그 문학적 실험의 역사와 지향점을 확실히 밝혀두어야 할 필요를 느낀다. 이른바 뉴미디어 시대의 새로운 가능성과 문화산업에 침식되어 가는 문학의 지반을 심각하게 고민하던 1990년대에, 영상·음·문자 등 모든 가능한 표현 매체를 활용하는 멀티미디어시를 제창했던 멀티포엠 시문학운동은, 1996년 9월 1일 장경기·허혜정·유희봉·박정진을 중심으로 한 멀티포엠협회원 일동이 '멀티포엠 제1 선언문'을 발표하면서 본격적으로 출발하였다. 멀티포엠이란 "영상, 음, 문자 등 모든 가능한 표현 매체들이 한데 어우러져 빚어내는 시"라고 최초로 명명했으며(장경기·허혜정, '멀티포엠 제1 선언문'(1996), "그런 창작활동을 하는 사람을 멀티포엠아티스트라고 지칭한다"고 선언서에 명시했다. 시운동의 구체적인 성과로 멀티포엠 축제(1997.4.5)를 개최하였고 1998년 멀티포엠 제1집으로 『몽상의 피』[5]를 발간하였다. 한국 최초의 영상시집 『몽상의 피』(1995)는 대학과 스키장, 다양한 문화공간에

---

5   허혜정 기획·대본, 장경기 시·연출, 『몽상의 피』(영상, 특별부록 CD), 『현대시』, 1998.1.

서 11회 이상 전시·상영되었다.

이후, 시를 중심으로 한 토탈 문화콘텐츠의 출발을 알리는 '멀티포엠 제2 선언문'이 발표되었다. 장경기와 필자를 주축으로 한 아티스트들은 밀레니엄과 함께 문화산업시대의 도래를 예감하며, 21세기 벽두인 2000년 1월 1일 '멀티포엠 제2 선언문'을 발표하였다. 그리고 장경기의 연작시 「마고」를 원작으로 하여, 영화·음반·사진집·캐릭터·멀티포엠 등의 다양한 콘텐츠를 묶어낸 60억 규모의 토탈콘텐츠 실험을 진행하였다. 이러한 작업은 '멀티포엠 제3 선언문' 발표로 이어졌다. '제3 선언문' 은 멀티언어를 디지털 대중의 일상적인 언어로 정착시키고, 디지털 저작 도구를 활용한 멀티포엠 창작의 대중화를 목표로 하고 있었다. 우리가 21세기의 시운동에서 특히 주목하고 강조했던 것은 멀티언어의 일상화 다. 핸드폰 등의 멀티 디지털 매체가 상용화되면서 자연스럽게 멀티포엠 의 창작과 유통 및 감상층도 급속히 확대되었다. 멀티포엠은 개인 컴퓨 터와 디지털 저작 도구만으로 제작할 수 있는 대중의 창작물로도 각광을 받았다. 2000년대 초반에 애용된 포토샵·플래시·스위시·쿨에디터· 나모·드림위버·프리미어 등의 제작 프로그램들은 시를 사랑하는 이라 면 누구나 시를 쓰고 영상을 제작하고 녹음을 하여 멀티포엠을 완성하고 유통시킬 수 있는 현실적 여건을 마련해 주었다. 웹 공간의 확장과 더불 어 멀티포엠은 대중들의 홈페이지나 카페, 문학사이트, 이메일에 이르기 까지 속속들이 전달될 수 있었다. 자연스럽게 시가 유통될 수 있는 고속 도로망이 웹 공간에 열린 것이다. 2000년대 들어와 실제로 수천 명의 멀 티포엠아티스트들이 밤을 새우며 창작열을 불태우고 있었고, 하루에도 수백만 명의 대중들이 멀티포엠을 접하고 감상하는 것을 실감할 수 있 었다. 멀티포엠이 웹 공간의 보편적인 시콘텐츠로 자리잡는 것을 목도하면서 우리의 시문화운동에 더욱 박차를 가하기 위해 장경기·제시카·유리꽃·보애·마달라 등의 멀티포엠 아티스트들이 참여한 『한국멀티포엠 100선』(2003.8.28)이 발간되었다. 396m의 '지평선 사람들 이야기' 등 대형 시화전이 오프라인 공간에서 동시에 행해졌다.

2006년은 멀티포엠 시문학운동의 절정이었다고 해도 과언이 아니다. 단지 문학을 사랑하는 이들만이 아니라 디지털 대중에게 더 가까이 다가가고자 하는 열망을 안고 필자는 2006년 CD롬 형태의 『멀티포엠 아티스트 작품선』이라는 플래시 멀티포엠집[6]을 편저 형태로 출간하였다. 매체의 몸을 입고 현대시의 소통성을 극적으로 확대하고자 했던 멀티포엠 시운동은 초고속 인터넷 보급률 세계 1위의 디지털 한국이라는 2000년대의 상황과도 무관하지 않다. 한국은 2001년부터 연속해서 매년 초고속인터넷 보급률 세계 1위국(경제협력개발기구OECD)으로 등극하였으며, 2006년부터 DMB 방송이 본격화되는 등 언제 어디서든 정보와 콘텐츠를 접할 수 있는 유비쿼터스 시대의 개막을 알렸다. 유비쿼터스 시대가 본격화한 2005년 6월 11일 '강남 멀티포엠 축제' 발대식에 즈음하여 한국멀티포엠단체연합회 회원 일동 명의로 '멀티포엠 제4선언문'을 발표하고 멀티포엠 상영·시노래·공연·퍼포먼스·대형시화전 등이 함께 하는 강남 멀티포엠 축제를 개최하였다. '멀티포엠 제4선언문'(2005)에는 다음과 같이 언급되어 있다

우리는 멀티미어로 시를 창작하는 멀티포엠 시인이자 멀티포엠 아티스트다. 디지털, 애플릿, 플래시, 스위시 등의 새로운 표현 도구들이 등장함

---

6   허혜정 편저, 장경기 총연출, 보애 편집, 유리꽃 진행, 멀티포엠 방송 제작, 멀티포엠협회 후원, 〈멀티포엠 아티스트 작품선〉(영상, 특별부록 CD), 『시와사상』, 2006.여름.

에 따라서, 이를 활용해서 창작하려는 움직임이 인터넷을 중심으로 자연스럽게 생겨났으며, 그 결과물로 탄생한 멀티포엠 작품들은 주로, 인터넷이라는 디지털공간을 통하여 문화예술의 세계로 진입하게 되었다. 그에 따라 멀티포엠 시인 및 멀티포엠 아티스트라는 새로운 창작 집단이 형성되기 시작했다. 우리들 역시 그런 토양에서 우리 스스로를 일궜으며, 이제 멀티포엠 시대의 새로운 지평을 열기 위해 벅찬 비상의 날개를 편다. 우리는 이 시대를 시문학의 중심축이 문자시에서 멀티미디어로 창작하는 시, 곧 멀티포엠으로 옮겨가는 전환의 시대로 규정한다.

2008년에는 필자의 '처용' 관련 학술연구내용을 장경기의 프로듀싱으로 「처용의 도시」(2008)라는 디지털 시 텍스트 연작 3편에 담아 DVD로 시장에 출시(허혜정, 『처용가와 현대의 문화산업』(특별부록), 글누림, 2008)하였고, 이 작품들을 국내외 학회에서 10여 회 발표·상영하였다. 필자의 문학연구와 포맷을 같이 한 웹플랫폼 구축 등을 통해서도 문학과 멀티미디어, 웹의 교차점을 실험해왔다. 무엇보다 시운동 과정에서 가장 놀라왔던 것은 문학 진영이 아니라 오히려 기업과 대중으로부터 받았던 큰 관심이었다. 2006년 현대아이파크 측의 제안으로 현대아이파크몰 이벤트 홀에서 1년 간 '세계 멀티포엠 축제'를 개최하였는데, 당시 축제위원장이었던 필자는 개회선언을 '멀티포엠 제5선언문'으로 발표한 바 있다. '세계 멀티포엠 축제'는 "시의 축제 시대, 인터넷 중계 등이 어우러진 종합예술축제"라는 컨셉으로 이루어진 대단히 큰 장기행사였으며, 이후에도 대학 캠퍼스와 극장, 스키장 등에서 다양한 시축제로 이어졌다.

멀티미디어 신대륙에서 현대시의 가능성과 인간문화를 꽃피우고자 했던 멀티포엠 시운동은 1996년 장경기·허혜정·유희봉·박정진 등이 참

『멀티포엠 아티스트 작품선』 캡처

『멀티포엠 아티스트 작품선』에 재수록된 『한국 멀티포엠 100선』(2003)

여한 '멀티포엠 제1선언문'으로부터 2006년 '멀티포엠 제5차 선언문'에 이르기까지 수만 명에 달하는 멀티포엠 매니아들을 확보하였고, 멀티포엠 시운동 만 10주년을 맞이하여 그간에 제작된 수많은 멀티포엠들 중, 플래시, 스위시 작품을 위주로 선별하여 발간한 『멀티포엠 아티스트 작품선』[7]이다. 『한국 멀티포엠 100선』(2003)에 이어 두 번째로 발간된 이 작품선집은 가히 디지털시대의 시문학운동의 산 자료라고 할 수 있다. 장경기와 필자는 『멀티포엠 아티스트 작품선』 속에 2003년에 출시된 『한국 멀티포엠 100선』도 함께 수록해 2003년의 작품들과 2006년의 작품들 사이의 변화와 발전을 살펴볼 수 있도록 기획하였다. 『한국 멀티포엠 100선』과 『멀티포엠 아티스트 작품선』을 비교해 보면, 저작도구와 연동된 멀티포엠 시문학의 발전과 변화과정을 생생히 읽을 수 있다.

더욱 중요한 점은 첫째, 『멀티포엠 아티스트 작품선』에 '멀티포엠 제1선언문'에서 '제4선언문'까지 4개 선언서 전문이 수록되었다는 것, 둘

---

7   위의 영상.

째는「멀티포엠 시문학운동 2006 – 디지털 시대, 시는 편지다」라는 이론비평이 수록되었다는 점, 셋째는 시를 노래로 공연하는 '시를 사랑하는 사람들'의 활동과 시문학 종합예술제인 강남 멀티포엠 축제의 작품과 활동을 소개하였다는 점이다. 여기에 수록된 작품들은 디지털 저작도구를 활용한 약 400편의 멀티포엠 작품들이다.[8] 이 작품들은 플래시·스위시·쿨에디터·포토샵·드림위버·나모 등의 디지털 저작도구를 활용해서 창작되었고, 인터넷을 통해 편지와 같은 방식으로 유통·감상되고 있었다. 1996년 '멀티포엠 제1선언문'을 발표했을 때만 해도 필름과 비디오 등이 주된 창작도구였고, 이에는 적지 않은 제작비와 전문성이 필요해 소수만이 참여했었다. 그에 비해 2006년에는 누구에게나 개방되어 있는 디지털 저작도구를 활용해 멀티포엠을 제작할 수 있는 환경이 마련되면서, 당시 멀티포엠 창작인구가 수만 명으로 추산되었고, 당시의 기술로 보면 상당히 신선하고 높은 완성도를 지닌 작품을 창작하는 멀티포엠 아티스트만 수천 명에 이르고 있었다. 멀티포엠 시운동을 매개로 제도권 등단자가 아니라 할지라도 시를 쓰고 영상물로 제작하는 많은 아티스트들이 출현하였고 이는 문학위기론이 난무하던 시대에 시문학의 저변 확대라는 소중한 의미를 지닌다. 주로 문학평론을 통해 이론화 작업을 수행했던 필자와 연출·프로듀싱을 담당한 장경기, 멀티포엠을 위한 음악을 작곡했던 진우, 낭송을 수행했던 장충열과 김춘경, 애

---

8 멀티포엠 시운동과 작품창작을 해온 주요 아티스트들을 기록의 의미에서 밝힌다. 장경기, 유리꽃, 마달라, 제시카, 보애, 석향비천, 모리스, 회칼바람, 해인초, 개울, 하양때지, 마담, 가시오페, 물방개, 열매, 야생화, 수평선, 백솔이, 프롬체, 카샤, 메아리, 사노라면, 영원, 자야, Cosmos, Bandi, Nana, 파랑새, 실버, 멜로디, 수동, 에코, 덕이, 꽃잎, 마담, 나목, 산호초, 옥돌, 영재, 선희, 가람현석, 사랑, 이찬우, 봄비, 낭송 전향미, 김춘경, 장충열, 노래시 진우, 김성봉, 김석옥, 나유성, 페이나크, 공연 수동.

플릿 작업을 수행했던 제시카, 스타일리스트 보애, 회칼바람, 유리꽃, 마달라 등의 등장을 보게 된다. 이들은 신체시 출현 이후 현대시는 또 다른 혁명기에 접어들었으며, 신문학사 100년이 되는 해에 우리가 또 다른 멀티미디어 시를 개척한다는 소명감을 지니고 있었다. 이들은 매체 혁명의 시대, 변화의 격류 속을 헤쳐나갔던 선구자들이자 멀티포엠 시문학의 역사를 만든 산 증인들이다. 그러한 의미에서 이들의 작품을 엄선하고 모든 시운동의 역정을 자료로 정리했던 『멀티포엠 아티스트 작품선』은 매체혁명의 시대를 관통해온 멀티포엠 시운동의 생생한 보고 자료라는 의미를 가진다. 멀티포엠은 가히 매체의 격류 속을 숨 가쁘게 타고 흐르는 디지털 대중들의 시혼의 표현이라 할 수 있다.

인간문화를 위한 시운동과 집단지성으로서의 문학

최근의 아카데미는 시가 어떻게 존재했던가?라는 질문을 다시 던지고 있다. 현대시에 대한 하나의 이야기란 가능하지 않지만, 우리가 일반적으로 현대시라 하는 것은 아방가르드 이후의 역사적 모델을 지시하는 것이다. 하지만 그 이전에 시는 어떻게 존재했던가? 근대적 사유의 틀 속에서 말한다면, 현대시는 지극히 개인적인 미학적 창작물이지만, 먼 시대로 거슬러 올라가면 시는 대중들의 축제, 종합예술의 뿌리를 지닌다.

오늘날 현대시의 주류인 서정시는 유토피아적 지향을 그 근본 속성으로 가지고 있다. 극단적 가상假象인 유토피아를 열망하는 것을 생리로 하는 서정시의 기율에 비추어 보아도, 현대시는 현대문명의 첨단기술이 펼쳐가는 웹 공간을 통해 우리 시대가 상실해가는 인간주의적 삶과 문화의 비전을 창출하는 근원지가 되어야 할 것이다. 하지만 이 시대에 현대시는 대중들에게 제대로 소통되지 못하고, 많은 시인들 또한 옹색한 문단의 테두리에 안에 웅크리고 있는 것이 현실이다. 종이책의 대안으로 각광받기도 하지만 긴 글 공간을 제공하던 전자책 시장도 상대적으로 심각하게 정체되어 있다. 전자책이라는 것도 결국은 '페이지'를 디지털 공간으로 전환시킨 것에 불과하다면, 전자책 시장의 부진은 결국 독자들이 글이라는 양식 혹은 글 공간에 그다지 매력을 느끼지 못한다는 문제를 시사한다. 현대시가 현대의 매체환경에 적응하고, 그에 걸맞은 표현의 양식과 기술적 전략을 탐구하고, 자기만족적이고 개인주의적인 근대적 미학만이 아닌 예술적 이데아를 적극적으로 계발해야 한다는 것은 이제 시대적 당위이다. 엄청난 정보와 콘텐츠들이 다양한 매체 속을 질주하는 변화의 물결 속에서 문학만이 아니라 다양한 예술 장르들도 신생, 퇴조, 사멸의 전환기를 맞이하고 있다. 새로운 장르와 표현형태들이 드물지 않게 태어나고 '웹'이라는 접두어를 달고 기존의 장르를 변형/융합시키며 돌연변이를 일으키기도 한다.

단어의 탄생과 더불어 시작된 문장과 텍스트 쓰기, 문자성의 역사와 함께 고급한 예술 장르로 대접받아온 문학 또한 21세기에 이르러 인공지능이 대량생산해낼 수 있는 텍스트일 따름이라면 매체공간을 폭주하는 대중적 텍스트들에 비해 우위를 점하기는 어려워 보인다. 전통적인 글쓰기라는 작업, 즉 타자작업과 파지더미에 내포된 노동의 감각은 사진, 영상, 음악 등 갖가지 이야기의 재료를 '수집', '배치', '링크'시키는 작업에 의해 변화한다. 전통적 글쓰기는 종이책과 인쇄물로 실현되지만 콘텐츠는 시공간적 축적이 무한대인 온라인 데이터뱅크 같은 다른 개념을 기반으로 하기 때문이다. 인쇄물의 편집 과정과는 달리 뉴미디어 창작은 멀티미디어의 특징을 최대한 활용한다. 일차적인 글쓰기 도구는 물론 노트북 같은 것이겠지만, 이제 현대의 시인들에게 온라인 매체는 책의 대체물이나 보완물이 아니라, 글쓰기와 동시적으로 전개되는 커뮤니케이션 채널이 되는 것이다. 아마도 조만간 현대시인들의 창작은, 시를 쓰는 것만이 아니라, 사진을 찍고, 영상과 사운드를 디자인하고, 플래시를 제작하는 등의 기술적 예술가의 관념에 접근할지도 모른다. 그리고 완성된 작품을 자신의 홈페이지에 업로드하거나 미완성의 콘텐츠를 '가져오기' 기능을 지원하는 저장소에 비디오클립이나 사운드, gif, mpg, mp3 파일 등으로 로드해 둘 수도 있을 것이다. 한정된 독자만이 감상할 수 있도록 콘텐츠를 차단하거나 무한대의 대중을 위해 활성화할 수도 있고 창작의 재료가 된 텍스트에 각주 대신 하이퍼링크를 설정할 수도 있다. 사실 특별한 디지털 교육을 받지 않아도 이러한 창작을 가능케 할 무료 프로그램들이 많이 있지만 보다 고급한 콘텐츠를 만들려면 더욱 치밀한 기획과 진화하는 프로그램, 숙련된 기술과 다양한 플랫폼으로의 모험이 필요하다. 웹 공간에서 탄생할 미래의 시인들은 단순히 시인이 아니라 기획자이고 연출자이며, 독자의 의식을 자신의 텍스트로 유도하는 디렉터들이다.

웹 공간은 분명 글쓰기 공간만이 아니라 글쓰기의 규칙에도 급격한 영향을 미치고 있다. 가장 쉽게 눈에 뜨이는 변화는 활자체의 유연성에서부터 이미지의 조작을 가로지르는 시각적 요소의 증가이다. 수많은 글쓰기 웹사이트, 전자 메일, 온라인 채팅, 심지어 도움말 파일까지 멀티미디어는 기존에 글쓰기 영역으로 간주되지 않던 장소까지 글쓰기 공간으로 끌어들이고 있고 데이터베이스 또한 새로운 문서공간의 한 형태일 수 있다. 당연히 이러한 환경을 반영하는 글쓰기는 정교한 수사학보다는 공감과 소통이 가능한 감성적 표현, 기술과 매체에 대한 이해를 필요로 하고 있다. 우리가 시라는 장르 영역을 너머 '콘텐츠'라는 큰 범주의 표현들에 관심을 가져야 하는 이유도 여기에 있다.

필자가 오랜 동안 몸담았던 멀티포엠 시운동은 "이것이 시야"라는 고정관념을 벗어나 더 영역 확장이 가능한 새로운 시에 대한 갈망의 표현이기도 했다. 사실 멀티미디어 환경은 오로지 활자와 페이지를 통해 텍스트성을 실현하는 문학에는 불리한 점이 많다. 게다가 웹 공간 그 자체가 거대한 정보덩어리여서 텍스트 자체보다는 그에 대한 요약이나 이미지를 소비자는 선호한다. 문학작품은 충분한 언어공간을 제공하는 장소에서 실현될 수 있다는 점을 감안하면 갖가지 모듈로 존재하는 텍스트 공간은 도리어 문학의 서사를 방해하는 요소가 될 수 있다. 단시간에 최대한 텍스트에 대한 흥미를 자극해야 한다는 점도 고민거리다. 더욱 중요한 것은 독자를 매혹하는 시는 단지 문장이 아니라, 문자와 그림, 비디오 및 사운드를 결합한 콘텐츠의 '느낌'에서 비롯되는지도 모른다. 때문에 오늘날 우리는 단지 '글쟁이'로서의 시인이 아닌 미디어적 감수성으로 무장한 아티스트, 그리고 시인 스스로도 그 일부가 되어 있는 대중의 감수성에 매우 민감해져야 한다. 저자이며 독자이고 대중일 수도 있는 시인은 이제 대학원을 졸업하고 등단제도의 관문을 돌파한 문학엘리트들만이 아니라, 어떤 회사의 마케팅 직원일 수도 있으며, 그저 가벼운 글쓰기를 즐기는 일상인일 수도 있고, 출판비용이 들지 않는 1인 콘텐츠 제작자들일 수도 있다. 혹은 독특한 콘텐츠로 대중의 관심을 나포하거나 새로운 표현의 문법을 탐색하는 아방가르드 작가들일 수도 있다. 그들은 스스로 글감을 찾아가는 취재기자이며 감독이고 촬영기사이며 편집자들이다.

그래서 '긴' 글 책에 익숙했던 독자와 웹 시대의 소비자의 간극에서 주목해 볼 수 있는 것이 문학적 효과를 지향하고 있는 〈영상 포엠, 내 마음의 여행〉 같은 콘텐츠다. 이 작품은 2005년 11월 3일 KBS에서 첫방영되어 2009년 4월 19일까지 총 175회가 방송되었는데 전반기의 작품이 3인칭 관찰자 시점의 여행정보 다큐멘터리라면 2007년 봄 개편 당시 새롭게 바뀐 「영상 포엠, 내 마음의 여행」은 여행의 시점을 1인칭으로 설정한 감성 스토리텔링을 추구했다. 장르적으로는 '다큐'지만 '포엠'의 특성을 영상으로 구현하고 있고 문학적 서사가 대단히 풍부한 신개념 다큐라 할 수 있다.

뉴미디어를 활용한 감성적 스토리텔링을 지향하고 있는 이 작품이 문학, 특히 현대시에 시사하는 바는 크다. 이 작품은 무엇보다 '영상 포엠'이라는 타이틀이 시사하듯 "인위적인 연출이나 편집이 아니라 출연자의 자연스러운 동선과 이야기", 느린 카메라 워크와 시적인 내레이션을 통해 마치 하나의 페이지처럼 시청자를 충분히 몰입시킬 '느림의 미학'을 추구하고 있다. 특별히 주목되는 것은 이 작품에 배음처럼 흐르는 시적 요소이다. 낡음, 기억, 허름함을 드러내는 풍경들은 고요하고 꾸밈없는 삶의 모습들과 어우러져 감상자로 하여금 표현의 여백에서 의미를 찾아내게 하는 시적 효과를 지향한다. 작품 전반에 걸쳐 파노라마처럼 펼쳐지는 시적인 영상 또한 한 편의 시를 읽고 있다는 느낌을 가지게 한다. 마치 책장처럼 느릿느릿 넘어가는 영상에는 "기획되었으나 연출되지 않은 자연스러움과 새로운 것을 담을 수 있는 여백의 시선"[9]이 고스란히

---

9   신정아, 「여행 다큐멘터리에 나타난 노인의 시간성 연구─KBS '영상 포엠 내 마음의 여행'을 중심으로」, 『동서언론』 18, 동서언론연구소, 2016, 13쪽.

세계멀티포엠 축제 시 허혜정 축제위원장
이 현대아이파크 이벤트홀에서 개회선언
을 하고 있다(2007.12).

장경기·허혜정이 공동개발해 출시한 DVD와 디지털텍스트 '처용' 연작
중 「처용의 도시」의 한 장면(2007).

담겨 있다. 저자가 영상 포엠이라고 표현한 것처럼 이 작품은 한 편의 시
같은, 그러나 '포엠'이 아니라 '포에지'로 이동하는 외로운 개인의 삶과
목소리를 느끼게 하는데 그것이 이 다큐가 지향하는 '마음의 여행'이라
고 할 수 있을 것이다. 중요한 것은 이 작품이 '시'적인 효과를 뉴미디어
의 기술적 성과를 통해 실현한다는 점이다. 비록 시 장르는 아니지만, 마
치 한 멀티포엠처럼 시와 영상과 소리를 '합주'하고 있는 「영상 포엠, 내
마음의 여행」은 콘텐츠로서 다시 태어나는 시가 어떤 방식으로 인간적
인 감성을 회복할지에 대해, 문학적 표현의 가능태와 방향을 시사하는
지도 모른다.

　인간적인 서사일 수밖에 없는 문학은 어디를 향해 나아가야 하는 것
일까? 오늘날 우리가 "인간 이후의 인간"을 말하는 것과 마찬가지로 "글
쓰기 이후의 문학"을 논의해야 할 시점에 와 있는 것만은 확실하다. 미
디어와 함께 '공진화'하는 콘텐츠로서의 시텍스트는 시 장르가 본래적
으로 지향해온 자기인식의 서사를 변주하며 동시에 인간주의적인 미래
문화를 위한 또 다른 시작일 것이다. 만약 시가 스스로의 혁신을 통해 웹

공간에서 생존할 수만 있다면 그것은 속물적인 유독성을 지닌 웹 공간에서 적지 않은 위력을 가지게 될 것이다.

1990년대 필자에게는 찬란한 미래의 가능지평으로 여겨졌던 웹 공간은 누구나

허혜정 편역, 멀티포엠 『한국 멀티포엠아티스트 작품선』, 시와사상사, 2006.

창작과 소비에 참여할 수 있는 자유로운 소통공간이라고는 하지만 동시에 개인들의 이기심과 추악한 표현들, 문화자본과 그들의 이익을 대변하는 콘텐츠가 지배하는 약육강식의 공간이기도 하다. 때문에 인간적인 사유와 감각을 잃지 않는 비판적 공중을 형성하고 문학 본연의 사유와 감성을 형성해가는 것은 현대시인들에게 주어진 중요한 책무가 될 것이다. 그래서 더욱 잘 읽히지도 않는 종이책 문학만으로는 곤란하다. 디지털 시대의 문화가 대중사회가 상실한 공동체적 성격을 새로운 형식으로 구현했듯, 이제 문학은 자본의 지배 속에 재미를 찾아 배회하며 획일화되기 쉬운 대중과 깊은 사유를 나눌 수 있는 전략을 발굴해가며, 나아가 미래의 문화를 위한 집단지성의 형성에 일조해야 할 것이라 생각한다. 근대의 문학논리에 기반한 미학적이고 장인적인 작품을 생산하는 것만이 현대시인들의 궁극적인 목표가 될 수 없다. 디지털 대중들, 이제는 스스로 소비하고 창작할 수 있는 이 잠재적 문학인구에게 필요한 것은 문화적 가능성의 영역을 넓혀갈 수 있는 새롭고 보다 인간적인 예술이다. 필자와 멀티포엠 동료들이 별다른 명예도 보상도 없이 제도권 문단의 외면 속에 외롭게 시문화운동을 노정해온 것도, 한 편의 시가 디지

털 텍스트에 문을 활짝 열어놓을 때, 시의 '상실'보다는 오히려 영역확대와 '소통'이라는 놀라운 효과를 발견했기 때문이다. 사실 멀티포엠 시운동은, 매체혁명에 둔감한 제도권 문단에서는 외면 받았지만, 네티즌들의 반응은 기대 이상으로 감동적인 것이었다. 우리는 웹 공간은 물론 수많은 축제현장에서 시를 대중과 함께 호흡하는 체험을 했다. 좀 낯설지만 그래도 신선하다는 평도 잇따랐다. 교도소와 정신병원 같은 곳에서 멀티포엠을 보내달라고 요청도 하곤 해서 멀티포엠의 문학치료적 효과를 확인하기도 했다. 우리는 한 편의 시가 한정된 문학독자만 찾는 텍스트가 아닌 우리 시대의 경쟁력 있는 콘텐츠로 더 많은 이들과 소통하기를 원했다.

　시를 쓴다는 것은 글쓰기의 관습에 포섭되면서도 동시에 그것에 반항하는 행위이다. 하지만 그 혁신성을 주장하고 나온 많은 시들조차 결국 웹시대의 생존기반에 적응하지 못하고 결국엔 자기만족적 출판에 그치는 경우가 허다하다. 때문에 문학의 미래적 존재양태는 과연 무엇일까? 하는 질문을 우리는 치열하게 끌고 가야 할 것이다. 디지털 시대에 더욱 위력을 떨치는 자본의 시장논리는 언제나 모든 메시지를 자신의 통제권 안에 두려 한다. 그러나 대중은 집단지성 속에 스스로를 변화시키며 미디어 문화의 주체로 진화해왔다. 인터넷과 디지털 기술이 시민사회의 비판적 공중을 형성해온 것처럼, 웹시대의 문학은 더욱 고급한 대중의 형성과 문학독자의 확장, 창작방식의 혁신에도 기여하리라 기대한다. 상품논리에 따른 문화산업이 대중의 일상적 욕망과 감수성을 지배하는 현실에서, 장르가 어떠하던지 간에 기본적으로 삶의 감각에 대한 성찰력을 갖춘 문학의 역할은 여전히 매우 중요하다. '자극'이 아닌 메시지를, '재미'가 아닌 '의미'의 창조를 위해 새로운 시인들이 무수히 나타나기를 기대한다. 지금껏 지속해왔고 앞으로도 지속될 필자의 시문화운동도 집단지성으로서의 문학과 그 가능성의 영역을 확인해가는 작업이 될 것이다.

제5장
자화상과 정신분석[*]

권성훈

시인과 자화상

　인간의 얼굴은 단층적인 것 같지만 표층적인 것으로서 '얼과 꼴'의 합성어다. 안에 있는 '얼'은 '정신'이며, 밖에 있는 '꼴'은 '모양'이 되는 것이므로 단면적인 것이 아니라 양면적 구조와 양가적 의미를 내포한다. 또한 표정으로 나타나는 얼굴은 자신의 정신을 비추는 거울이 되는데, 「자화상」 시편에 나타난 얼굴은 시인의 정신과 모양을 새기는 것과 다르지 않다. 시인이 창작한 '자화상' 시편은 정신분석학의 거울 단계처럼 언어를 자신^{self}과 동일시하여 자아^{ego}를 형상화한다. 자화상은 시인의 고유한 인격을 가능케 하는 여러 측면에 걸쳐 동질성을 가지며, 거기에서 우리는 내·외적으로 침투해 있는 독특한 개성으로서의 언어화된 '시인의 얼굴'을 만날 수 있다. 나아가 자아 정체성을 이루고 있는 자화상은 그

---

* 　이 글은 「일제강점기 자화상 시편에 대한 정신분석」, 『한국학연구』 42, 고려대 한국학연구소, 2012를 수정·보완한 것임.

자체로 거울의 반사상이 야기하는 환상성이며 경계 지워진 정신적 대상으로서 욕망하는 자아가 투영되어 있다. 요컨대 나르키소스가 물에 비친 자신의 모습에 사로잡힌 것처럼 타인을 사랑의 대상으로 선택하기 전에 먼저 자신의 육체를 그 대상으로 삼는다는 것이 프로이드의 리비도이며 나르시시즘이다.

또한 자화상은 자신을 대상으로 삼으면서 자아에 대한 근원적 물음을 던진다. 그것은 시인의 시선이 자아로부터 출발하면서 자신을 본능적으로 대상화하고 욕망하며 시어를 통해 자아를 들여다 본다. 시인이 처한 사회적이고 문화적인 측면을 고려할 때, 자화상 속에 반영된 자아는 시인의 정체성을 의미하며 삶의 연속적인 변화에서 보이는 인간 본능과 욕망뿐만 아니라 사회학적 능력과 역할도 혼재되어 있을 수밖에 없다.

한국현대문학사에서 '자화상'이라는 제목으로 시가 창작된 것은 1923년 박종화로부터 시작되었다. 이 후 이상(1936), 노천명(1938), 윤동주(1939), 윤곤강(1939), 서정주(1941), 권환(1943), 박세영(1943) 등으로 그 계보를 추적할 수 있다. 이때부터 시인들은 이전과 달리 언어를 통해 자신의 내면을 형상화하며 자기고백을 비롯한 자기부정, 자기연민 등 자아의 서정을 시에 담아내기 시작했던 것이다.

이러한 자화상은 자신을 인식하는 기호 이미지像라고 할 수 있다. 기호 이미지는 미술의 초상화처럼 언어로서 자아를 회화한다. 여기서 자아는 기호sign로서 존재의 승인과 자기self 검열을 가능하게 하면서, 자아를 드러내는 것과 동시에 탐색한다. 이것은 언어를 통해 존재를 확인하거나 표출하는 기재로 작동하는데, 기호로서 자아를 주시하고 존재적 각성에 의해 타자와 구별되는 고유 정체성을 보인다. 이때 주목할 부분은 "내가 인식하는 것은 무엇인가, 내가 인식한 나의 상이란 어떤 것인가와 같은 심각한 주제이자 물음이 이 속에 내재되어 있다"[1]는 것이다. 따라서 자화상 시편은 '자아'-'인식'-'상'이라는 세 가지 언표를 중심으로 자의식을 언어화한 스스로에 대한 물음이기도 하다.

자화상의 정체성과 자아방어기제

인간은 필연적으로 사회와 문화의 지배를 받으며 자아를 인식하고, 사회라는 외부 세계와의 상호 작용에 의하여 형성되고 발전한다. 이러한 인식은 자기 정체성을 확립하는 좌표로 주체화되어 가는 과정 속에서 타자와 구별된 존재의 가치와 의미를 확인하거나 부여받는다. 주체의 고유성은 타자와 변별되는 주체의 정체성로서 객관화된 자아를 상정하며, 이러한 세계와의 분리 의식은 끊임없이 '나는 누구인가'라는 물음으로서 근본적인 자아 탐구 과정의 동기가 된다. 자아를 표현 도구로 삼는 자화상은 정신분석학적으로 볼 때, 사회라는 타자와의 관계에서 표명되는 욕망으로서 '새로운 자아'라고 할 수 있는 바, 사회적 욕망이 기호화된 이미지로 재편된 것이다.

한편 라캉은 소쉬르의 기호학을 바탕으로 프로이드의 무의식을 은유와 환유로 탐독했다. 이러한 언어적 구조로서의 자화상은 시인의 기표이자 상징으로 사회적 텍스트로서 읽을 수 있다. 라캉의 욕망이론은 자화상에 대한 해석의 다양성을 열어주며 사고할 수 있는 객관적 사실이 된다. 이러한 차원에서 자화상은 시인의 정체성과 사회적 관계에 대한

---

1   정효구, 「한국 근·현대시 속에 나타난 「자화상」 시편의 양상과 그 의미 – 근대적 자아인식의 극복을 위한 하나의 試論」, 『인문학지』 43, 충북대 인문학연구소, 2011, 43쪽.

욕망과 사회적 인식을 읽어내는 기호이미지로서 자화상에 대한 의미를 산출한다. 이 기호로 발현한 자아의 이미지는 자화상으로 통합된 주체를 드러내지만 다양한 기표로 주체를 제시하기도 한다. 기존의 기호는 대상을 1 : 1로 지시하거나, 표상하는 기표와 의미하는 기의의 조작으로 구성되어 동전의 양면처럼 기능했지만 라캉의 기호는 기표와 기의를 분리시켰다. 그러므로 이제 기표로 제시되는 것은 더 이상 순수한 의미로서의 기의를 담지 하지 않는 상태로 제시된다. 시인의 자화상은 단순한 기표가 아니라 기의로 대체된 시인의 성격과 외부와의 관계로 추론할 수 있다. 여기서 자화상이라는 기호는 자극에 의한 지시대상의 이미지이기도 하다. 가와노 히로시는 이런 말을 했다.

> 기호라는 것이 행동의 직접 자극인 단순한 자연의 사물이 아니고 인간이나 생물의 두뇌에 작용하는 성질을 지닌다. 기호는 지시대상을 갖고 있으며, 기호와 지시대상을 결합하여 만든 해석이 이미지로 생성된다는 것이다. 따라서 자화상에 나타난 기호는 두 개의 관념을 포함하는데, 하나는 표상하는 것의 관념이며, 다른 하나는 표상되는 것의 관념이다. 기호의 본질은 바로 전자를 위해 후자를 자극하는 데 있다.
>
> — A. Arnauld et P., *Nicole, La logique ou l'art de penser, for chapter*, Paris Gallimard, 1992.

이렇게 볼 때 시인의 자화상은 시인의 내면, 즉 기의를 기호화하는 그 무엇이 되는 것이다. 그러므로 자화상에는 시인의 무의식에서 발화된 타자와 세계와의 관계, 현실인식, 내면의식 등 자아의 심리 상태가 담겨져 있다는 것인데, 그것은 현실에서 말하지 않은 혹은 세계에 말할 수 없는 은폐된 자아의 목소리가 시라는 기표로 기록되는 것이다. 자화상은 주체의 내면에 억압적이고 억제적인 욕망에 대한 언어활동으로서 "무의식에 있는 소망이 왜곡과 위장을 통해 의식세계에서 받아들여질 만한 형상"[2]으로 이미지화된다. 이러한 자아의 본능적 욕망을 라캉의 정신분석이론의 상상계와 상징계로 나누어 '자아방어기제defense mechanism'[3]의 관점에서 살필 수 있다.

인간은 "불완전성과 사회적·환경적 이유들로 인해 의존적 욕구와 본능적 욕구의 좌절을 겪을 수밖에 없다. 그 결과 마음속에서는 욕구와 금지 사이의 갈등이 일어나고, 마음의 평화가 깨지면서 불안이 생긴다. 두려움으로부터 자신을 보호하고, 부분적으로라도 욕구의 충족을 얻을 방법을 습득하는 방법이 방어기제이며, 이것이 개인의 성격 특성으로 나타난다."[4] 자아방어기제는 "불안을 피하고 본능욕구를 부분적으로나마 충족시킬 때 필요하며, 마음의 갈등과 충돌이 해소되고 평정된다. 이 과정에서 본능적 욕구와 초자아의 요구 사이에서 타협이 일어나고 절충형성compromise formation이 이루어진다. 욕구와 초자아가 양보하여 타협을 이룬 것이 절충형성이며 나름대로의 욕구 충족을 얻고 마음의 평화를 회복하는 것이다. 이 절충형성의 결과가 행동으로 나타나는 것이 증세symptom이고, 성격의 특성"[5]으로서 자아방어기제로 나아간다.

이무석은 정신분석이론의 자아방어기제를 억압repression, 억제suppression, 취소undoing, 반동형성reaction formation, 상환restitution, 동일화identification, 투사projection, 자기에게로의 전향turning against self, 전치displacement, 대체형성substitution, 부정denial, 상징화symbolization, 보상compensation, 합리화

2   조두영, 『프로이트와 한국문학』, 일조각, 1999, 48쪽.
3   이무석, 『정신분석에로의 초대』, 이유, 2006.
4   위의 책, 160~161쪽.
5   위의 책, 160쪽.

rationalization, 격리isolation, 지식화intellectualization, 퇴행regression, 해리dissociation, 저항resistance, 차단blocking, 신체화somatization, 성화sexualization, 금욕주의asceticism, 유머humor, 이타주의altruism, 분리splitting, 투사적 동일화projective identification, 회피avoidance, 승화sublimation, 방어과정defensive processes이라는 30가지로 설명하였다.[6] 자화상 시편에는 자아방어기제가 동원되는데, 외적인 상황과 내적인 발화 형태의 심미적 유형에 따라서 한 가지 이상 나타나기도 한다.

주체에 대한 욕망과 정신분석

1. 상상계적 이미지

언어는 언어를 습득하기 이전에도 존재했고, 이후에도 존재하지만 살면서 언어화되지 못한 언어는 무의식으로 인간의 삶을 언어를 중심에 놓고 본다면 알기 전과 후로 나눌 수 있는데, 언어를 채득하기 전에는 타인과 세계가 구분되지 않지만 언어를 채득하면서 비로소 '나'와 '너'의 경계가 확연해진다. 이렇게 인간은 언어를 습득하게 되면서 사회와 직·간접적으로 관계를 맺으면서 기호를 사용하여 사회라는 상징질서 속으로 편입되는데, 라캉은 이러한 삶의 구조를 상상계·상징계·실재계로 설명한다.

라캉에 따르면 "상상계는 언어의 세계로 진입하기 이전의 영역으로서 자아와 세계 이미지와의 동일시를 통해 세계를 인식하는 것이다. 상상

---

6   위의 책, 160~204쪽.

계의 자아는 거울이라는 매체에 투영된 이미지다."[7] 상상계의 자화상은 이미지의 기호로서 타자와 이미지를 동일시하는 기호다. 라캉의 상상계와 프로이트 거울단계는 같은 개념으로 이미지와 동일시되어 형성된 자아다. 이때 자아는 투영된 이미지로서 안정된 것이 아니라 주체의 소외와 분열을 가져오는 허구이기 때문에 완전한 주체가 아니다. 상상계의 영역으로서 거울에 반사된 반사상 안에 머물러 있는, 왜곡과 오인을 동반하는 환영의 세계일 수밖에 없다. 상상계는 자아가 형성되는 초급 단계로서 거울을 통해 자아와 세계를 동일하게 인식하는 것처럼 그러한 세계는 자아와 세계가 분리되지 않은 환영일 뿐이다. 주체는 거울의 표면만 바라보고 이면을 감각하지 못하듯 거울 속 세계가 현실 세계를 반영한 환상에 불과한 줄 모르고 실제 세계로 오인하며 가치를 부여한다.

시인의 자화상은 상상계의 자기애의 표현으로써 자화상을 통해 자신과 동일시된 존재로서 욕망하는 자아다. 그러나 상상계의 자화상은 성숙된 단계가 아니므로 나르시시즘적이고, 분열된 형태로 나타난다. 거울을 매개로 환원된 자화상은 반사상으로 파편화된 형태로 제시되고, 조각난 몸이나 절단된 신체에 대한 불안감을 촉발하기도 한다. 이렇게 상상계의 자화상은 스스로에게 경도된 나르시시즘적이거나, 분열된 이미지의 통합으로서 나르시시즘 자화상과 분열된 자화상으로 현시된다.

① 나르시시즘 자화상

5척 1촌 5푼 키에 2촌이 부족한 불만이 있다. 부얼부얼한 맛은 전혀 잊어버린 얼굴이다. 몹시 차 보여서 좀체로 가까이하기 어려워한다.

---

7   김석, 『에크리 - 라캉으로 이끄는 마법의 문자들』, 살림, 2007, 149쪽.

그린 듯 숱한 눈썹도 큼직한 눈에는 어울리는 듯도 싶다마는……

전시대 같으면 환영을 받았을 삼단 같은 머리는 클럼지한 손에 예술품답지 않게 얹혀져 가냘픈 몸에 무게를 준다. 조고마한 거리낌에도 밤잠을 못자고 괴로워하는 성격은 살이 머물지 못하게 학대를 했을 게다.

꼭 다문 입은 괴로움을 내뿜기보다 흔히는 혼자 삼켜버리는 서글픈 버릇이 있다. 삼 온스의 살만 더 있어도 무척 생색나게 내 얼굴에 쓸 데가 있는 것을 잘 알건만 무디지 못한 성격과는 타협하기가 어렵다.

처신을 하는 데는 산도야지처럼 대담하지 못하고 조고만 유언비어에도 비겁하게 삼간다 대[竹]처럼 꺾어는 질지언정 구리[銅]처럼 휘어지며 꾸부러지기가 어려운 성격은 가끔 자신을 괴롭힌다.

― 노천명, 「자화상」 전문

인용시의 화자는 자신의 실제적인 외모를 이미지화하여 타인과 화해하지 못하는 성격을 직접적으로 드러낸다. 시인의 병약하고 내성적이고 소심한 성격이 그대로 묘사되면서 동일화를 이루고 있는데, 거울이론의 나르시시즘적인 자화상이라고 할 수 있다. 이것을 프로이트 심리학에서 거울단계의 발달과정에서 나타나는 유아기적 과정으로 정리하고 있지만, 라캉에게

노천명

거울단계는 인간의 심리구조에서 타자성에 대한 원형으로 파악한다. 즉 아이가 거울에 비친 자신의 상을 통해 파편화된 신체에 대한 불안감을 해소하는 것처럼 거울은 형상들을 이미지로 돌려주는 것이다. 여기서 주체는 원초적인 형상을 배제시키게 되고, 소외를 겪게 된다. 거울에 비

친 상은 자신의 것이면서도 동시에 자신의 것이 아니다. 거울의 이미지는 주체이지만 타자적이기 때문이다. 결국 거울단계는 소외와 동일시를 통해 주체의 존재를 상정할 수 있는 계기를 마련해준다.

시인은 화자를 통해 얼굴과 몸, 즉 자신의 신체의 특징을 찬찬히 설명한다. 이러한 동일시는 시인과 화자가 거울단계에서 자아방어기제로서 신체화되어 나타난 것이다. 자아방어기제의 "신체화身體化, somatization는 심리적 갈등이 감각기관, 수의근육계 외의 신체 증세로 표출된 현상이다."[8] 자화상 시에 비친 '키', '얼굴', '숱한 눈썹', '입', '머리', '손', '몸' 등은 파편화된 화자의 신체 이미지로서 그동안 자아와 세계 사이 갈등 관계 속에서 억제되어 있던 '부족한 불만'이 나타난 것이다. 이 나타남은 신체로 자각되기도 하고, 정신적 증후를 통해 드러나기도 한다. 증후는 우리의 몸 안에서 몸 밖으로 출현하는 것으로써 몸과 동일성을 지닌다. 이때 몸을 떠나 있는 증상은 자신의 것이 아니며 주체로서 지각할 수도 없다. 그러므로 몸을 중심으로 한 나타남은, 시인의 신체적 불만과 불안을 언어적 증상으로 외면화한 것으로써 자아의 갈등과 세계의 불균형을 표상하는 것이다. 이같이 돌출된 증상을 파악하고 원인을 유추하게 만드는 것이 '무의식의 흐름'이며 '억제의 의식화'라고 할 수 있다. "억제抑制, suppression란 의식적으로, 혹은 반의식적으로 잊으려고 노력하는 것이다."[9] 이를테면 시인은 '조고마한 거리낌에도 밤잠을 못 자고 괴로워하는 성격은 살이 머물지 못하게 학대'를 하기도 하고, '꼭 다문 입은 괴로움을 내뿜기보다 흔히는 혼자 삼켜버리는 서글픈 버릇'을 드러내며 자신의 성격을 잊으려 하는 억제의 방어기제를 동원하고 있다. 그러므로

---

8   이무석, 앞의 책, 190쪽.
9   위의 책, 163쪽.

시인은 "대竹처럼 꺾어는 질지언정 구리銅처럼 휘어지며 꾸부러지기가 어려운 성격은 가끔 자신을 괴롭힌다"고 자신의 내면을 성찰할 수 있게 된다.

② 분열된 자화상

거울을 무서워하는 나는
아침마다 하얀 벽 바닥에
얼굴을 대보았다

그러나 얼굴은 영영 안 보였다
하얀 벽에는
하얀 벽뿐이었다
하얀 벽뿐이었다

어떤 꿈 많은 시인은
제2의 나가 따라다녔더란다
단 둘이 얼마나 심심하였으랴

나는 그러나 제3의 나⋯⋯제9의 나⋯⋯제00의 나까지
언제나 깊은 밤이면
둘러싸고 들볶는다

— 권환, 「자화상」전문

권환

라캉의 정신분석은 "데카르트의 코기토인 사유하는 주체를 뿌리로 삼는 모든 철학에 반대한다"[10]는 점을 공표하면서 철학적 주체를 공격한다. 요컨대 나라는 존재 증명을 '나는 생각한다. 그러므로 존재한다'는 것이 아니라 '나는 생각하지 않는 곳에서 존재하고, 존재하지 않는 곳에서 생각한다'는 것이다. 이때 존재는 자신의 생생한 현존이 제거된 무의식의 존재이며, '나'는 무의식 안에서 존재하며 타자의 무의식을 통해 자신의 존재 증명을 할 수 있다. 이러한 무의식은 언어의 불완전한 구조화 한계 속에서 소외와 결여를 느끼며 이미지로 형성된다. 이미지로 재현된 자아는 안정된 것이 아니기에 주체의 분열을 가져오며 주체를 소외시킨다. 라캉의 관점으로 본다면 자화상의 주제는 자신의 본모습이 아닌 타자의 시선아래 놓인 시인의 그림자 이미지일 뿐이다. 이와 같이 불분명한 것 속에서 분명하게 드러나는 것은 바로 타인의 시선 아래에 자아의 시선이 놓여 있다는 점에서 분열을 초래한다. 이렇게 자화상은 시인 자신을 그대로 재현하지 못한다는 사실에서 확인할 수 있듯이 자화상을 통해 자신을 상정하지 못하고, 분열된 자아로 인식할 수밖에 없다.

위 시편은 화자가 절망적인 세계를 인식하고 강렬한 어조로 현실의 불안을 호소하고 있다. 화자는 '거울을 무서워한다'라고 거울에 비친 자신의 모습을 보기 두려워한다. 화자의 자화상은 내면을 비추는 자아상으로 그려진다. 여기서 "거울은 메아리, 그림자와 같이 정신분열증의 이미지로 확대되고, 자기 성찰의 이미지다".[11] 그러나 거울을 들여다보는

---

10   김석, 앞의 책, 94쪽.
11   이재선, 『우리 문학은 어디에서 왔는가』, 소설문학사, 1986 참고.

화자는 끊임없이 분열해 가는 자신을 회피하고자 한다. 회피回避, avoid-ance[12]는 위험한 상황이나 대상으로부터 안전한 거리를 유지하려는 자아 방어기제이다.

화자는 끊임없이 분열해 가는 자신을 피하여 '아침마다 하얀 벽 바닥에 얼굴을 대보기 시작한다. 벽은 거울로 전이된 것이다. 이러한 화자의 행동은 자기애적으로 반사되기도 하고, 때로는 정신 분열되어 소외된 자아의 모습을 반영하기도 한다. 이것은 거울상의 실상을 확인하면서 자아를 불안하게 만드는 요소이다. 거울 속에 대면하고 있는 자신의 '얼굴이 영영 보이지 않았다'는, 즉 실체가 없는 자리임을 알게 된다. 화자가 차단된 벽에서 찾은 것은 아무것도 없는 '하얀 벽'뿐이다. 그러나 "이 비어 있는 자리에 주체의 행동과 마음을 넣음으로써 오히려 그 빈자리가 강하게 노출되기도 한다."[13] 하얀 벽은 상상계적 이미지로서 주체의 욕망에 따라 보여지는 환상이기 때문이다. 그러나 이 비어 있는 자리에서 '어떤 꿈 많은 시인을 발견하고 그것이 그림자 ―제2의 나'임을 인식하게 만든다. 이렇게 라캉의 상상계적 이미지 측면에서는 동일시되어 형성된 자아는 허구에 속하므로 주체의 소외와 분열을 가져온다고 볼 수 있다. 상상계는 상상적 동일시가 이루어지는 영역이면서 반사상 안에 존재하며 왜곡과 오인을 동반하는 환영이다. 이것은 자아가 형성되는 단계로 상상계를 통해야만 자아를 관조할 수 있다. 형성된 자아가 거울을 통해 인식하는 현실은 실제 세계를 반영한 것처럼 보이는 이미지일 뿐이다.

시인은 '하얀 벽'의 시행을 반복함으로써 자아를 찾지 못한 고뇌와 절

---

12   이무석, 앞의 책, 199쪽.
13   김종훈, 『미래의 서정에게』, 창비, 2012, 113쪽.

망감을 한층 고조시킨다. 그리고 벽 속에 비친 나 안에 자아를 발견하지만 꿈 많은 자아는 나라는 벽 속에 갇혀 세상 밖으로 나오지 못함으로써 꿈은 좌절되고 절망한다. 여기서 꿈을 차단시킨 벽은 상상계의 이미지로서 자아를 비추는 거울이 되고 "제3의 나………제9의 나………제00의 나까지" 분열해 간다. 따라서 자화상에 나타난 벽은 주체의 소외와 분열을 가져오며 자신을 상정하지 못하고 주체를 소외시키는 분열된 자아를 드러나게 한다.

2. 상징계적 이미지

위에서 살펴본 상상계가 이미지들로 이루어진 세계라고 한다면, 상징계는 언어로 이루어진 세계라고 할 수 있다. "프로이트의 무의식에 대한 라캉의 언어적 접근은 주체의 언어화 과정, 즉 상징질서로의 진입 과정에서 잃어버린 것들이 무의식을 구성한다는 것이다."[14] 라캉은 구조언어학적인 관점에서 프로이트의 무의식을 재해석하고, 유사성과 인접성을 바탕으로 한 은유와 환유를 도입하여 이미지를 상징계의 궤도에서 설명하고 있다. 그것은 "언어가 있기 때문에 무의식이 있고 욕망도 생긴다는 것인데, 무의식이란 타자 — 다른 사람, 사회적 용인, 사회적 질서의 인정을 받고자 하는 욕망이라는 것이고, 이것이 무의식이 타자의 욕망이라는 말이 된다".[15] 이것은 상징계적 이미지로서 자화상을 기호화하는 시인들의 욕망이라 할 수 있다.

상징계의 자아는 대타자 — 기표를 통해 인식할 수밖에 없는 영역이

---

14   박찬부, 「라캉의 기호적 주체론」, 『기호학연구』6, 한국기호학회, 1999, 100쪽.
15   이진경, 『철학과 굴뚝청소부』, 그린비, 2011, 339쪽.

다. 지젝Slavoj Zizek은 "인간의 발화는 단지 메시지를 전달할 뿐만 아니라 언제나 자기반사적으로 소통 주체들 간의 상징적 협약에 환원 시킨다"[16]고 상징계를 설명하고 있다. 여기서 상징계란 상징적 규범과 약속으로서 질서화되고 사회화된 공간을 의미한다. 이 상징계적 질서 안에서 인간의 욕망은 대타자의 욕망이고, 대타자의 욕망에 인정받고자 하는 노력이 된다. "대타자는 주체의 뒤에서 항상 지켜보는 신, 관습, 사회적 법, 부모, 혹은 대의명분 같은 신념들이 될 수도 있다. 이것들을 믿고 따르고 지킬 때 현실적으로 작동한다."[17] 그러나 대타자는 고정된 것이 아니라 '자리'에 해당하는 것이기 때문에 언제든지 그 자리는 바뀌게 된다. 대신에 그 의미에 따라 상징체계가 다르게 변화할 뿐이다. 그것은 주체는 대타자의 기표인 '아버지의 법'을 통해 상징계에 안착한다. 욕망의 주체가 상상계에서 상징계로 진입하는 결정적인 계기는 아이러니하게도 오이디푸스 콤플렉스의 과정을 거치면서부터이다.

상징계의 욕망은 욕구와 요구 사이에 벌어진 차이에서 이중적으로 생겨난다. 요구는 절대적인 사랑과 같이 추상적인 것이고, 욕구는 갈증과 같은 구체적인 것이다. 이러한 차이는 주체의 결핍을 확인하는 전조이며, 끝없이 욕망을 순환구조 속으로 끌어들이는 원인이 된다. 그것은 "주체로 하여금 자신의 동일성에 도달할 수 없게 하는 결핍을 반복적으로 도입한다. 기표를 통해 표현된 욕망은 항상 대상을 채울 수 있는 더 나은 대상을 다른 곳에서 끊임없이 찾으려 하기 때문이다".[18] 주체의 결핍은 그것을 채워야 하는 기표를 생산하게 하고, 그 대체된 기표 또한 결핍을 내

---

16   슬라보예 지젝, 박정수 역, 『HOW TO READ 라캉』, 웅진지식하우스, 2007, 24쪽.
17   위의 책, 21쪽.
18   오형엽, 『문학과 수사학』, 소명출판, 2011, 125쪽.

포하고 있어 항상 새로운 기표를 필요로 하는 것이 기호화된 상상계의 자화상이다.

① 이중 자화상

산모퉁이를 돌아 논가 외딴 우물을 홀로 찾아가선
가만이 들여다봅니다.

우물 속에는 달이 밝고 구름이 흐르고 하늘이
펼치고 파아란 바람이 불고 가을이 있습니다.

그리고 한 사나이가 있습니다.
어쩐지 그 사나이가 미워져 돌아갑니다.
돌아가다 생각하니 그 사나이가 가엾어집니다.
도로 가 들여다보니 사나이는 그대로 있습니다.

다시 그 사나이가 미워져 돌아갑니다.
돌아가다 생각하니 그 사나이가 그리워집니다.

우물 속에는 달이 밝고 구름이 흐르고 하늘이
펼치고 파아란 바람이 불고 가을이 있고
추억처럼 사나이가 있습니다.

— 윤동주, 「자화상」 전문

윤동주와 연희전문 후배 정병욱. 선배의 시집을 고이 간직해 우리 문학사에 윤동주가 살아남게 했다.

'나'를 우물에 비추어 봄으로써 우물은 거울이 되고, 나를 비추고 있는 '사나이'를 발견한다. 우물에 나를 비추는 반사적 이미지는 사나이를 드러내기 위함이다. 화자는 우물에 반영된 이미지를 통해서 사나이를 만나게 된다. 이때 우물 밖과 우물 속의 자화상은 현실과 이상세계의 자화상이다. 들여다보는 자화상은 현실적 자아이고, 우물 속의 자화상은 이상적인 자화상으로서 이중적인 대립관계에 놓인다. 자화상은 이를 반복적으로 재생하는 과정으로 전개된다. 들여다보다 돌아가고, 가엾어져 도로 들여다보고, 다시 미워져 돌아가다 그리워지는 '사나이'는 자아의 이중 자화상이다.

이 시에서 동원되는 자아방어기제로는 공감共感, empathy[19]과 투사投射, projection[20]를 들 수 있다. 공감은 자신을 타자화함으로써 상대방 입장에

19   이무석, 앞의 책, 166~170쪽.
20   위의 책, 170~171쪽.

서 자신의 생각이나 감정을 상대방의 것처럼 객관적으로 느끼고 이해하는 정신 현상이고, 투사는 자신의 비의식에 품고 있는 성향을 타자의 것이라고 떠넘겨 버리는 정신기제다. 이러한 정신기제를 통해 자아는 밖에서 안을 살펴볼 수 있게 된다. 시인은 '보고 있음'과 '보여짐'을 당하는 시점을 인식함으로써 스스로를 객관화시키고 있다. 그것이 이 시에서 타자화된 '사나이'로 표출된 것이며, 사나이와 자아의 대비를 통하여 현실적 세계와 이상적 세계를 통찰할 수 있게 되는 것이다. 그러나 보여짐을 당하고 있다는 사실을 알지 못하는 경우, 나르키소스가 물위에 반사된 상에 매혹되어 빠져든 것과 같이 현실적 상황을 구분하지 못하고 그 세계에 매몰되고 만다. 이를테면 "신경증 환자는 이 단계에 머물러 자아와 상황을 구별하지 못하고 소외된 경우를 말한다".[21]

시인은 우물에 비친 이중 자화상을 통해 세계 안과 세계 밖을 투사함으로써 자기에 매혹된 나르키소스처럼 우물 속으로 매몰되지 않는다. 시인은 끊임없이 자신을 비추고 들여다보면서 객관화함으로 우물에 잠식되지 않는 것이다. 이렇게 공감과 투사의 자아방어기제는 하나의 전략으로서의 상징계의 영역에 안착할 수 있게 된다. 이처럼 시인의 자화상은 나 자신을 타자함으로 자기라는 밖에서 자아라는 안을 들려다보며 자기성찰의 과정을 거쳐 자기 성찰이 가능해진다.

② 오이디푸스 자화상

애비는 종이었다. 밤이 깊어도 오지 않았다. 파뿌리같이 늙은 할머니와 대추꽃이 한 주 서 있을 뿐이었다. 어매는 달을 두고 풋살구가 꼭 하나만 먹

---

21 권택영, 『라캉과 정신의학』, 민음사, 2002, 196~209쪽.

고 싶다 하였으나 흙으로 바람벽한 호롱불 밑에 손톱이 까만 에미의 아들.
甲午年이라든가 바다에 나가서는 돌아오지 않는다 하는 외할아버지의 숱
많은 머리털과 그 커다란 눈이 나는 닮았다 한다.

　스물세 해 동안 나를 키운 건 팔할이 바람이다. 세상은 가도가도 부끄럽
기만 하더라. 어떤 이는 내 눈에서 죄인을 읽고 가고 어떤 이는 내 입에서
천치를 읽고 가나 나는 아무것도 뉘우치진 않을란다.

　찬란히 틔워 오는 어느 아침에도

　이마 위에 얹힌 詩의 이슬에는

　몇 방울의 피가 언제나 섞여 있어 —

　볕이거나 그늘이거나 혓바닥 늘어트린 병든 수캐마냥 헐떡거리며 나는
왔다.

— 서정주, 「자화상」 전문

　위 「자화상」은 상징계에서 대타자의 위치를 차
지한다. 라캉의 상징계는 '인간의 욕망'으로 이루
어져 있고, '인간의 욕망은 대타자의 욕망이 된다.
즉 상징계는 사회의 법과 질서로서 구조화되거
나, 언어화된 세계다. 그러나 주체의 위치는 주체
의 의지로 선택된 것으로 볼 수 있으나, 그것은 대
타자가 상정하고 있는 상징적 질서 내에서만 선택

서정주

가능한 것이기 때문에 억압된 것에 대한 욕망들이
무의식 속에 내재될 수밖에 없다. 따라서 상징계적 자화상은 부재한 상징
적 질서인 아버지의 법을 대리한 것으로 상징계적 대타자이고, 자아는 상

상계적 소타자가 된다.

　이 시편의 서두는 "애비는 종이었다"라는 강한 언술로 시작된다. 화자는 상징계의 질서를 통해 나라는 존재에 대한 사회적 신분을 확인받는다. '애비', '늙은 할머니', '어매', '에미의 아들', '외할아버지' 등은 종이라는 비천한 사회적 신분의 빈곤한 삶을 상정하고 있다. '종의 아들'이라는 주체의 위치는 주체의 의지로 선택된 것이 아니라 아버지의 법에 의한 상징계의 질서 속에서만 선택 가능한 것이다. 이 시의 아버지는 대타자가 되고, 화자는 부재한 상징적 질서인 아버지를 대리하여 '종의 아들'이 된다. 시인은 무의식적으로 종의 아들이라는 사회적 신분 질서를 가지게 된 것에 대한 억압된 욕망들을 표출하고 있다. 이러한 시인의 오이디푸스 콤플렉스는 다양한 방식의 억압과 거세를 경험하게 하는 필요적 과정이다. 이 시는 시인의 오이디푸스 단계에서 타자로서의 가족과 사회로부터 자신의 위치를 설정해야 할 선택에 직면하면서 발화된 것이다.

　이때 반응하는 자화상은 자신의 약력으로서 이미 구성된 혹은 구성한 상징계의 영역이라는 점인데, 나는 누구의 아들인가, 나는 어떤 신분인가, 나는 어떻게 살아왔나 등의 정체성을 드러내는 기표일 뿐이다. 자화상은 은연중 강요된 방식으로 오이디푸스 콤플렉스 과정을 통해 아버지가 종이었기에 화자는 종의 아들이 되는 것인데, 그것은 시인의 뜻과 무관하게 이루어진 아버지의 법-사회라는 상징체계를 말한다. 시인은 사회라는 타자의 시선을 통하여 종의 아들이라는 정체성을 발견하고 존재에 대한 정의를 내릴 수 있게 된다. 그럼으로써 "스물세 해 동안 나를 키운 건 팔할이 바람이다"라고 당당하게 선언한다. 그것은 시인의 가난과 방황, 그리고 타자의 따가운 시선 등이 자신을 키웠다는 철저한 자기 성찰이다. 그렇지만 종의 아들이라는 낙인은 '찬란한 아침에도' '詩의 이슬에도' '몇방울의 피처럼 언제나 섞여서' 지워지지 않음을 타자의 시선으로 자신을 바라보게 된다.

이렇게 오이디푸스 자화상이라고 할 수 있는 이 시는 상징계의 아버지의 기표인 '종'/'아버지의 이름'을 통해 자아를 '종의 아들'로 드러내는데, 두드러지게 나타나는 자아방어기제가 '동화'와 '동일화'다. 동화assimilation는 성숙한 동일화로서 대상을 받아들일 때, 자아의 구조 속에서 동화되어 자기 것으로 변형시켜 받아들이는 것으로써 합일화의 성숙된 합일이 된다. 동일화同一化, identification[22]는 부모, 윗사람 등 중요한 인물들의 행동과 정신을 닮는 것을 말한다. 동일화는 자아와 초자아의 형성에 가장 큰 역할을 하며 성격 발달에 가장 중요한 방어기제로서 동일화를 통해 부모가 자식의 내부에 들어오게 되고 자아는 부모를 인정하게 된다. 이렇게 그는 상징계의 아버지에 대한 기표로서 아버지의 이름/종을 드러냄으로써 타자-세계와의 통합을 이루게 되는 것이다.

지금까지 일제 강점기 시인들의 「자화상」을 살펴본 결과 시인들의 욕망으로서 자아방어기제가 직·간접적으로 동원되며 그것이 현실극복에 기여하고 있다는 점을 확인하였다.

노천명은 '상상계의 이미지'로서 '나르시시즘 자화상'을 통해 자신의 실제적인 외모를 이미지화하여 타인과 화해하지 못하는 성격을 직접적으로 표출하는데, 자아방어기제로는 '신체화'와 '억제'를 통해 자기성찰을 보여주고 있다. 권환은 '상상계의 이미지'로서 '분열된 자화상'을 통해 세계에 대한 자폐적이고 자아분열적인 성격을 보이지만 거울을 들여다

---

22   이무석, 앞의 책, 166~170쪽.

보면서 끊임없이 분열해 가는 자신을 '회피'하면서 위험한 상황이나 대상으로부터 안전한 거리를 유지하려는 자아방어기제를 보이고 있다. 윤동주는 '상징계적 이미지'로서 '이중 자화상'을 통해 우물 속에 비친 자화상을 통해 현실과 이상 사이의 이중적 대립관계에 대한 반복성으로써 자기성찰과 각성을 보이는데, 동원된 자아방어기제로는 '공감'과 '투사'를 들 수 있다. 서정주는 '상징계적 이미지'로서 '오이디푸스 자화상'을 통해 상징계의 아버지의 기표로서 '아버지의 이름/종'을 드러내고 세계와의 통합을 이루게 되는데, 두드러지는 자아방어기제로서 '동화'와 '동일화'로 나타났다.

이와 같이 대부분의 '자화상' 시편들은 내적 갈등과 심미적 부정의식을 보이고 있는데, 이것은 식민지 시기 시인들의 시대적인 역사관에서 출발하고 있기 때문으로 평가할 수 있다. 그러나 시인들은 자화상 시편을 통해 자신을 시적 대상화함으로써 자아를 성찰하며 존재성을 확인하거나, 자아 갈등과 현실부정 사이에서 분할된 자아를 봉합하고, 분열된 세계를 융합하려는 양상을 보인다. 정신분석학적으로는 자아와 세계에 대한 자극과 대립의 반향으로써 자아의 욕망을 분출하며 자아를 방어하고 감정을 해소하는 것과 동시에 기호와 자아를 통합하고 세계를 통찰하려는 자의식으로서 세계를 극복하고자 하는 '자아상'에 대한 '자화상' 인 것이다.

미래파의 새로움, 그 이후

홍용희

2000년대 시단과 '새로움'의 출현

2000년대에 진입한 이래, 2005년을 분기점으로 우리 시사에서 유례를 찾아보기 어려운 이단아들이 등장한다. 제3인류형의 방언과 새로운 차원의 시공간을 활보하는 이들에 대해 우려와 신기함이 교차한다. 시단에서는 이들의 정체에 대해 미래파라고 지칭되기도 하고 추의 미학의 극단이라고 말하기도 했다. 분명한 것은 이들은 자기들만의 성채 속에서 소통불능의 언어를 쏟아내는 내국망명자들의 모습을 드러내고 있었다. 내국망명자들은 자기들만의 폐쇄적인 화법과 분방한 상상력으로 엽기·섹스·환상 등의 언술을 뿜어내고 있었다. 이들은 혼돈스런 현대사회에 대응하는 방식은 혼돈스런 비선형적 상상력만이 가장 효율적이라는 전략을 내세우고 있었다.

우리 시사가 비교적 10년 단위로 뚜렷한 전환의 마디절을 보여주었던 것에 비춰볼 때, 2005년에 이르러서야 신진 세대의 새로운 목소리가 전면에 표출된 것은 시차적으로 지체된 감이 없지 않았다. 그 주된 이유는 먼저, 1990년대와 2000년대 간에 사회역사적인 층위에서의 변화의 단층이 뚜렷하지 않았다는 점과 깊이 연관될 것이다. 이를테면, 1980년대 말 소련을 비롯한 공산권의 와해로 상징되는 탈냉전 시대의 개막과 전 지구적 시장화라는 지각변동이 일어나면서, 시사에 있어서도 리얼리즘의 현격한 퇴조와 해체 및 포스트모더니즘, 그리고 생태주의 시편이 주류로 나타나는 변화가 있었지만, 1990년대와 2000년대는 이에 상응하는 시대사적 전환의 단층이 뚜렷하지 않았던 것이다. 다음으로는, 이때부터 표 나게 시단의 이른바 기득권층이 과거 어느 때보다 두텁고 견고해지면서 신진들의 세대론적인 출현이 상대적으로 어려운 환경이기도 했다.

이러한 안팎의 여건 속에서 다소 지체된 감은 있으나 2005년을 분기점으로 그 어느 때보다 내부에 응축되어 있었던 2000년대의 새얼굴의 시인과 시적 감각이 표층을 뚫고 돌연히 출현한다. 황병승의 『여장남자 시코쿠』, 김민정의 『날으는 고슴도치 아가씨』, 이민하의 『환상수족』, 이승원의 『어둠과 설탕』, 김이듬의 『별 모양의 얼룩』, 김언의 『거인』, 신해욱의 『간결한 배치』, 고영의 『산복도로에 쪽배가 떴다』, 박진성의 『목숨』, 이세기의 『먹염바다』, 박후기의 『나는 종이의 유전자를 알고 있다』, 이재훈의 『내 최초의 말이 사는 부족에 관한 보고서』, 윤성학의 『당랑권 전성시대』, 김근의 『뱀소년의 외출』, 조동범의 『심야 베스킨라빈스 살인사건』, 박판식의 『밤의 피치카토』, 진수미의 『달의 코르크 마개가 열릴 때까지』, 안현미의 『곰곰』, 이영주의 『108번째 사내』 등이 제각기의 모험적 출사표를 던지고 있었다.

이들 시집들을 편의상 유형화하면, '치명적 새로움'과 낯익은 '오래된 새로움'으로 나누어 볼 수 있다. 그러나 이 시대를 선도하고 선동한 것은 '치명적 새로움'의 시편이다. '치명적 새로움'은 현대사회의 일상성을 교란시키는 공격성을 과시하고 있었다. 2000년대 들어 현대사회의 일상성의 제국이 더욱 견고하게 작동하면서 새로운 혁신과 부정의 전략적 시도 자체가 쉽지 않게 느껴졌다. 현대사회의 운용원리는 봉사와 헌신과 충만의 얼굴로 다가와서 결과적으로는 인간 삶을 사물화·물질화·소외화 속에 나포하는 역할을 능숙하게 수행한다. 그래서 모두가 병들었으나 아무도 아프지 않은 사회 병리적 증세가 확산된다. 적은 있으나 적의 정체가 감지되지 않는 형국인 것이다. 이처럼 부조리한 일상 속에서 치명적 새로움의 이단아들은 주목을 끌기에 충분했다.

그러나 이들은 현실세계에 대한 반영일 수는 있으나 대안일 수는 없었다. 이들은 스스로 소통불능의 자기 방어적 성채 속에 들어가서, 자폐적인 언술을 일방적으로 전개하는 일종의 내국망명자의 길을 가고 있었다. 그래서 오히려 시대적 전환의 전복과 변혁의 에너지를 생산적으로 규명하기보다는 일과성으로 소모시키는 양상을 보였다. 결과적으로 이들의 시 세계는 숨은 차원의 새로운 질서가 전면에 표출되고 있음을 선언적으로 충격하고 있으나, 이를 구체적으로 의미화하지 못하고, 지나치게 문화주의적으로 추상화하는 경향을 드러내었던 것이다.

한편, '치명적인 새로움'에 대칭되는 낯익은 '오래된 새로움'의 진영역시 활발한 활약을 보인다. '오래된 새로움'은 '치명적 새로움'과 완전히 변별되어 보이지만 사실은 제각기 당대 사회의 충실한 방법적 대응이라는 점에서 공통점을 지닌다. 그러나 오래된 새로움은 제대로 평자들의 조명을 받지는 못한다. 어느 시대에나 그래왔듯이 평자들의 관심은 우려와 호기심을 동시에 야기하는 새로운 목소리에 집중된다. 특히 이른바 미래파라는 국적불명의 에콜이 붙여지면서 더욱 관심을 증폭시킨다. 그러나 재래적인 오래된 새로움은 구체적인 생활세계에서의 실천적 삶을 통해 적응과 부정의 이중성을 충실하게 보여주었다. 체험적 삶에서 터득되는 생활 세계적 이성(하버마스)은 현실에 대한 '부정성의 계기'가 미래지향적 예지로 작용한다. 생활세계 속의 실천적 삶이 현실상황에 규정받으면서 동시에 이를 주체적으로 구조화하는 성격을 지니는 것이다.

그래서 '치명적 새로움'의 파토스는 점차 '오래된 새로움'과 조우하면서 변증법적인 진화의 새 길을 찾아가게 된다. 이들의 방법론적 대응 전략은 서로 달랐지만 현실 세계에 대한 부정과 재구조화의 열망은 기본적으로 다르지 않았기 때문이다.

'치명적 새로움'과 '오래된 새로움'의 변증법

2000년대에 진입하면서 기존의 질서와 새로운 질서의 '두 날'이 팽팽한 긴장관계를 이룬 민감한 임계상태라는 점을 집약적으로 선명하게 표출시킨 시편들은 '치명적 새로움'의 행렬이다. 이들의 시편들은 제3인류형이라고 지칭할 수밖에 없는 소통 불능의 화법과 분방한 상상력으로 넘쳐흐른다. 낯선 문법을 통해 환상·엽기·섹스 등의 상상력을 가학적으로 탐닉하는 이들 시편은 현실 사회가 극심한 소외와 사물화에 시달리고 있음을 절규처럼 드러내고 있었다. 물론, 이들 시인들의 시편에 대해 시집 전반을 헤집으면서 상징과 이미지의 기호론적 분석을 시도한다면 나름대로의 의미체계를 정리해 볼 수 있을 것이다. 그러나 그러한 작업은 중요하지 않다. 이들 시편들은 상징적인 메시지의 전달보다 시적 형식론 그 자체의 강렬한 자기 투척을 통해 불협화음의 실재를 환기시키고자 하는 전략이 중심을 이루고 있기 때문이다. 이를테면, 다음의 시편을 읽어보기로 하자.

지하에 계신 淫父와 淫母가 침봉으로 내 얼굴에 난 털

을 벗긴다 나는야 털북숭이 라푼젤, 짜다 푼 목도리의 털

실같이 꼬불꼬불한 털을 발끝까지 내려뜨린 채 울고 있다

울음을 짜보지만 눈물은 흐르자마자 냄새나게 덩어리지는

冷일 뿐, 에이 더러운 년 킁킁거리며 내 얼굴을 냄새 맡던

淫父가 빨간 포대기처럼 늘어진 혀로 내 털 한 가닥 한 가닥

을 싸매 핥는다 조스바를 빨던 입처럼 淫父의 혀끝에서

검은 색소가 뚝뚝 떨어진다. 이제부터 이게 네 머리칼

이야. 알았어? 淫母가 스트레이트용 파마약을 이제부터 내 머리칼인

— 김민정, 「날으는 고슴도치 아가씨」 부분

호주머니를 잃어서 오늘밤은 모두 슬프다

광장으로 이어지는 계단은 모두 서른두 개

나는 나의 아름다운 두 귀를 어디에 두었나

유리병 속에 갇힌 말벌의 리듬으로 입맞추던 시간들을.

오른손이 왼쪽 겨드랑이를 긁는다 애정도 없이

계단 속에 갇힌 시체는 모두 서른두 구

나는 나의 뾰족한 두 눈을 어디에 두었나

호수를 들어올리던 뿔의 날들이여.

새엄마가 죽어서 오늘은 모두 슬프다

밤의 늙은 여왕은 부드러움을 잃고

호위하던 별들의 목이 떨어진다

— 황병승, 「검은 바지의 밤」 부분

김민정

황병승

시적 상상력이 매우 생경하고 도발적이다. 행과 연 구분의 절도와 간격은 물론이거니와 의미의 일관성과 상관성이 무화되고 있다. 첫 행에서부터 시제와 인과적 관계가 무화된 비문임은 물론이고, 엽기적이고 환상적인 이미지들이 서로 뒤엉킨 채 자기 재생산을 지속하고 있다. 시의 길이는 여기에서 그칠 수도 있지만 무한대로 늘여도 무방하다. 어차피 청자를 배려하지 않은 자폐적 발화인 탓에 시상의 형식과 전개 역시 화자의 자의적인 의지에 따라 결정하면 그만이다. 그렇다고 해서, 이들 시편들이 무의미한 잡담이나 잡음이라는 것은 결코 아니다. 시상의 기반을 이루는 엽기와 환상성은 그 자체로 우리 시의 새로운 범주를 개척하고 돌파하는 충동적 힘으로 작용하기 때문이다. 위의 인용시의 시인 이외에도 이민하·이승원·진수미·신해욱·이영주 등의 시 세계에서 정도의 차이는 있으나 유사한 경향을 읽을 수 있다.

엽기란 기본적으로 공포스럽지만 매혹적이라는 양가감정을 불러일으킨다. 잔혹성이 쾌감을 부채질하고 쾌감은 다시 잔혹성의 공포를 상기시킨다. 공포스러움은 불온하고 발칙하고 어처구니없는 도발과 전복에서 비롯된다. 한편, 매혹적인 쾌감은 공적인 장소에서는 결코 발설되거나 공개될 수 없었던 지점들이 공개될 때, 지배질서의 남용과정의 전모가 누설되고 전복되는 데에서 생성한다.

엽기의 유행과 관련하여 우리 시대 자체가 엽기적이기 때문이라는 식의 반영론적 지적은 틀린 것은 아니지만 그렇다고 적실한 것도 아니다. 이런 식의 반영론은 문제를 드러내기보다는 오히려 덮어버린다. 엽기적 상상력에 대해 우리가 고민하고 찾아야 할 핵심 문제는 현대사회에 대한 도저한 성찰, 전복의 에너지를 감지하고 이를 생산적으로 의미화하는 것이다. 그러나 이들 시인들의 시편에 창궐하고 있는 엽기는 세계와의 불협화음 자체에 그치는, 현실 반영론의 차원에 그치는 경우가 많다. 이러한 상황은 엽기가 유행하는 불온한 사회에 내장된 발칙한 공격과 저항의 에너지를 봉인하거나 일회적으로 소모시켜 버리기 쉽다.

한편, 환상은 현실과 완전히 차원이 다른 시공간을 향한다. 환상은 일상의 시공간을 혁명적 파괴력을 통해 모험의 시공간으로 대체시키고 있는 것이다. 환상의 가장 표준적인 해석은 배제당하거나 소실된 것들을 호출하는 하나의 중요한 방식이다. 캐서린 흄이 "나는 환상을 사실적이고 정상적인 것들이 갖는 제약에 대한 의도적인 일탈이라고 생각한다"라고 할 때, 환상은 합리적이고 이성적인 사고체계에 의해 억압된 신화적이고 자연적인 세계를 가리킨다. 보이는 세계의 재현으로서의 미메시스와 그러한 "사실적이고 정상적인" 세계가 포괄할 수 없는 빈자리, 즉 보이지 않는 세계의 심연이 환상 속에서 재생될 수 있다. 따라서 환상성은 현대 세계의 일상성에 대한 위반과 전복을 통해 미분성의 몽환적이고 신화적인 상상력의 영토를 개척하고 수용할 때 그 본래의 소임을 완수하는 것이다.

그러나 위의 시편에서 환상성은 권태로운 일상에 대한 조소와 일탈의 차원에 머무는 경향을 보인다. 치명적인 비약의 상상이 엽기적 상상력의 보조적 수단으로만 작용하고 있다. 그래서 엽기와 환상성이 시적 대화의 상상력을 돌파해내지 못하고 오히려 비유와 상징의 빽빽한 그물망으로 구성된 성채를 높이 쌓는 결과를 낳고 있다. 그리고 그 닫힌 성채 안에서 시인들은 스스로 불안한 매혹의 내국망명자로서의 삶을 구가하고 있는 형국이다. 망명자의 속출은 사회 현실의 불온성을 극명하게 선언하는 충격을 던져줄 수는 있지만, 그러나 혁신과 변화의 출구를 직접 마련하는 데에는 실질적인 도움이 되지 못한다.

　　그렇다면, 내국망명정부의 성채를 허물 수 있는 방법은 무엇일까? 그것은 먼저, 앞에서 제기한 엽기와 환상성이 지닌 부정과 혁신의 창조성을 생산적으로 승화시키는 것이라고 할 수 있다. 이를테면, 환상성은 '치명적 비약'의 상상을 통해 일상 속에서 우리 자신의 기원의 시간과 소통함으로써 우리들 스스로도 망각하고 있었던 우리 자신의 본질을 발견하는 동력으로 나아갈 수 있을 것이다. 또한 엽기 역시 이 점은 마찬가지이다. 조선 후기의 성리학자 추사 김정희가 자신의 문체를 향한 괴기성怪奇性이라는 비난 앞에서 '괴怪하지 않으면 어떻게 그 숭고하고 심오한 지혜의 세계, 지극한 예술의 땅을 밟을 것인가'라고 응답했던 것처럼, 숭고를 향한 추의 미학의 심연으로 매진해나가야 할 것이다.

　　다음으로는, 시적 형식 미학에서 시적 언술과 이미지의 과잉에 대한 성찰을 통해 절제와 생략의 여백을 추구하는 것이다. 앞에서 살펴본 바 대로, 이들 시편에는 대체로 온통 환유, 제유, 상징 등의 이미지가 범벅을 이루고 있다. 시적 양식이 전통적으로 견지하는 압축과 생략의 미의식은 어디에서도 찾을 수 없다. 시적 장르의 '말하지 않기 위해 하는 말'

이라는 명제는 여기에서 통용되지 않는다. 말의 절제와 비움이 아니라 말들의 과잉성찬을 즐기고 있다. 시적 화자의 언술만이 시상의 비선형적인 혼돈의 흐름을 타고 일방적으로 발화되고 있는 것이다. 그래서 독자의 창조적 상상력이 개입될 여지가 없다. '말이 많으면 자주 막히니 차라리 그 비어 있음을 지키는 것만 같지 못하다多言數窮 不如守中'는 고전(노자 『도덕경』)의 가르침은 전혀 고려의 대상이 아니다. (여기에서 비어 있음을 가리키는 중中은 도道에 다름 아니다. 말의 풍요는 오히려 그 풍요로움으로 인해 길道을 잃게 되고 도道의 소통을 막게 된다.)

실제로 시적 양식은 나르시시즘의 성채가 아니라 이타적으로 열린 창조적 대화의 장이다. 주지하듯, 옥타비오 파스는 시 창작에서 '타자의 의지의 침투'를 강조한다. 시를 쓰는 행위는 상반되는 힘들의 얽힘, 즉 나의 목소리와 타자의 목소리가 합쳐져 하나가 되는 과정이라는 것이다. 아리스토텔레스의 『시학』에서도 이러한 점을 읽을 수 있다. 그가 시적 창조를 자연의 모방이라고 할 때, 자연은 혼으로 가득한 것, 살아있는 유기체에 해당하는 물활론적 대상이다. 따라서 그의 논지에서 시는 '시 자체가 자신의 주인이며 혼이 깃 들인 자연과 시인의 영혼이 만나서 얻어지는 열매이다.'

이렇게 보면, 시에서 비움과 절제의 여백은 초월적인 '타자의 의지가 습합'되는 소통의 공간이다. 시의 형식미학에서 말의 '자발적 가난'이 필요한 까닭이 여기에 있다. '자발적 가난'의 시적 형식은 타자의 목소리의 동참과 소통을 향한, 시의 우주적 형식화로 정리된다. 여기에 이르면, 시 창작의 주체란 나르시시즘적 자아가 아니라 공동체적 자아라고 말해 볼 수 있다.

한편, 이러한 시의 본령과 가까운 진영은 '오래된 새로움'의 시 세계이다. 이들은 '내국망명자들'의 경우와 달리, 소통 가능한 전통적인 시적 문법을 통해 대화적 상상력의 장을 견지한다. 외부 세계와의 불협화음에 대해 자폐적 공간으로의 퇴행이 아니라 외부 세계에 대한 열린 교감의 장을 추구한다. 또한, 이와 동시에 현실 초극의 자기고투의 과정을 지속적으로 전개한다. 이를테면, 실어증을 강요하는 사회에 대해, "벙어리의 옹아리"(이재훈, 「마리의 오아시스」)나마 끊임없이 시도하고 있는 것이다.

이러한 '오래된 새로움'의 시편은 이를테면, 메를로-퐁티가 제시하는, 구체적인 의식과 신체가 하나로 통일된 '살아있는 신체'로서의 인간 실존을, 시적 주체로 설정하는 것을 포기하지 않는다. 그의 설명에 따르면 '살아있는 신체'는 세계 속에 결박되어 있으면서 동시에 세계를 재구성해 낸다. 다시 말해, 인간 존재는 자신의 상황에 규정 받으면서 동시에 스스로 자신의 상황을 구조화해 나가는 존재라는 것이다. 이렇게 보면, '치명적 새로움'의 맞은편에서 체험적 삶을 통해 절망과 상처의 길을 걸으면서, 동시에 스스로 이를 초극하고자 하는 '오래된 새로움'의 시편은 더욱 용이하게 시대정신과 전망을 구현할 수 있는 특성을 지닌다.

윤성학 · 박후기 · 박진성 · 이세기 · 안현미 등은 허기 · 질병 · 고난 등의 일상의 그늘 속에서 스스로 그 초극의 언어를 벼리고 있었다. 박후기의 다음 시편은 허기진 사람들의 허름한 모습에 대한 단단하면서도 따뜻한 묘파이다.

> 장대비 맞고 차양이 내려앉은 국밥집
> 바지춤을 추켜올리듯 바람은
> 흘러내린 천막의 갈피를 움켜쥐었다, 놓아버린다
> 아무리 허리띠를 졸라매도

바지를 흘러내리게 하는 생의 허기

고개 숙인 채 밥집의 허름한 시간 속으로 들어가는

배고픈 사람의 뒷모습이 식은 국밥의 기름기처럼

흐린 내 시선에 엉겨붙는다

(…중략…)

사슴 박제처럼

벽에 목만 내걸린 선풍기가

두 평 남짓한 밥집에 철철 바람을 쏟아붓는다

바람은 라디오 속에도 들어 있어

무뚝뚝한 얼굴에 나뭇잎처럼 달라붙은

인부들의 귀를 간질인다

광야는 넓어요 하늘은 또 푸르러요

다들 행복의 나라로 갑시다

— 박후기, 「행복의 나라로」 부분

"아무리 허리띠를 졸라매도 / 바지를 흘러내
리게 하는 생의 허기"를 달래며 "허름한 시간
속으로 들어가는 / 배고픈 사람의 뒷모습이"
넓고 푸른 "행복의 나라"로 가는 정서적 틈새
를 마련하고 있다. "두 평 남짓한 밥집"에 내걸
린 선풍기의 바람이 라디오의 "행복의 나라"라
는 노래를 전파시키는 촉매로 작용하고 있다.

박후기

이처럼, 가난과 절망 속에서 풍요와 희망을 향한 추구는 너무도 식상한

계몽적 서사이지만 그러나 그것이 또한 지속적인 생활세계의 실상이다. 비록 낮고 느리고 가난하다고 할지라도 생활세계 속에서 스스로 부대끼는 삶이 자신을 초극의 길로 인도하는 방법론이다. 왜냐하면, 사람은 "뱃속에"서부터 "꼼지락거리는 손가락이 열 개 / 발가락이 열 개 그리고 / 바위의 안부를 묻는 빗방울처럼 / 쉬지 않고 내세를 두드리는 / 희망이라는 유전자"(「종이는 나무의 유전자를 갖고 있다」)를 지니고 있기 때문이다. 그래서 "밥집의 허름한 시간 속으로 들어가는" 일상은 스스로를 "희망"으로 구원하는 과정과 연관된다.

메를로-퐁티가 지적했듯이 인간 실존은 현실 세계에 대해 부정성의 계기(완전한 자유에의 계기)만을 갖는 것도 현실을 완전히 수긍하는 계기(결정론적인 계기)만을 갖는 것도 아니다. 구체적인 인간 존재는 외부 상황과 상호 작용을 하는 가운데 상황에 의존해 있으면서 항상 미래를 열어가는 성향을 지닌다.

한편, 내국망명자들이 지나치게 자신만의 성채에서 질식감을 느끼게 될 때 그 신생의 출구로는 '오래된 새로움'의 소통과 열림의 성향을 섭수하게 된다. 이때 내국망명주의자들의 시적 폭풍은 썰물처럼 가라앉는다. 그러나 내국망명자들의 시적 행렬이 우리 시사에서 일과적인 소모품으로만 존재했던 것은 결코 아니다. 이들은 위험할 만큼 치명적인 기법과 매혹적 상상 세계를 내면화하는 시적 진화를 불러온다. 김경주의 「기담奇談」은 이러한 문면에서 흥미롭게 읽힌다.

지도를 태운다
묻혀있던 지진은
모두, 어디로

흘러가는 것일까?

태어나고 나서야

다시 꾸게 되는 태몽이 있다

그 잠을 이식한 화술은

내 무덤이 될까?

방에 앉아 이상한 줄을 토하는 인형(人形)을 본다

지상으로 흘러와

자신의 태몽으로 천천히 떠가는

인간에겐 자신의 태내로 기어 들어가서야

다시 흘릴 수 있는 피가 있다

— 김경주, 「기담」 전문

김경주의 시편들은 그 자체로 기담이다. 그의 시
집 『기담』(2008)은 실로 기이한 이야기의 집들이
다. 그는 어째서 기담이어야 했을까? 위의 시편은
그 한 실마리를 제공한다. 그의 시적 질문은 기이
할 만큼 크고 깊고 넓다. 그러나 그는 이 크고 깊고
넓은 질문과 해답을 위험할 만큼 기발한 언어감각
과 순발력으로 종횡무진 개진한다. '지도'에서 '지

김경주

진'의 흐름을 감지하는 시적 화자는 '태몽'을 꾸는 잠의 화술에서 자신의 무덤의 언어를 찾고 있다. 입안에서 "토하는" "이상한 줄"은 태몽의 물질적 감각화로 읽힌다. 화자는 자신의 입안에서 나온 "이상한 줄"의 "태몽"을 따라 "지상"에 나온 "인간에겐 자신의 태내로 기어 들어가서야 / 다시 흘릴 수 있는 피가 있다"고 말한다. 시적 화자는 이승과 전생, 탄생과 죽음, 태 안과 태 밖 등을 하나의 평면 위에 놓고 퍼즐 놀이 하듯 자유롭게 매만지고 있다. 그리고 이러한 그의 퍼즐 놀이는 "인간에"게 숙명처럼 존재하는 "자신의 태내로 기어 들어가서야 / 다시 흘릴 수 있는 피"의 실체에 대한 질문을 독자에게 유도한다. 기이한 담론이 기발하게 이끌어 가는 프랑켄슈타인적인 "형이상 세계"의 상상이다. '기이함'과 '담론'이 서로 습합되면서 펼쳐낸 흥미로운 기담이다.

한편, 일종의 '관념적 진정성' 혹은 '진정성의 관념'의 언어를 통해 짙은 우수·허무·회의·절망의 극적인 역동성을 노래해 온 심보선의 다음 시편 역시 내국망명주의자들의 진화된 언어 세계의 연장선에서 이해된다.

> 벚꽃은 눈 시리게 아름답구나
>
> 여우야, 나는 이제 지식을 버리고
>
> 뚜렷한 흥분과 우울을 취하련다
>
> 하지만 다시 생각해봐
>
> 저 꽃은 네가 벚꽃이라 믿었던 그 슬픈 꽃일까?
>
> 알 수 없다, 알 수 없다는 것은
>
> 알 수 없다는 것 이상도 이하도 아니다
>
> 지나가던 여우는 지나가 버렸다
>
> 여기서부터 진실까지는 아득히 멀다

그것이 발정기처럼 뚜렷해질 때까지 나는 가야 한다

가난과 허기는 또 다른 일이고

— 심보선, 「착각」 일부

시적 화자의 눈앞에 "눈 시리게 아름"다운 "벚꽃"
이 펼쳐지고 있다. "내가 믿었던 혁명은 결코 오지
않"는 닫힌 미래 속에서 시적 화자가 선택할 수 있
는 것은 "이제 지식을 버리고 / 뚜렷한 흥분과 우
울"이나 쫓는 것이다. 그러나 "눈 시리게 아름"다운
"벚꽃"은 그에게 절망으로부터 새로운 삶의 의지를
추동시킨다. "저 꽃은 네가 벚꽃이라 믿었던 그 슬

심보선

픈 꽃일까?"라는 의문이 그 계기이다. 의문은 곧 그 해답을 얻기 위한 심
적 에너지로 전환된다. 그래서 "진실"이 "발정기처럼 뚜렷"하게 판명될
때까지 "나는 가야 한다"고 다짐하게 된다. 이제, 절망의 극한 속에서 "가
난과 허기"를 감내한 채 다시 "진실"을 확인하기 위해 떠나는 여정이 펼
쳐진다. 개인적·사회적 층위의 절망 속에서도 다시 진실을 향해 나아가
는 시적 역동성은 현대사회의 피로한 일상 속에서도 삶의 의지를 고양
시켜 나가는 21세기의 시적 가능성이며 내국망명주의자들의 분방한 내
적 에너지의 승화라고 할 것이다. 치명적 새로움과 오래된 새로움이 습
합되면서 이루어낸 새로운 차원 변화의 진화로 해석되는 면모이다.

창조적 보편의 질서를 향하여

1990년대 이래 지속된 가치의 다원화와 해체적 상상력이 한편으로, 지나치게 개별적 단절과 파편화를 가속화시킴으로써 고립·소외·혼란·불안을 야기시켰음을 주목할 때, 2000년대의 시대정신은 이를 초극할 수 있는 새로운 질서를 요구했다고 할 것이다. '치명적 새로움'과 '오래된 새로움'의 시 세계 모두 이러한 시대사적 소명과 직간접적으로 연관되어 있다는 점에서 공통성을 지닌다. 다만 방법론적 대응에서 서로다른 양상을 극단적으로 보였던 것이다. 내국망명자들이 기획한 '치명적 새로움'은 혼돈을 혼돈으로 맞서는 부정적 에너지의 분출을 가학적으로 보여주었고, '오래된 새로움'은 체험적 진정성을 통해 세계의 부정과 재구성을 모색해 나간다.

창조적 보편의 질서는 혼돈의 엔트로피를 스스로 수용하면서 나오는 질서이다. 열역학의 시인으로 일컬어지는 신과학자 프리고진I. Prigogine은 물질과 에너지의 출입이 가능한 열린계가 평형에서 멀리 떨어져 있으면, 미시적 요동의 결과로 무질서하게 흐트러져 있는 주위에서 에너지를 흡수하여 엔트로피를 오히려 감소시키면서, 거시적으로 안정된 새로운 구조가 출현할 수 있다고 설명한다. 이와 같은 무산霧散구조 혹은 자생적 조직화로서의, 혼돈으로부터의 질서가 내국망명자들의 시적 행로에서도 전개되고 있었다. 이들의 치명적 새로움이 점차 위험할 만큼 매혹적인 시적 기법, 순발력, 상상력 등을 시적 체질로 내면화시켜 나간 점은 이를 증거한다. 결과적으로 치명적 새로움은 오래된 새로움과 서로 엇섞이고 스며들면서 2000년대 시적 진화의 새 길을 열어가는 역동으로 작동하고 있었던 것이다.

제7장

시와 정치의 관계

이성혁

시와 정치, 그리고 정치적인 것

시는 흔히들 정치의 반대편에 놓여 있다고 말해지곤 한다. 플라톤이 자신의 이상적인 '정치체Politeia'에서는 시인을 추방해야 한다고 말한 이후, 정치는 시를 무시하고 불편해한다고 알려졌다. 시 또한 정치에 복속되는 시라면 진정한 시가 될 수 없다고 생각되어 왔다. 시와 정치는 물과 기름 같아서 서로가 서로를 밀어내는 관계로 여겨져 왔던 것이다. 이러한 생각이 틀린 것은 아니다. 자유로운 상상력을 필요로 하는 시는 현실의 정치질서로부터 벗어나려는 원심력을 가지고 있어서 정치가에게는 시가 질서를 어지럽히는 존재로 보일 수 있기 때문이다. 그래서 정치와 시는 조화로운 관계보다는 갈등의 관계를 맺어왔던 것이 사실이다.

특히 종교를 중심으로 하는 단일체제로부터 예술과 정치, 과학이 분리되고 자율화되는 근대세계에서는 정치와 시는 더욱 갈등 관계에 놓이게 되었다. 근대세계에서 시와 정치는 서로 자율적으로 존재하면서도 시의 힘과 정치의 힘은 상대방의 영역에 영향을 끼치려고 했다. 정치는 시를 자신의 통제 아래에 놓으려고 했으며 시는 정치를 변화시키려고 했다. 다시 말하면, 시와 정치가 갈등하는 양상은 '시-예술'과 정치의 자율화와 함께 두 영역의 상호 침투가 이루어지면서 나타났다고 할 수 있다. 서로가 서로의 영역에서만 자율적으로 움직인다면 갈등이 일어날 이유가 없는 것이다.

그러나 시와 정치가 서로를 밀어낸다는 생각은 예술과 정치가 자율적으로 존재해야 한다는 근대적인 사고방식에서 기인하는 것이다. 우리는 의회나 선거 국면에서 나타나는 정당의 행위들, 또는 정부의 공적 행위들로부터 정치를 생각하곤 한다. 근대 정치체의 형성은 공화국을 구성하고 운영하는 정치의 제도화를 통해서 이루어졌기 때문에 이러한 연상은 자연스러운 면이 있다. 하지만 정치를 근대 정치제도의 운영을 둘러싼 힘 관계로만 한정한다면 그것은 정치를 대의제의 한계 안으로 가두어놓는 일이다. 그러나 근대 정치제도를 넘어서 정치를 생각한다면 시와 정치의 관계는 달리 보일 수 있다.

2000년대 후반부터 한국문학계에서 널리 거론된 프랑스 현대 철학자 자크 랑시에르J. Ranciere는 '정치적인 것'이란 개념을 통해 정치와 예술의 관계를 재정립한다. 랑시에르에 따르면 치안police은 감각적인 것을 구획하여 볼 수 있는 것과 볼 수 없는 것을 분배하지만, 예술은 그 감각적인 것의 분배를 교란하면서 감각을 재발명하고 재분배한다. 그리고 여기에 예술의 민주주의적 잠재성과 직접적인 정치성이 있다는 것이다. '정치적인 것'이란 랑시에르의 개념화에 따르면 "자리들과 기능들을 위계적으로 분배하는 것에 바탕을" 둔 치안과 해방 과정의 이름인 정치가 마주치는 현장[1]이다. 그런데 그에 따르면 예술 역시 감각을 분배하는 치안과 그 감각을 해체하고 재분배하는 과정이 마주치는 현장이어서, 직접적으로 정치적인 것을 창출한다.

그렇다면 언어를 통해 감각적인 것을 발명하고 재분배하는 시 역시 자신의 방식대로 정치성을 가지고 있다고 하겠다. 시와 정치는 물과 기름처럼 겉도는 것이 아니다. 시와 정치는 치안을 각각 나름의 방식으로 교란하고 붕괴시키는 해방 과정이며 그래서 둘 모두 정치적인 것을 창출한다. 하지만 이는 '시-예술'이 정치의 도구가 되는 것을 의미하지 않는다. 랑시에르는 미학의 정치와 정치의 미학이 다르다고 한다. 미학의 정치는 자기 방식대로 직접적으로 정치적이라는 것이다. 하지만 미학의 정치와 정치의 미학의 차이가 두 영역의 분리를 의미하지는 않는다. 두 영역은 서로 연결되면서 변형되고 확장되며 고양될 수 있다. 예술은 그 자체로 정치적이지만, 정치의 미학과의 연결을 통해, 나아가 그 정치의 미학에로의 참여를 통하여 더욱 창조적이며 정치적인 예술이 탄생할 수 있다. 이 참여란 예술이 정치를 대변한다거나 재현하는 것을 의미하지 않는다. 이때에도 예술은 고유한 방식으로 직접적으로 정치적인 것을 창출하기 때문이다.

정치를 치안에 저항하는 시민 다중 — 랑시에르는 '몫 없는 자들'이라는 개념을 사용한다 — 의 해방 과정이라고 달리 개념화하면 시와 정치는 갈등 관계에 놓인 것이 아니라 정치적인 것을 공유하면서 서로 필요로 하고 접속하며 섞이는 관계에 있다고 할 수 있다. 그래서 시는 정치로부터 독립적이어야 한다는 생각은 한편으로는 맞지만 다른 한편으로는

---

1   자크 랑시에르, 양창렬 역, 『정치적인 것의 가장자리에서』, 2008, 길, 135~136쪽

틀리다고 할 것이다. 즉 그 생각은 시가 정치의 도구화가 되어서는 안 된다는 의미에서는 맞지만 시가 정치와 무관해야 한다는 의미라면 틀리다.[2] 시는 그 자체로 정치적이지만 자신의 고유한 정치성을 시민들의 저항 정치와 접속하면서 정치에 참여하는 경우도 있다. 이를 '정치시'라고 개념화할 수 있을 것인데, 우리가 존경하는 시인들의 '저항시'는 바로 이러한 '정치시'라고 말할 수 있을 것이다. 사실 한국 근대시의 정전을 형성하고 있는 시인들, 이육사나 한용운, 김수영이나 신동엽 등의 저항시는 일본 제국주의에 저항하는 일종의 '정치시'인 것이다.

그렇기에 시는 정치적인 색채를 띠지 말아야 한다든지 시가 정치적이 되고자 하면 그 예술성이 떨어진다든지 하는 생각은 문제가 많다. 시가 정치, 특히 제도 정치의 시녀가 된다면 그 시는 예술적으로 파탄이 날 뿐만 아니라 시의 정치성도 구현하지 못하는 경우가 될 것이다. 독재체제에 볼 수 있는 권력자나 체제 찬양의 시가 그렇다. 당의 방침에 따라 쓰는 시도 그럴 것이다. 그러나 시 자체의 정치성을 전경화前景化하면서 정치와 접속하는 시는 시의 본령에 어긋나지 않는다. 어쩌면 시의 본령에 충실한 시라고도 할 수 있다. 그러한 '정치시'는 시가 지니는 정치성을 더욱 의식화하여 치안에 저항하는 해방 과정에 힘을 보태고, 그리하여 그 해방 과정을 확장 증폭시키는 데 기여하고자 한다.

한국 현대시의 명편들 중 다수는 정치와 접속하고 정치로부터 시적 자양분을 얻으면서 창작되었다. 그도 그럴 것이 한국의 근대사는 정치적인 것이 격렬하게 창출되면서 이루어졌다. 일본의 근대로 식민화되고 이에 저항하면서 한국의 근대성은 형성되기 시작했다. 식민지로부터 벗

---

2   반복해서 말하자면, 이때의 정치는 정치 제도를 둘러싼 정치, 제도를 통한 정치가 아니라 시민이 치안의 권력에 저항하면서 이루어지는 정치다.

어난 이후에도 분단, 군사정권과 개발독재, 신자유주의의 지배 등에 저항하면서 정치적인 것이 지속적으로 창출되었으며, 최근 그것은 '촛불혁명'을 통해 거대하게 불타오르기도 했다. 한국 현대시는 그 출발 때부터 이러한 정치와 무관할 수 없었으며 한국 현대시 다수가 정치에 접속하고 참여하면서 그 창작이 이루어져 왔다. 이러한 '정치시'의 전개 과정을 여기서 다 개관하기는 힘들기에, 2000년대 이후에 이루어진 '정치시'의 양상들을 정리하는 데 만족하기로 한다.

정치 현장과 접속하는 시

2000년대는 신자유주의가 본격화되면서 자본주의의 횡포가 더욱 가시화되기 시작한 시기였다. 이 시기의 전반기는 '민주화 세력'이 정권을 잡은 시기였지만, 그 정권이 노동자에 친화적인 정권은 아니었기에 노동운동에 대한 탄압 역시 계속되었다. 특히 비정규직 노동자들의 양산으로 노동계급의 투쟁 양상이 전과 다르게 나타나기 시작했다. 기업은 비정규직 노동자들을 자유롭게 해고할 수 있기 때문에 조금만 회사가 어려워지거나 노동자들이 저항의 모습을 보여주게 되면 가차 없이 그들을 '정리해고' 시켜버렸다.

이러한 상황에서 노동자들의 저항을 시로 표현하고자 하는 '노동시'가 다시 부활하고, 또한 새로운 세대의 젊은 노동자 시인들이 등장하기 시작했다. 1980년대 중반 이후 사회주의적 정치의식과 직접적으로 연결되는 '노동시' 운동이 급부상했다. 허나 현실 사회주의 몰락 이후인 1990년대 중반에 오면, '노동시'가 급속히 퇴조하는 듯했다. 물론 노동자 시인들은 계속 시를 썼으나 문학계에서의 파괴력은 전만큼 강하지 못하게 된 것이다. 그런데 신자유주의의 폐해가 본격적으로 드러나기 시작한 2000년대 중반부터, 저항적인 노동시가 다시 활발하게 발표되었으며 그 영향력도 강화되었다.

새로운 세대의 저항적인 노동자 시인들 중 송경동이 상당한 주목을 받았다. 2000년대 중반 이후, 그는 시인으로서뿐만이 아니라 운동가로서도 활발한 활동을 보여준 바 있다. 그는 현실에 직접 개입하여 '몫 없는 자들'의 마음을 들끓게 하는 선동시를 통해 그들의 정치적 행동을 촉발하려고 시도한다. 송경동에게 시의 현실화란 억압받고 착취당하는, "비천한 모든 이들"(「사소한 물음들에 답함」)이 말할 수 있는 세상, 그들이 자신의 삶의 존엄성을 지키고 타자를 사랑할 수 있는 삶의 능력을 개화할 수 있는 세상이 이루어졌을 때를 의미한다. 그러한 세상이 그냥 올 수는 없고 투쟁을 통해서만 올 수 있는 것이라면, 그리고 그 투쟁 과정에서 시가 무기가 될 수 있다면, 그는 이 또한 시의 영예라고 생각하는 시인이다. 그러므로 무기로서의 '선전선동 시'를 쓰는 행위는, 송경동으로서는 반시反詩적인 것이 아니다.

선전선동 시를 잘 쓰기 위해서 시인은 '미적 형식' 또는 언어의 시적 효과에 대해 등한시할 수 없다. 왜냐하면, 거리에서 시를 쓰고 집회에 모인 청중을 대상으로 시를 읽으려고 하는 시인에게, 시의 성공 여부는 자신의 시가 청중에게 그들의 심적인 힘과 정치적 의지를 얼마나 북돋아 줄 수 있느냐에 달려 있는 것이기 때문이다. 청중의 힘과 의지를 북돋기 위해서는 효과적인 형식에 대해 고심하고 실험해야 한다. 그렇기에 선전선동시를 쓴다고 하여 송경동이 시적 표현에 신경 쓰지 않고 자신의 관념만 나열하는 식으로 시를 쓸 것이라고 생각하면 오산이다. 용산 참사를 주제로 하고 있는 「냉동고를 열어라」는 선전선동의 효과를 배가시킬 수 있는 시적 형식에 대해 시인이 고심하고 있음을 보여준다.[3] 후반부를 인용한다.

150일째 우리 모두의 양심이

차가운 냉동고에 억류당해 있다

150일째 이 사회의 민주주의가

차가운 냉동고에 처박혀 있다

150일째 이 사회의 역사가

차가운 냉동고에 얼어붙어 있다

이 냉동고를 열어라

이 냉동고에 우리의 용기가 갇혀 있다

이 냉동고를 열어라

이 냉동고에 우리의 권리가 묶여 있다

이 냉동고를 열어라

이 냉동고에 우리의 미래가 갇혀 있다

이 냉동고를 열어라

이 냉동고에 우리 모두의 소망인

평등과 평화와 사랑의 염원이 주리 틀려 있다

거기 너와 내가 갇혀 있다

너와 나의 사랑이 갇혀 있다

---

3   용산 참사의 희생자들 가족은 희생자들의 명예 회복을 위하여 장례를 치르지 않고 시신을 냉동고에 그대로 보관하면서 당국과 투쟁했다. 이와 관련한 집회에서 이 시는 낭독되었다.

제발 이 냉동고를 열어라

우리의 참담한 오늘을

우리의 꽉 막힌 내일을

얼어붙은 시대를

열어라 이 냉동고를

— 송경동, 「냉동고를 열어라」 부분

송경동

이 시는 집회에서의 낭송을 목적으로 하여 씌어졌음에 유의해야 한다. 즉 이 시의 진가를 알기 위해서는 송경동의 낭송을 직접 들어봐야 한다(이 시에 대한 시인의 낭송은 인터넷을 통해 쉽게 찾아 들을 수 있다). 그 낭송을 들어보면, "이 냉동고를 열어라 / 이 냉동고에"라는 반복되는 문구와, 그 반복 문구 사이에 삽입되어 점

층적으로 변조되고 있는 문장이 어울리면서 점점 급박한 리듬이 창출되고 있음을 느낄 수 있다. 점점 급박하게 변조되는 리듬은 청자의 감정을 고양시킨다. 즉 이 시에 쓰인 반복과 변조, 대구법은 낭송에 급박한 리듬을 형성하면서, 그 리듬에 호응한 청자의 심장을 북소리처럼 두드린다.

그 리듬은 진술되는 내용, 즉 참사라는 사회적 사건과 호응하면서 청자가 어렴풋이 품고 있었던 분노와 비애를 증폭시킨다. 이러한 리듬을 창출하고 있는 시적 구성은, 시가 집회에 사용될 때 가질 수 있는 정치적인 효과를 최대한으로 높이기 위해서 시인이 세심하게 만든 것이다. 그것이 아니라면, 오랜 습작 끝에 시인이 자연스럽게 터득한 기법에서 나온 것이다. 이 기법의 특징은 직설에 기반하고 있다. 직설적인 문장들의 반복 변주가 북소리와 같은 리듬을 형성하여 특유한 시적 효과를 만들어내고 있는 것이다. 이러한 효과를 통해 위의 시는 '비천한 자들'의 집회 현장에서 창출되고 있는 정치를 의미화하고 고양시킨다.

한편, 문동만의 아래 시는 방금 읽은 송경동의 '선전선동 시'와는 다른 양상의 노동시의 정치성을 보여주고 있다.

가리봉동 기륭전자 앞
급조된 망루 위에 한 여인이 농성중

강패와 구사대는 밑동을 흔들며
뛰어내릴 테면 뛰어내려보라고 죽을 테면 죽어보라고
폼만 잡지 말고 확실히 결행해보라고

어떤 힘에도 밀리지 않던 그녀가 이 조롱에는 흔들린다
육두문자는 그녀의 가슴팍을 지지한
작대기를 걷어차라고 한다
작대기가 걷어차이면 지게는 앞으로 고꾸라지는 것

순간
94일을 굶은 여인은 아시바에 두 팔을 건다
두 팔은 지게끈처럼
가녀린 두 다리가 쭉 지게다리처럼
허공에 걸린 가벼운 지게

허공은 가벼운데 발바닥 아래 세상은

무거운 중력이 되어 그녀를 끌어당긴다

아무리 부려도 가벼워지지 않는 짐에 화염이 붙는다

그녀가 흔들리는 지게가 되자

또아리를 틀고 아가리를 벌리던

무리들 몇 발짝 물러났다

잠시 평온이 흘렀고 사위는 어두워지고

몇몇 소녀의 흐느낌과 아우성이 터졌다

그 울음만이 지상의 매트리스였다

— 문동만, 「지게」 전문

문동만

송경동처럼 새로운 세대 노동자 시인 중 한 사람인 문동만 시인 역시 노동자들의 '투쟁현장'에 활발하게 결합하고 있는 실천적인 시인이다. 그 역시 현장에의 참여를 통해 창작되고 현장에서 작동되는 시를 많이 쓰고 있다. 기륭전자 해고 노동자가 농성하고 있는 현장을 그리고 있는 위의 시 역시 투쟁현장에서 나온 시라고 볼 수 있다. 그런데 위의 시를 보면, 그의 시는 송경동의 '현장시'보다는 덜 직설적이고 상대적으로 더 농도 짙은 서정을 보여주고 있다. 위에서 인용한 송경동의 시가 어떤 '절규'의 리듬을 통해 현장에 있는 사람들의 마음을 움직이려고 한다면, 위의 시는 삶과 죽음이 외줄에 걸려 있는 투쟁 현장의 절박성을 "급조된 망루 위에"서 농성하다가 "흔들리는 지게"가 된 한 여성 노동자의 모습을 통해 강렬하게 보여준다. 이 노동자는 구사대에 의해 생명을 위협받으면서도 이에 굴하지 않고 죽음을 불사하면서 저항한다.

위의 시는 전율적인 상황이 실제로 일어나고 있는 투쟁 현장을 리얼리스틱하게 드러냄으로써 이데올로기에 뒤덮인 세상에서 실재The Real가 무엇인지 고발한다. 저러한 현장을 직접 경험한 사람은 극소수일 터, 그래서 저렇게 현장을 제시하는 것은 여전히 진실을 드러낸다는 면에서 문학적인 가치를 가진다. 나아가 인간으로서의 존엄성을 지키기 위해 목숨을 건 여성 노동자의 모습을 통해 착취와 배제, 그리고 폭력이 횡행하는 실재를 변화시킬 수 있는 어떤 잠재력을 드러낸다. "흐느낌과 아우성"만이 여성 노동자를 위한 "지상의 매트리스"가 되어준다는 시적 발견은, 그 잠재력이 어떻게 형성되는 것인지 알려준다. 그렇게 잠재력이 드러나면서 시의 내면에서 시적인 것이 강렬하게 분출된다.

우리가 지금까지 읽어본 송경동과 문동만 등, 젊은 노동시인들은 이렇게 투쟁 현장과 밀접하게 관계를 맺으면서 2000년대를 점령한 신자유주의에 직접적으로 저항하는 길을 걸었고 지금도 걸어가고 있다.

알레고리와 유머를 통한 정치성의 표현

보수주의 정권이 들어선 2000년대 후반에는 '노동시'의 전통과는 다른 방향에서 새로운 '정치시'가 생성되고 있는 징후들도 보이기 시작했다. 사실, 2000년대 들어 문학이 탈정치화되었다면서 우려를 나타낸 사람들이 많았다. 특히 그들은 젊은 문인들의 시가 정치 윤리적인 문제를 외면하고 있다고 하여 비판을 하곤 했다. 그러나 소위 MB 정부가 들어선 후 '광우병 파동'과 '촛불 봉기'가 일어나고 연이어 용산참사가 일어나면서 젊은 문인들을 포함한 많은 문인들이 집단적으로 정치적 발언 — 선언의 형식으로 — 을 해나갔다. 그 발언들은 적어도 현재의 한국 문인들이 인권이라든지 민주주의와 같은 정치 윤리적인 문제를 외면하지 않고 있다는 것을 보여주었다.

　일련의 '반민주적' 사건을 경험하면서 '한국작가회의' 문인들이 시국선언을 했다. 한국작가회의가 비교적 문학과 사회적 실천의 관계에 대해 고민해 왔던 작가들의 단체라는 면에서 그 시국선언은 예상된 일이었다 할 것이다. 그런데 문인들의 선언은 한국작가회의라는 '조직'에서뿐만 아니라, 비교적 비정치적인 문학 세계를 보여주었다고 판단되었던 젊은 문인들이 상당수 참여하면서 이루어진, 느슨하고 자율적인 모임에서도 이루어졌다. 소위 '6·9 작가선언'이 그것이다. '6·9 작가선언'의 특징은 선언에 참가한 자들이 모두 선언문 작성에 참여했다는 점이다. 즉 선언은 작가 한 사람 한 사람의 선언적인 문장으로 이루어졌던 것이다. 이는, 대표가 선언문을 쓰고 이에 회원들이 찬동하는 형식으로 이루어진 한국작가회의의 선언과는 다른 면모를 보여주었다. 또한 '6·9 작가선언'의 경우는, '미학주의자'로 판단되곤 했던 젊은 작가들이 사회적 실천 행위에 뛰어든 것이어서 더욱 주목되었다.

　2000년대 등장한 젊은 시인인 진은영도 그중에 한 사람이다. 그는 시의 정치적 참여의 길을 새로이 모색하는 시와 산문을 발표하여 많은 주목을 받았다. 그는 「감각적인 것의 분배」라는 산문을 통해 '시와 정치'에 대한 논의의 물꼬를 텄다. 이 산문이 발표되고 나서, 2000년대 후반부터 한국 시단에서는 '시와 정치'를 둘러싼 담론이 활발하게 전개되었다. 이렇게 진은영이 물꼬를 튼 '시와 정치' 담론이 전 문단적인 주목을 받을 수 있었던 것은 '촛불'과 '용산참사'라는 두 사건 때문이었을 것이다. 그 사건들은 우리 삶의 '실재'가 무엇인지 드러냈다. 그 실재는, 안온하게 전복의 포즈만을 취하는 경향이 있던 한국 시단에 충격을 주는 것이었다. 이러한 현실을 앞에 두고, 진은영은 시가 과연 '정치적으로' 무엇을 해야 할까라는, 그간 다소 금기시되어 왔다고까지 할 그러한 질문을 위의 산문에서 정면으로 제기한 것이었다. 이와 동시에 그녀는 독특한 형식의 정치적인 시를 발표해 나갔다.

관료들은 결정을 서두른다.
노래는 폐허와 부패의 미끌거리는 창자를 입에 문 채
갈가마귀처럼 하늘을 날아가는 법이라고
우리를 가르치기 위해?
또는
고통과 비명의 자유로운 확산과 교역을 위해?

그들은 결정을 서두른다.

폐병쟁이 시인을 위해 흰 알약의 값을 올리고
아직도 발자크처럼 건강한 소설가에게는
어미소를 먹인 얼룩소를 먹이도록.

잠든 이웃에게는 아름다운 나라의 산업폐기물이

트로이의 목마처럼 입성하는 도시들과

햄릿에서처럼

독극물이 고요한 한낮의 귓속으로 흘러드는 이야기를 선물하라.

당신들은 결정을 서두른다.

이런 결단들은

종이봉지에서 포도송이를 꺼낼 때처럼

조심스럽거나 부스럭거려서는 안 된다.

소리 없이

비닐봉지를 획 가르고 떨어지는 나이프처럼

사람들이 모여들기 전에.

— 진은영, 「문학적인 삶」 부분

진은영

진은영의 이 시는 불투명하다. 우선 제목과 시의 내용이 어떻게 연결되는 것인지, 명확하게 파악하기 힘들다. 그래서 '노동시'의 정치성에 익숙한 사람들로서는 이 시가 과연 정치적인 내용을 담고 있는 시라고 말할 수 있을까 의심할 수도 있다. 하지만 이 시는 폭력적인 관료 세계의 어떤 운행이 암시되면서 돌발적인 이미지가 갑자기 등장함으로써 독자에게 강한 인상을 부여하는 데에 성공하고 있다. 그 폭력은 국가나 대중 매체에서 떠들어대는, 하도 사용되어 흐물흐물해진 말인 '문학적인 삶'과 연결되어 나타난다. "관료들은 서두른다", "고통과 비명의 자유로운 확산과 교역을 위해?"라고 시적 화자가 말할 때, 독자들은 자연스럽게 삶을 파괴하는 신자유주의적인 세계화와 이른바 '문학의 세계화'를 겹쳐서 생각하게 된다. 그런데 관료들이 서두르는 결정의 내용은 "흰 알약의 값을 올리고", "어미소를 먹인 얼룩소를 먹이"며, "산업폐기물이 / 트로이의 목마처럼 입성하"도록 하는 것이다. 그와 동시에 폐병쟁이 시인과 발자크와 햄릿과 오딧세이의 이야기가 마치 트로이의 목마인양 삶을 파괴하기 위해 이웃 속으로 들어온다.

그 관료들이 누구를 가리키는지 애매모호하지만, 시인은 그 애매함을 통해 시적 효과를 증폭시킨다. 저 관료들의 애매함은, 그들이 우리 주변에 유령처럼 배회하는 존재로서 현상하도록 만든다. 하지만 그들은 우리의 귀에 독극물을 붓는 결단을 명령하는 권력자들이다. 그들은 마치 존재하지 않는 것처럼 몸을 드러내고 있지 않지만, 모든 곳에 존재한다. 사람들은 이들이 어떤 결단을 내리고 있는 사실조차도 알지 못한다. 그들의 결단은 "사람들이 모여들기 전에" "비닐봉지를 휙 가르고 떨어지는 나이프처럼" "소리 없이" 이루어지기 때문이다. 사람들이 모이기 전에 모든 것은 나이프의 칼날처럼 신속하고 날카롭게 결정되어야 한다. 이때 "-은 결정을 서두른다"라는 문형의 반복은 독자로 하여금 어떤 공포의 감정에 젖어들게 만든다. 그리고 그렇게 반복되는 문구 사이에 삽입되는 선명하면서도 강렬한 시적 이미지는 독자에게 시각적 충격을 준다. 이렇게 읽어보면, 진은영의 위의 시에 대해, 다국적 자본과 국가(관료)가 벌이는 삶의 파괴와 그것과 관련된 문학의 문제를 알레고리로 보여주는 시라고 말할 수 있다.

한편 2000년대 후반에는 1980년대에 출생한 시인들 — 이들은 IMF

와 함께 청(소)년 시절을 살기 시작했다 — 중에서 현 시대에 대한 정치적 저항을 선언하는 시인도 나타나기 시작했다. 이 시인들은 노동시의 현장성과 리얼리즘에서 벗어나 있지만, 진은영 시인과 같이 고유한 형식을 창출하면서 정치적인 시를 쓰고자 했다. 그 중 서효인은 기성세대 전반에 대해 비판하면서 새로운 방식으로 저항할 것을 선언한 시인이다. 그는 기성세대가 만든 가치가 IMF 경제 위기에서 볼 수 있듯이 무력한 것임에도 불구하고, 기성세대는 그 무력한 가치를 소년들에게 폭력적으로 강요하고 있다고 판단한다.

그의 첫 번째 시집 『소년 파르티잔 행동지침』(2010)에 실린 「분노의 시절 – 분노 조절법 중급반」의 "한국 놈들은 맞아야 정신 차린다고 이를 부드득 갈며" "이글이글한 분노의 원심력을 당구 큐대나 야구방망이나 담양대뿌리 등에 부착해 허공에 휘두"르는 '선생' 같이 말이다. 그는 기성세대가 폭력적으로 강요하는 가치에 맞서 저항할 것을 선언하는데, 그 저항은 '파르티잔'적 방법으로 이루어져야 한다고 주장한다. 파르티잔적인 저항이란 무엇인가? 첫 시집의 표제작인 「소년 파르티잔 행동지침」에 따르면, "만국의 소년"이 "붉은 엉덩이를 치켜들고" "분열"하는 것이다.

우리학교야자시간 : 수레바퀴의 빈틈에 덕지덕지 달려들어 주제들의 세상을 혼내 줄 시간, 휘영청 휘영청 마음껏 변신할 것, 양껏 분열할 것.

— 생뚱한 바람이 거대한 치마를 들어 올려 아이스크림 한 입 베어 먹기 전까지 우리의 항전은 끝나지 않아요. 근엄한 얼굴로 인생의 진리를 논하는 정규군의 향연에 더 이상 뒤를 대지 않을 테니 그리 알아요. 부릉부릉 분

열하는 파르티잔들이 습격을 거듭하는 이상한 트랙에서, 소년들이여, 등에
누운 참고서 아래에 붉고 뜨거운 바람의 계곡을 기억해요. 그리고 궐기해
요. 배운 대로, 그렇게, 뿅.

— 서효인, 「소년 파르티잔 행동 지침」 부분

기성세대의 '꼰대' 기질에 대한 시인의 불신은 깊
다. 시인은 "근엄한 얼굴로 인생의 진리를 논하는 정
규군의 향연에 더 이상 뒤를 대지 않"겠다고 선언한
다. 이 정규군에는 국가의 군대에서와 같이 계급 서
열이 있는 것, 이곳에서 젊은 세대는 자신을 주장하
지 못하고 보충병처럼 "뒤를 대"주는 역할밖에 하지
못한다. 정규군은 저항하기 위해선 '단결'이 중요하

서효인

다고 주장하며, 단결을 위해 동일성의 논리를 강요한다. 소위 정규군은
'80년대' 식 운동권 논리로 체제에 저항하고자 한다. 이 소년 시인은, 자
신은 그러한 논리를 통해 저항하지 않겠다는 것이다. 인생의 진리로 단
결한 정규군이 체제와 정면으로 대결하는 방식이 아니라, 분자로 분열
하여 체제의 내부를 습격하고 빠지는 방식으로 저항하겠다는 것이다.

'소년 파르티잔 행동 지침'의 핵심은 "마음껏 변신"하고, "양껏 분열"
하여 '뿅' '궐기'하고 "부릉부릉 분열하는 파르티잔들이 습격을 거듭"하
는 것이다. 분자적인 분열과 변신은 집단의 단일성과 동일성을 해체하
며, '뿅'과 같은 유희적 태도는 굳어 있는 근엄한 얼굴을 깨뜨린다. 그래
서인지 『행동지침』에서 시인은 시종 장난스러운 어조로 이야기한다. 하
지만 이러한 소년 파르티잔의 어조는 '선생'의 이름으로 가해지는 기성
세대의 폭력에 대한 대응 방식이지 무책임한 가벼움을 의미하지는 않는

다. 그 어조는 "근엄한 얼굴"이 폭력이 되는 세상에서 그 폭력으로부터 도주하기 위해 선택된 것이어서, 그 장난기에는 실패한 자들에 대한 슬픔과 폭력적인 세계에 대한 분노가 어려 있다.

반어적인 장난기의 어조를 통해 기성 정치와 현실을 비판하는 형식은, 2000년대 후반에 새로이 등장한 젊은 세대 시의 특유한 정치성이라고 말할 수 있다. 이들은 기성 시의 정치성에 드리워진 엄숙성에서 자신의 세대를 짓누른 도덕 — 죄책감을 주입하는 — 의 그림자를 보았다. 그러나 한편으로 서효인이 단결보다는 분열을 선택하는 '파르티잔'의 방식으로 저항하자고 주장하는 것은, 젊은 세대가 '프레카리아트(불안정노동자)화'되는 현실을 일정 정도 반영하는 것이라고 판단된다.[4]

'이미지 사유'와 상징화를 통한 저항

2000년대 이후 활발히 전개된 시의 정치성 담론에서는 주로 '감각적인 것의 정치성'에 대한 논의가 중심을 이루는 감이 있었다. 앞에서 거론한 랑시에르의 이론에 기대서였다. 하지만 시인은 감각적인 것의 재분배뿐만 아니라 시적 '사유'를 감행하는 사람이기도 하다. 시인은 현실의 심층부를 읽어내고 미래를 투시하고자 하는 이다. 시인은 현실의 심층부에서 사회의 위기, 현재 우리 삶의 위기를 읽어내고 사유한다. 그 시인

---

4   그러나 젊은이들의 불안정 고용이 더욱 심화되고 있는 현재의 현실은, 저러한 '유쾌한 저항'을 지속할 수 없도록 만드는 것 같다. 1980년대 초반 생인 서효인보다 더욱 젊은 시인들의 시에서는 저런 유쾌함을 찾아보기 힘들다. 2010년대에 발표되기 시작한 이들의 시는 추상적이고 암울하다. 이러한 경향은 구체적인 정동과 소통마저도 추상적으로 교환 가치화되고 있는 현 자본주의의 특성과 무관하지 않다.

의 사유는 시적으로 이루어진다. 그는 이미지를 통해 사유하고 이를 이미지를 통해 표현한다. 이 현실 속에 내장된 위기를 읽어내는 '이미지-사유'가 정치적 현실에 대한 적극적인 비판으로 나아간다면, 그 시적 사유를 이미지화한 시 역시 정치시에 해당된다고 말할 수 있다. 그렇기에 정치시 안에는 노동 현장에 대한 리얼리스틱한 묘사나 집회 현장에서의 행사시만이 아니라 묵직한 사유를 담고 있는 시도 포함된다고 하겠다.

2014년에 일어난 '세월호 참사'는 시인들에게 현 한국 사회의 본질적인 문제뿐만 아니라 현재의 자본주의 문명 전반에 대해서까지도 깊고 넓은 사유를 해야 한다는 과제를 시인에게 부과했다. 또한 '세월호 참사'는 지금까지 이어져 온 한국사회의 뿌리 깊은 병폐와 시인들이 대결해야 한다는 것을, 이 사회 체제를 지탱하고 움직이고 있는 권력에 저항해야 한다는 것을 깨우쳐주었다. 세월호 참사 이후 "가만히 있지 않겠다"라는 다짐을 한 시인들은 시의 고유한 '이미지-사유'를 생산하고 이를 세상에 전파함으로써, 문학예술의 정치적 잠재력을 "가만히 있으라"고 명령하는 권력에 대한 저항의 정동적인 힘으로 현실화하고자 했다.

특히 백무산은 이러한 저항을 향한 '이미지-사유'를 거대한 규모로 감행한 시인이다. 그는 세월호 참사가 일어난 지 1년 후에 출간한 『폐허를 인양하다』에서 세월호 인양을 둘러싸고 지지부진한 상황 전개를 지켜보면서 선진 자본주의 문명의 맹점을 꿰뚫어 보여준다. "마천루를 들어올리는 기술은 있어도 저 버림받은 가벼운 목숨들 들어올리는 기술은 존재하지 않는"다는 것이 바로 최고의 기술 문명을 자랑하는 선진 자본주의 세계라는 것이다. 백무산은 「인양」의 마지막 연에서 다음과 같이 쓰고 있다.

무엇을 인양하려는가 누구는 그걸 진실이라고 말하고 누구는 그걸 희망
이라고 말하지만 진실을 건져올리는 기술은 존재하지 않고 희망이 세상을
건져올린 적은 한번도 없다 그것은 희망으로 은폐된 폐허다 인양해야 할
것은 폐허다 인간의 폐허다

— 백무산, 「인양」 부분

백무산

　　우리의 상식을 뒤집는 인식, 아이러니를 넘어서 기
성 인식을 전복하는 인식이 시적인 인식이라고 할 때,
위의 시는 그러한 인식을 잘 보여주는 예이다. 위의
문장들은 희망에 기대는 우리의 습성을 전복한다. 인
양해야 하는 진실은 희망이 아니라 폐허라는 것. 희망
은 폐허라는 진실을 은폐할 뿐이며, "세상을 건져올린
적은 한번도 없다"는 것. 폐허를 인양하라는 말은 이 세상이 폐허임을 직
시하는 데서 출발해야 한다는 말이다.『폐허를 인양하다』에서 백무산은
'폐허'라는 상징적인 이미지를 중심으로 깊고 넓은, 그리고 근본적으로
비판적인 사유를 전개한다.

　　어쩌다 한밤중 산길에서
　　올려다본 밤하늘
　　만져질 듯한 별들이 패닉처럼
　　하얗게 쏟아지는 우주

　　그 풍경이 내게 스며들자
　　나는 드러난다

내가 폐허라는 사실이

죽음이 갯벌처럼 어둡게 스며들고
사랑이 불같이 스며들고
모든 질서를 뒤엎고 재앙의 붉은 피가 스며들 때
나는 패닉에 열광한다

내게 고귀함이나 아름다움이나
사랑이 충만해서가 아니다
내 안에 그런 따위는 눈을 씻고 봐도 없다
그런 따위로 길이 든 적도 없다

다만 가쁜 숨을 쉬기 위해서
갈라터진 목을 축이기 위해서
존재의 소멸이 두려워 손톱에 피가 나도록
매달린 적은 있다
고귀함이나 사랑 따위를 발명한 적은 있다

패닉만이 닿을 수 없는 낙원을 보여준다
나는 그 폐허를 원형대로 건져내야만 한다

— 백무산, 「패닉」 전문

이 '패닉panic'이라는 불가사의한 말은 무엇을 의미할까? 조정환의 '시집 해설'에서 설명되어 있듯이 '패닉'은 심리학에서는 공포, 경제학에서는 공황을 의미한다. 패닉은 심리적 공황상태를 의미하기도 하는데, 그것은 큰 충격을 받아 무엇을 어떻게 해야 할지 모르는 상태를 지칭한다. 한편으로 'pan'은 역사학에서 '모든 것들'을 의미한다고 한다.[5] 이러한 다양한 의미를 함유하는 '패닉'을 백무산은 나름대로 독특한 의미화를 이루어내고 있다. 별들이 "하얗게 쏟아지는 우주"의 "풍경이 내게 스며들" 때 엄습하고, 그러한 엄습으로 인해 "내가 폐허라는 사실이" 드러날 때 '나'는 패닉에 빠진다. 그 '폐허'는 "모든 질서를 뒤엎고 재앙의 붉은 피가 스며들 때" 드러나는 것, 그래서 그 폐허에는 "죽음이 갯벌처럼" 스며드는 것이다.

하지만 그와 동시에 사랑 역시 "불같이 스며"든다는 것이 백무산의 독특한 시적 인식이다. 재앙은 사랑의 가능성을 품는다. 하지만 그러한 가능성은 내면이 사랑으로 "충만해서가 아니"라, "존재의 소멸이 두려워 손톱에 피가 나도록 / 매달"리면서 "고귀함이나 사랑 따위를 발명"해야 했기 때문이다. 소멸하지 않기 위해서는 사랑하지 않으면 안 되었기 때문이다. 이 절박한 사랑의 요구 때문에 시인은 "사랑이 불같이 스며"든다고 말한다. 사랑은 죽음이 스며들고 질서가 무너지는 패닉의 상태가 발명하도록 추동한 것, 그렇기에 '패닉'은 도리어 "닿을 수 없는 낙원을 보여"주는 반전을 이루어내며 시인은 "패닉에 열광"하는 것이다. 시인이 마지막으로 "폐허를 원형대로 건져내야만 한다"고 말할 때, 그것은 죽음과 재앙, 사랑이 스며들어 있는 폐허만이 새로운 세계의 가능성을 가시화할 수 있기 때문이다.

새로운 세계의 가능성은 주체성이 지독하게 파괴되었음을 인식했을

5 　'패닉'은 어원적으로는 하반신은 염소 모양이며 머리에는 뿔이 난 '판'에서 비롯된 것인

때 볼 수 있을 것이다. 즉 미래의 폐허를 내재하고 있는 '정상 사회'에서, 새로운 대지의 인간으로 나아갈 가능성은 주체성 역시 폐허가 되고 있음을 절박하게 인식해야 생길 수 있는 것이다. 위의 시는 이렇듯 새로운 세계를 향한 정치적 비전을 '이미지-사유'를 통해 제공한다. 백무산의 후배 세대이면서, 역시 그처럼 '노동시'를 써왔던 황규관 역시 그의 시적 인식을 공유한다. 아래의 시를 읽어본다.

아직껏 내가 가져보지 못한 것 중에

가장 찬란한 것은 허공이라네

갓난아기가 꼭 쥐고 놓지 않는 것

차마 먼저 돌아서지 못하는 어머니의 눈빛 같은 것

마지막 구호를 삼켜버린 망루의 불꽃 같은 것

모든 신앙은 미신이지 주기도문도

허리를 분질러버리는 삼천배도

모두 허공에 대한 경배 아니던가

가장 나중까지 매달려 있는 이파리가

동틀 무렵 잠깐 증명하는 것을

나는 아직까지 갖지 못했네

바람이 지나가고 아무 형식도 없는 탄식이

낙오된 기러기처럼 뒹구는 곳

어쩌면 끝내 내가 되지 못할,

내 싸움이 지향했던 13월 같은 것

대신 끝나지 않은 책을

데, 판은 흉한 외모로 버림받아 갈대 피리를 구슬프게 불며 살았다고 한다.

나는 이제 허공이라 부르겠네

내 몸이 다 녹아 파도로 돌아가는 순간이 허공이라고

오직 저 나비의 귀에만 속삭이겠네

— 황규관, 「허공」 전문

황규관

위의 시에서 허공은 "가장 찬란한 것"으로서 적극적으로 긍정된다. 충만한 사랑의 시간은 지금 여기 없다. 그래서 허공이다. 하지만 허공은 마냥 비어 있지만은 않다. 그렇기에 "갓난아기가 꼭 쥐고 놓지 않"을 수 있는 대상인 것이다. 하지만 허공은 역시 비어 있는 허공이기에 소유될 수 없다. "차마 먼저 돌아서지 못하는 어머니의 눈빛"처럼 말로 포착하여 자기 것으로 만들 수 없는 시공간, 하지만 잠깐 붙잡을 수는 있는 시공간이 허공이다.

시인에 의해 '찬란한 것'으로 긍정되는 허공은 여전히 고통으로 휘날리는 시공간이다. "마지막 구호를 삼켜버린 망루의 불꽃 같은 것"이기도 하기 때문이다. 그렇게 허공은 억압받는 자의 고통과 설움이 죽음과 이별 직전에 폭발하는 시공간이기도 하다. 허공은 "가장 나중까지 매달려 있는 이파리가" 떨어지기 직전에 휘날리고 있는 곳이기 때문이다. 그래서 허공은 "바람이 지나가고 아무 형식도 없는 탄식이 / 낙오된 기러기처럼 뒹구는 곳"이다. 하지만 고통과 슬픔이 휘날리며 뒹구는 시공간인 허공에서 사랑의 이행과 투쟁이 진행될 것이기도 하기에, 허공은 '찬란'하다. 그러나 사랑의 완성이란 이루어지지 않는 것, 온갖 슬픔과 고통과 사랑의 이행과 투쟁을 기록한 책은 완성되지 않는다.

그래서 마지막 달이란 없다. 12월 이후에 13월이 있다. 달리 말하자면 투쟁은 인간의 달력을 넘어선 시간을 지향한다. 이 13월의 시간을 기록한 "끝나지 않은 책"에 대해서도 시인은 허공이라고 명명한다. 슬픔과 고통과 사랑과 투쟁으로 휘날리고 들끓는 허공에 시인 역시 휘말려 들어가는 순간이 있다. 그것은 "내 몸이 다 녹아 파도로 돌아가는 순간"이다. 허공에서 일어나는 파도에 용해되어 자신 역시도 파도가 되는 순간. 이 순간 역시 시인은 허공이라고 이름 붙인다. 이렇게 위의 시는 '허공'의 여러 의미들을 중첩과 상징화를 통해 새로운 의미로 갱신하고 있다. '허공'에 대한 '이미지-사유'는 새로운 상징적 이미지를 창출하고, 이 상징을 통해 위의 시는 슬픔과 고통의 현실에 투쟁하는 동시에 이 현실을 사랑의 힘으로 변화시키며 다른 세계로 이행한다는 '시적-정치적 비전'을 보여주고 있다.

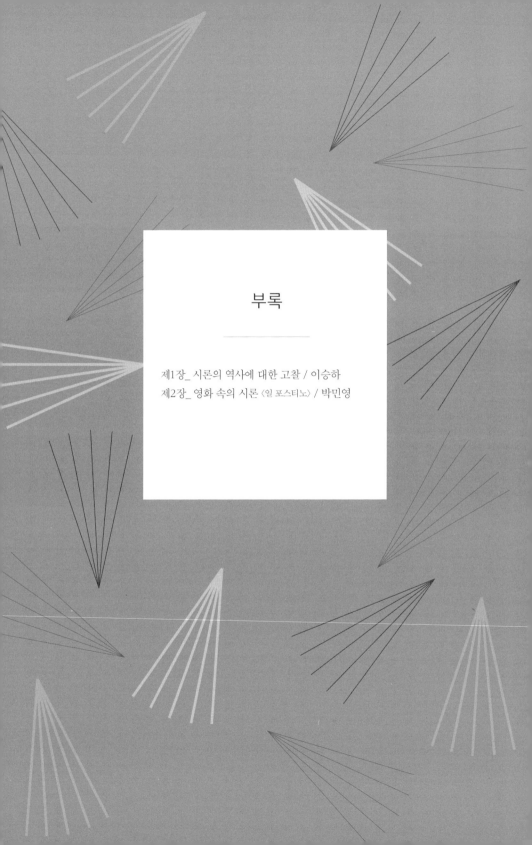

부록

제1장

시론의 역사에 대한 고찰[*]

이승하

이 땅에서 한 해 동안 등단하는 시인의 수는 1백 명이 훨씬 넘을 것이다. 시인도 많고 문예지도 많다. 시집 내기가 쉽지 않다는데 여전히 많이 출간되고 있고, 인터넷 문학 사이트도 즐비하다. 시를 논한 문학평론집도 계속해서 나오고 있다. 해마다 '시의 날'을 기념하는 나라에서 살고 있지만 시의 날이 있는 나라에서 산다고 좋아하고 있을 수만은 없는 이유가 있다. 우리 시단이 영상매체 고속성장의 시대에도 이와 같은 양적인 풍요를 이룬 것은 다행이지만 질적인 심화까지는 이룩하지 못했기 때문이다. 문예지를 펼쳐보면 시인의 고뇌가 배어 있는 시보다는 가벼운 마음으로 쓴 시가 뜻밖에 많다. 시 자체에 대해 진지하게 생각하지 않는 시인이 점점 늘어나는 것도 참으로 우려되는 일이다.

독자들이 즐겨 읽는 시집의 저자는 문예지상에다 시를 거의 발표하지 않는다. 베스트셀러 시집을 내는 몇 안 되는 시인은 유명 출판사에서 시집을 내는 시인을 부러워하지 않는다. 순수문학권의 시인이 재판조차 찍지 못해 전전긍긍할 때 그들 몇몇 시인은 수십 판을 찍으며 독자의

---

* 이 글은 2004년에 낸 책『이승하 교수의 시 쓰기 교실』(문학사상사)의 내용을 수정보완한 것이다.

심금을 울린다. '쉽게 씌어진 시'[1] 너무 많은 것은 결코 바람직하지 않다. 여러 해 고심하며 쓴 시를 모아 출판사의 눈치를 보며 어렵게 시집을 내본들 가까운 동료 시인과 극소수 문학평론가밖에 읽어주지 않는다. 시가 엄청나게 발표되고 있으므로 시의 위기가 아니라고 말하는 사람이 있는데, 그의 말에 동의할 수 없다. 그냥 시가 많이 생산되는 것과 좋은 시가 많이 나오는 것과는 다르지 않은가. 누구나 쓰는 족족 인터넷 온라인에 시를 올릴 수 있는 시대에 시는 폭우처럼 쏟아지고 홍수처럼 떠내려간다. 홍수처럼 시가 떠내려가는데 어떤 시를 건져내 음미할까?

시의 외화내빈이 심화되는 이 시대에 동양과 서양, 그리고 이 땅의 선인들이 시를 어떻게 생각해 왔는지 알아보고자 한다. T. S. 엘리엇은 시의 정의의 역사란 오류의 역사라고 했지만 그 모든 정의가 다 일리가 있다고 본들 어떨까. 시 정의의 역사를 더듬어보려는 것은 결국, 보다 나은 내 시에 대한 열망 때문이다. 형편없는 시를 쓰면서 '당신 시 좀 잘 쓰시오'라고 말할 수는 없으므로.

동양의 시론

무지한 국민을 가르치는 데 시라는 것이 아주 효과적으로 쓰일 수 있다는 효용론적 관점에서 동양의 시론은 시작되었고, 그것은 누구나 알고 있듯이 공자의 말씀을 기록한 『논어論語』에 적혀 있다.

『詩經』에 나오는 시 300편을 한마디로 말하면 생각함에 사특함이 없어

---

1   윤동주의 시 제목.

진다는 것이다[詩三百一言以蔽之曰思無邪].

— 『논어』「위정편(爲政篇)」

입에서 입으로 전해진 시(고대 민요)를 모아 그 내용을 살펴보니 인간의 욕망을 순화시키는 진리가 담겨 있어서 국민 교화에 더없이 좋다는 공자의 말씀은 지금의 관점과는 너무나 다르다. 이러한 효용론, 혹은 풍교론風敎論은 동양의 전통적인 시관詩觀으로서, 중국 시의 역사를 관통해 내려오고 있다. 『논어』에는 이런 유명한 말도 적혀 있다.

> 시는 감흥을 돋우고, 모든 사물을 보게 하고, 대중과 어울리게 하며, 정치를 비판하게 한다. 가까이는 어버이를 섬기게 하고, 나아가서는 임금을 섬기게 할 수 있으며, 새·짐승·풀·나무의 이름을 많이 알게도 한다[詩可以興可以觀可以群可以怨邇之事父遠之事君多識於鳥獸草木之名].
>
> — 『논어』「양화편(陽貨篇)」

국민 교화와 계몽에 도움이 될 책자가 없던 그 시절, 시를 많이 외우게 하면 그것이 곧 공부를 시키는 것이라 공자는 생각했던 듯하다. 이 글에서 특히 중요한 것이 '가이원可以怨'이다. 정치를 잘 못하는 위정자를 은근히 비판할 수 있게 하는 것이 시라고 했으므로 시를 인생 지침서 같은 것으로만 생각했던 것이 아님을 알 수 있다. 시가 국민 교화에 도움이 된다는 효용론적 관점의 시대에 이미 자기표현이 목적이라는 표현론적 관점도 나왔다.

> 시는 뜻을 말하고, 노래는 말을 읊는 것이며, 소리는 가락을 따라야 하고,

음률은 소리와 조화를 이뤄야 한다[詩言志歌永言聲依永律和聲].

—『서경』「순전(舜典)」

시는 마음이 흘러가는 바를 적은 것이다. 마음속에 있으면 지(志)라고 하고 말로 표현하면 시가 된다[詩者志之所之也在心爲志發言爲詩].

—『시경』「대서(大序)」

시가 내 마음, 즉 내 내면의 정서를 표현하는 것이어야 한다는 주장은 일종의 성정론性情論이다. 이는 서구 낭만주의자들의 주장과 흡사하다. 독자가 시를 읽고 무엇을 깨닫고 어떤 감흥을 느끼느냐가 중요한 것이 아니라, 내 개인의 정서와 상상력이 얼마만큼 잘 드러났는가가 중요하다는 것이다. 이 관점은 시를 하나의 창조물로 보아 시인의 독창성과 개성을 강조한 것으로서, 거의 같은 시대의 시론이지만 효용론적 관점보다는 보다 더 근대적인 개념이라 할 수 있다. 성정론은 남북조 시대 양나라의 유협(466~520)이 지은 문학이론서『문심조룡文心雕龍』에서도 거듭 강조되고 있다.

시는 지(持)다. 인간의 성정을 간직하는 것이다.『시경』300편을 한마디로 말한다면 마음의 순수성으로 귀결된다[詩者持也持人性情三百之蔽義歸無邪].

—『문심조룡』「명시 제6(明詩 第六)」

유협은 특히 "시는 곧 음악의 정신", "음악의 가사가 시"라고 하며 좋은 시가 되기 위해서는 음악성(운율)을 지녀야 함을 강조했다. 시에 있어 의미도 중요하고 개성도 중요하지만 그에 못지않게 중요한 것이 음악성이라고 본 것은 시의 발달사를 보더라도 지극히 온당한 주장이다. 원시 종합예술에서 시는 틀림없이 음악(노래)의 가사였을 것이다.

　　이렇게 생각할 때, 시는 음악의 정신이며 악곡은 음악의 신체다. 음악의 신체는 악곡이므로 악사는 악기를 바르게 조정하는 데 힘쓰며, 음악의 정신은 시이므로 군자는 훌륭한 가사(歌詞)를 만들지 않으면 안 된다. (…중략…) 무릇 음악의 가사를 시라 하고, 시에 악곡이 붙여진 것을 노래라 하지만, 악곡의 시에 가사가 지나치게 번잡하면 부절(符節)을 맞추기가 힘들다[故知詩爲樂心樂體在聲聲師務調其器樂心在詩君子宜正其文 (…中略…) 凡樂辭曰詩詩聲曰歌聲來被辭辭繁難節].

— 『문심조룡』 악부 제7(樂府 第七)

　　중국에서 시는 당나라 때(618~960)에 황금시대를 맞는다. 청나라 때 편찬된, 간추린 시 전집이라고 할 수 있는 『전당시』에는 2,200여 명 당나라 시인들의 작품 4만 8,900여 수가 실려 있다. 당나라의 두보는 동양의 시인으로서 세계 시문학사에 우뚝 솟아 있는 존재인데, 그의 시론은 별칭 '시성詩聖'에 걸맞게 비장하다. "시어가 사람을 놀라게 하지 않으면 죽어도 그만두지 않으리語不驚人雖死不休", "붓 놓자 풍우가 놀라고 시편이 완성되자 귀신이 우는구나筆落驚風雨詩成泣鬼神" 등에 나타나 있는 그의 시론은 "시는 온몸으로, 바로 온몸을 밀고 나가는 것이다"고 한 김

두보

수영의 시론과 일맥상통하는 바가 있다. 귀신을 감동시킨다는 것感鬼神은 원래 『시경』의 「대서」에 나오는 말인데 두보는 이 말이 마음에 들었나

보다. 두보에게 시를 짓는 일은 울적한 심사를 달래기 위한 심심파적이 아니라 언제나 혼신의 정성을 다해, 목숨을 걸고 한 실천 행위였다.

> 궐문 안에는 술과 고기가 썩어나는데 길에는 얼어 죽은 시체가 나뒹구
> 네. 영화와 가난의 지척이 이리 다르니 슬프다, 더 이상 말을 잇기 어렵구나
> [朱門酒肉臭路有凍死骨榮枯咫尺惆悵難再述].
>
> ―「장안에서 봉선현으로 가며 느낀 감회 오백 자(自京赴奉先詠懷五百字)」 부분

두보의 꽤 긴 시 「장안에서 봉선현으로 가며 느낀 감회 오백 자」의 일부다. 곽말약 같은 학자는 두보가 출세 지향의 인물이었다고 호되게 비판했지만 이런 시를 보면 강력한 현실비판의식을 지니고 시를 썼음을 알 수 있다. 그 당시 사대부 계층으로서 관직에 오르지 못했을 때에는 서민보다 더 곤궁하게 살아갈 수밖에 없었는데, 관직을 얻기 위해 일련의 노력을 한 것을 두고 비난을 퍼붓는 것 자체가 잘못된 시각이 아닐까. 하물며 굶어 죽기까지 한 두보가 아닌가.

중국의 중원을 한족이 통치했을 때, 반드시 시를 갖고 관리 등용의 시험(과거)를 보았던 것은 무슨 이유에서였을까? 시에 그 사람의 학문과 인품이 그대로 드러나 있다고 보았기에 그렇게 했던 것이다. 서양인들이 성경 구절을 외며 지난 2000년을 살아온 것처럼 동양인들은 뭇 시인의 시를 읊조리며 살아왔다.

서양의 시론

서양에서는 시를 현실과 인생을 모방하고 재현하는 모방론적 관점에서 가장 먼저 보았다. 이데아(이상 세계일 수도 있지만 창조주일 수도 있고 철학자일 수도 있다)를 1차로 모방하는 사람이 장인匠人이고, 장인이 만든 것을 보고 2차로 모방하는 사람이 시인이므로 시인은 우리가 꿈꾸는 이데아의 세계에서 마땅히 추방되어야 한다는 것이 플라톤이 『공화국』 제10장에서 말한 그 유명한 시인추방론이다.

플라톤(왼쪽)과 아리스토텔레스(라파엘의 그림 〈아테네 학당〉의 일부)

모방은 시와 그림과 조소에서 외적 사물(external things)의 모방을 뜻한다.

― 플라톤

플라톤의 제자 아리스토텔레스는 『시학』에서 "시는 운문에 의한 모방이다"라고 했는데 이때의 시는 서정시가 아니라 서사시, 특히 비극에 해당되는 것이었다. 아리스토텔레스의 말에 좀 더 귀를 기울여 보자.

시인은 모방하는 사람이기 때문에 그는 모든 경우에 세 가지 양상 중에서 그 어느 하나로 사물들을 필연적으로 재현해야 한다. 그 세 가지 양상이란 사물들이 있었거나 있는 양상, 있거나 있어 왔다고 말하거나 상상되는 양상, 그리고 사물들이 있어야만 하는 양상 등이다. 다양하게 조성된 어휘의 형식과 비범한 어휘와 은유 등을 혼용하여 언어로 모든 모방을 한다. 이러한 것들을 이용하는 것은 시에서 용인되기 때문이다.

아리스토텔레스는 시적 진실이나 시적 사실을 '사물'과 연관시켜 설명하고 있다. 사물을 떠난 모방mimesis은 불가능하기 때문에 시인에 의해 창조된 세계는 오로지 사물을 모방한 세계라는 것이다. 그런데 그는 모방만을 강조한 것이 아니라 "다양하게 조성된 어휘의 형식과 비범한 어휘와 은유 등을 혼용하여 언어로 모든 모방을 한다"고 하여 시적 사물이 바로 언어임을 주장했다. 언어 그 자체를 중시하는 서양의 오랜 시관은 이미 아리스토텔레스에 의해 씨가 뿌려졌다고 볼 수 있다.

서양에서 시를 효용론적 관점에서 본 사람이 없었을 리 없다. 고대 로마의 서정시인 호라티우스는 『시론Art Poetica』에서 "시인의 소원은 가르치는 일, 또는 즐거움을 주는 일, 또는 그 둘을 아울러 하는 일이다"라고 했다. 이는 동양의 풍교론과는 큰 차이가 있다. 무지한 국민을 널리 가르쳐야 한다는 풍교론의 당위성에 사로잡히지 않고 시에는 쾌락을 주는 요소가 있어야 함을 그는 분명히 말했다. 호라티우스에 이어 시의 효용성을 강조한 이는 영국의 시인 필립 시드니(1554~1586)와 매튜 아널드(1822~1888)다. "시는 가르치고 즐거움을 주려는 의도를 가진 말하는 그림이다"(시드니)라는 말에도, "시는 유용하고 즐거운 방법으로 진리를 말하는 것이다"(아널드)라는 말에도 '즐거움'이 들어 있다. 즉, 시를 통해 무조건 교훈만 주려고 해서는 안 되고, 독자가 즐겨 찾을 요소가 있어야 한다는 것이 호라티우스 이래 전개된 서양식 효용론적 관점이다.

한편 낭만파 시인들은 시를 짓는 데 있어 감정과 감각 및 상상력이 얼마나 중요한 것인가를 말해주었다. 먼저 감정(혹은 감각)을 강조한 경우.

시는 넘쳐흐르는 감정의 발로이다.

— 윌리엄 워즈워드

시란 심중에서 우러나오는 것이기 때문에 곧바로 마음으로 통해야 한다.

— 프리드리히 실러

시는 법칙이나 교훈에 의해 완성될 수 없으며 본질적으로 감각과 신중함에 의해 완성될 수 있다.

— 존 키츠

시는 최상의 마음의 가장 훌륭하고 행복한 순간의 기록이다. 한 편의 시란 영원한 진리로 표현된 인생의 의미이다.

— P. B. 셸리

시를 자기표현의 충실한 수단으로 본 이들의 이론은 동양의 성정론과 통하는 바가 있다. 시를 상상력의 산물로 본 이들도 낭만파 시인이었다. 영국의 시인 에드먼드 스펜서(1552~1599)는 "상상력이란 것은 우리들이 전에 경험했던 것을 기억케 하며, 그것을 어떤 다른 환경에 적용하는 능력이다"라고 했다. 영국 낭만주의 초기의 시인 윌리엄 블레이크(1757~1827)는 "상상은 영혼의 감각이다"라고 했다. 시에 있어서 상상력이 그만큼 중요하다는 뜻이다.

아리스토텔레스에 의해 단초가 보이는 작품 그 자체를 중시하는 관점, 즉 시인과 독자 및 현실 세계와 분리시켜 시를 독립된 텍스트로 취급하는 구조론적 관점은 애드가 앨런 포에 의해 시작된다. 그는 다음과 같이 말한 적이 있다.

시는 아름다움의 운율적 창조다.

시는 단지 그 자체를 위해 쓰인다.

애드가 앨런 포

애드가 앨런 포는 나이 마흔에 죽었지만 시·소설·평론 등 다방면에서 활동한 미국문학의 개척자다. 그는 불행한 운명과 맞선 인간 영혼의 신비롭고 음울한 세계와 초자연적이고 환상적인 문학도, 심미주의와 탐미주의도 그로부터 시작된다고 할 수 있다. 「어셔 가의 몰락」, 「모르그 가의 살인사건」, 「검은 고양이」, 「황금충」 등 그의 소설은 정밀한 추리와 해석, 세밀한 논증으로 일관하고 있다. 병적인 상황과 상궤를 벗어난 심리 상태를 잘 묘사하였고, 초자연적인 환상의 세계를 그렸다. 평론가로서의 포는 언어의 운율과 구조의 정확성을 강조한 사람이며, 시인으로서의 포는 시의 음악성을 강조한 사람이다. 시의 음악적 리듬과 효과에 미술적 색조가 가미되어, 들리는 시와 보는 시의 일치를 꾀한 것은 서구 시문학사에 있어서 획기적인 일이었다. 포의 소설을 불어로 번역한 보들레르는 당연히 그의 영향을 크게 받았고, 포의 이론을 극단으로 몰고 갑니다. 바로 시의 자기목적설이다.

시의 목적은 진리나 도덕을 노래하는 것이 아니다. 시는 그 자체가 목적이다.

시는 시 이외의 다른 목적을 가질 수 없다. 도덕이라든지 과학과 결부시킬 수 없다. 시는 두 가지 기본적인 문학적 특질, 즉 초자연과 아이러니 속에 있다.

감옥에서 시는 폭동이 된다. 병원의 창가에서는 쾌유에의 불타는 희망이다. 시는 단순히 확인만 하는 것이 아니다. 재건하는 것이다. 어디에서나 시는 부정(不正)의 부정(否定)이 된다.

보들레르가 이러한 논리에 입각해서 쓴 시들을 모아 낸 시집이 『악의 꽃』이다. 그가 외설죄와 신성모독죄로 기소, 유죄 판결을 받아 벌금을 문 것은 당시의 도덕 기준에서 보면 당연한 일이었다. 그의 시 「신천옹 信天翁」에는 시인됨의 괴로움이 뼈저리게 배어 있다. 희대의 반항아 보들레르의 주장은 베를렌·랭보·말라르메· 발레리 등의 시인에게 환영을 받았고, 이들을 묶어 상징주의 시인이라고 한다.

시 자체가 독자적으로 존재하는 자율성을 가진 것으로 인식하는 태도는 러시아형식주의자·신비평가·기호학자·구조주의자 들에게 전해져 20세기를 완전히 주름잡게 된다. 시란 작품의 내적인 조건, 즉 언어·리듬·이미지·비유·상징·어조 등에 의해 평가되어야 한다고 이들은 주장하였고, 이들 덕분에 20세기의 문학평론가들은 (물론 다 그런 것은 아니지만) 작품을 꼼꼼히 분석하는 습관을 갖게 된다. 또한 시가 감성의 산물이 아니라 사물을 대하는 시인의 태도가 이지적(혹은 지성적)이어야 한다는 주장도 여러 사람에 의해 전개된다. 낭만주의와 상반되는 주지주의의 영향도 무시할 수 없다.

시는 극점에 달한 언어다.

— 말라르메

시의 중요한 목적은 정밀하고 명확한 표현에 있다.

— T. E. 흄

시는 모든 발화(發話)의 최상의, 완전한 형식이다.

— I. A. 리처즈

시를 구성하는 두 개의 중요한 원리는 어조와 은유다.

— 르네 웰렉

시는 의미하는 것이 아니라 존재하는 것이다.

— 맥리쉬

시란 감정의 해방이 아니고 감정으로부터의 탈출이며, 인격의 표현이 아니고 인격으로부터의 탈출이다.

— T. S. 엘리엇

T. S. 엘리엇은 전통에 상당한 의미를 부여했지만 그를 제외한 나머지 사람들은 시가 쓰인 그 시대의 역사적·사회적 조건과 독자의 심리적 반응, 모방의 대상, 교육적 효과 따위를 배제하고 시를 언어적 측면에서만 바라보자고 주장한 포와 보들레르의 후예들이라고 할 수 있다. 아마도 이들의 이론을 한마디로 집약시킨 것이 "시는 언어의 건축물이다"라고 한 M. 하

이데거의 말이 아닐까.

20세기의 대표적인 시 이론가로 몽상의 시학과 물질적 상상력을 강조한 바슐라르를 빼놓을 수 없다. 바슐라르가 한 다음의 말을 인용하면서 플라톤 이래 서양에서 이루어진 시 정의의 역사를 마무리하겠다. 시에 대한 논의는 어느덧 상상된 이미지라는 리트머스 시험지를 통과한 '몽상

T. S. 엘리엇

의 절대'에 이르러 있다. 그리고 물·불·공기·흙 같은 물질과 연계된 상상력에 의해 그 순수성을 인정받은, 마치 이슬방울 같은 것으로 인식되고 있다. 바슐라르의 시론은 역사·사회·이데올로기·체제·계층 등과 관련된 거대 담론과는 멀찍이 떨어져 있다. 바슐라르의 다음과 같은 말은 시에서 '주제'며 '내용'을 캐내려고 하는 우리들을 머쓱하게 한다.

상상된 이미지를 통해 우리는 시적 몽상이라는 몽상의 절대를 인식한다. 물질적 상상력은 문화적 이미지와 실체를 합체시키는 유일한 매개체이다. 우리는 물질적으로 자신을 표현함으로써 모든 삶을 시로 변화시킬 수 있는 것이다.

우리 조상의 시론

우리나라에서 시론은 고려조의 세 사람으로부터 출발한다. 이인로(1152~1220)의 『파한집』과 이규보(1168~1241)의 『백운소설』과 최자(1188~1260)의 『보한집』에 나오는 시론은 옛것이라고 해서 구태의연한

것이 아니다. 이규보와 최자가 중국 위나라 조비(187~226)의 영향을 강하게 받아 '기氣'의 시론을 전개했다는 것이 조금 아쉬운 점이긴 했지만 말이다.

　　문은 기를 위주로 하는 것인데 기의 맑고 흐림에는 체가 있어 힘으로 억지로 흐르게 할 수 없는 것이다[文以氣爲主氣之淸濁有體不可力强而致].

　　　　　　　　　　　　　　　　　　　　　　— 조비, 『문선』 권52 「전론(典論)」

　동양에서 '기'는 생명과 생명의 활동력의 근원을 뜻한다. 문학에서 기에 대한 관점은 크게 두 가지로 나눠지는데, 하나는 기질론적 관점이고 다른 하나는 기상론적 관점이다. 기질론은 기를 '기질'로 해석해 타고난 천품과 개성의 측면을 부각시킨 관점이다. 기상론은 맹자의 호연지기를 기의 원류로 파악하여 '기상', 즉 시인의 의지력과 창의력으로 파악한 관점이다. 서양에서는 서사시와 극시의 시대가 일찍이 저물고 사포(B.C.610~580년경) 이래로 서정시가 주류를 이루었지만 동양에서는 서정시라고 하더라도 힘 있는 서정시가 많이 쓰여 왔음을 조비의 기 이론은 잘 말해 주고 있다.

　중국 당나라 말기의 시인 사공도(837~908)는 『이십사시품二十四詩品』이란 시평론서를 낸 바 있다. 이 책은 '웅혼雄渾'에서 '유동流動'까지 스물네 종류의 미적 범주를 사언시로 서술한 것인데 스물네 개 시품 가운데 경건勁健(굳세고 건강함), 호방豪放(호기가 있고 분방함), 웅혼(힘차고 거리낌이 없음)을 특히 중시한 것도 기 이론이 중국 시단에서 맥맥히 흘러왔기 때문이다.

　용사론用事論에 근거한 이인로의 '탁구琢句'는 잘 다듬어진 남의 말을 빌려서 내 것으로 만드는 연습을 계속해야 한다는 것이다.

그러므로 옛사람은 뛰어난 재능이 있더라도 감히 망령되이 착수하지 않고 반드시 단련하고 조탁한 후에야 넉넉히 빛을 무지개처럼 드리워서 천고에 빛냈던 것이다[是以古之人雖有逸材不敢妄下手必加鍊琢之工然後足以乘光虹蜺輝映千古].

—『파한집』상 부분

이인로는 절차탁마를 지속적으로 주장한 사람은 아니지만 이런 글을 보면 시에 있어서 독창성보다는 기교를 중시했음을 알 수 있다. 옛 전범을 많이 공부해 배울 것은 배우고 자꾸 고쳐가며 세련미를 터득해야 한다는 것이 그의 시론이었다. 이인로와 최자는 기의 시학을 주장했다.

시란 의(意)가 주가 됨으로 의를 표현하기가 가장 어렵고 말을 엮는 것은 그다음이다. 의는 또한 기(氣)가 주가 됨으로 기의 우열로 말미암아 곧 의(意)의 얕고 깊음이 생긴다. 그러나 기는 천부(天賦)의 것이 어서 배워서 얻을 수는 없는 것이다[夫詩以意爲主設意最難綴辭次之意亦以氣爲主由氣之優劣乃有淺深耳然氣本乎天不可學得].

—『백운소설』부분

이규보는 표현 기교보다 의사 전달을 중시했다. 시란 뜻이 중요하지 미사여구가 중요한 것이 아니다. 기라는 것은 하늘이 내리므로 배워서 얻을 수 없다는 것이 이규보 시론의 골자다.

시문은 기를 주로 삼는다. 기는 성(性)에서 나오고 의는 기에 의지한다. 말은 정에서 나오며 정은 곧 의이다[詩文以氣爲主氣發於性意憑於氣言出於情

情卽意也].

—『보한집』부분

　최자의 주장이다. 기의 시론이라는 점에서는 이규보와 비슷하지만 기가 성性에서 나오고 시의 뜻을 정情, 즉 시적 감흥으로 풀이한 것이 다른 점이다. 그는 또한 시의 실험정신을 중시했다. "그러므로 반드시 기이함에 의탁한 연후에야 그 기氣가 씩씩하고 뜻이 깊으며, 말이 뚜렷하여 사람의 마음을 감동시키고, 깨닫게 하고, 깊고 미묘한 뜻을 드러내어, 마침내 올바른 데로 돌아가게 할 수 있다故必寓託奈詭然後其氣壯其意深其辭顯足以感悟人心發揚微旨終歸於正"는 대목에 나오는 '기이함奈詭'은 괴상망측해야 한다는 뜻이 아니라, 앞서 쓰인 시들과는 상이해야 함을 암시하는 말이다. 한자 '궤'는 '궤변'에 가장 많이 쓰이지만 독자의 호기심을 자극하여 흥미 본위로 가겠다는 뜻이 아니다. 창조성을 발휘하여 삶의 진실을 들려주어야 한다는 주장이 숨어 있다. 한편 '미지微旨'는 사람의 마음을 감동시키고, 깨닫게 하고, 깊고 미묘한 뜻을 드러내어, 마침내 올바른 데로 돌아가게 할 수 있으므로, '미적 체험'을 가리키는 말이다. 이런 점에서 최자의 시론은 그 어떤 시론보다도 현대적이다.

　조선조에도 여러 문인이 자기 나름대로 시론을 전개했다. 유몽인·서거정·이익·허균 등이 그들이다. 하지만 그리 널리 알려져 있지 않은 조선조 문인 중 뛰어난 시론을 전개한 두 분이 있다. 인조 6년(1628)에 태어나 예조판서와 대제학을 거쳐 이조판서까지 했으며 기사환국己巳換局으로 명천에 유배되어 숙종 18년(1692)에 그곳에서 죽은 호곡壺谷 남용익南龍翼이란 분의 문집『호곡집』에는 이런 구절이 나온다.

비록 호장·미려·청화·고담이 같지는 않지만 각 구절이 그 묘함에 이르면 곧 외우거나 본받지 않을 수 없을 것이다[雖豪壯美麗淸和枯淡之不同至於各臻基妙則無非可誦而可法].

— 『호곡집』 부분

아마도 호장은 '호화롭고 장쾌하다', 미려는 '아름답고 유려하다', 청화는 '맑고 화창하다', 고담은 '속되지 않고 아취가 있다'는 뜻일 터이다. 남용익의 주장에 따르면 각기 다른 이 네 가지의 풍격風格(풍신품격風神品格의 준말)을 추구하는 것이 진정한 시다. 네 가지 전부는 아닐지라도 이 가운데 최소한 한 가지는 담보해야 시가 될 수 있다고 그는 본 것이다. 이런 요소 때문에 독자가 시를 외우고자 하고 본받으려 한다고 했으니, 노동의 힘겨움을 모르는 조선조 사대부 계층에서 썼다고 하지만 좋은 시가 어찌 음풍농월이었으랴.

조선조 후기의 문신으로 요직이 제수될 때마다 사양하면서 당쟁 타파를 일관되게 주장한 풍고楓皐 김조순金祖淳(1765~1832)의 시에 대한 이론도 가슴을 울리는 바가 있다.

시를 짓기 위해 고심하면 생각이 깊게 된다. 생각이 깊어지면 이론이 해박해지고, 이론이 해박해지면 언어가 새로워진다. 언어가 새롭게 되고도 그만두지 않고 노력하면 공교(工巧)하게 된다. 공교하면서도 그치지 않으면 귀신도 두려워하게 할 수 있고 천지조화를 옮겨 나타낼 수도 있다[夫吟苦則思必深思深則必該理該則語必新新而不已則工工而不而則可以熠鬼神而移造化矣].

— 『풍고집(楓皐集)』 권16 부분

한 편의 훌륭한 시를 쓰기 위하여 어떤 단계를 밟아가야 하느냐를 설명하고 있다. 부단히 노력하지 않고서는 어떤 경지에 이를 수 없다는 김조순의 작시 정신은 시가 감정의 넘쳐남이라고 본 서구 낭만주의와는 상당한 거리가 있는 논리이다. 정말 목숨 걸고 시를 쓴 사람만이 말할 수 있는 시론인 것이다. 나를 포함한 이 땅의 많은 시인이 너무 쉽게 쓰고 있기 때문에 쉽게 잊히고 마는 것이 아닐까. 어떤 경지에 올라가더라도 귀신이 두려워하고 천지조화를 옮겨 나타낼 수 있을 때까지는 시를 위한 노력을 그만두지 말아야 하는 것, 그것이 곧은 시정신일 터.

사람의 마음이 입을 통해서 나타는 것이 말이고 말의 가락이 있는 것이 노래와 시와 문장과 부(賦)이다. 사방의 언어가 다르기도 하나 말을 잘하는 사람이 있어서 각각 고유 언어를 가지고 가락을 맞추기만 한다면 충분히 천지를 움직이고 귀신에 통할 수 있는 것으로, 그것은 중국의 경우에만 국한된 것이 아니다. 지금 우리나라의 시와 문장이란 고유한 언어를 버리고 다른 나라의 언어를 흉내 내어 쓴 것이다. 설사 아주 흡사하다고 해도 앵무새 짓을 하는 사람의 말일 따름이다. 그런데 거리의 나무꾼이며 물 긷는 아낙네들이 주고받는 말이 비속하다고는 하지만 그 진가를 따진다면 사대부들이 이른바 시부(詩賦)를 흉내 내는 것 따위는 저리 가라가 된다[人心之發於口者爲言言之有節奏者爲歌詩文賦四方之言雖不同苟有能言者各因基語而節奏之則皆足以動天地通鬼神不獨中華也今我國詩文捨其言而學他國之言設令十分相似只是鸚鵡之人言以閭巷樵童汲婦伊啞而相和者雖曰鄙俚若論眞贗則固不可與學士大夫所謂詩賦者同日而論].

—『서포만필(西浦漫筆)』 부분

김만중(1637~1692)은 수필집 『서포만필』에서 시에 가락節奏 (리듬)이 있는 것, 모국어를 사용하는 것, 특히 일반 민중이 쓰는 일상어를 구사하는 것이 참으로 중요하다고 강조했다. 한문은 '타국지언'이므로 한문으로 시를 짓는다면 앵무새가 사람의

남해유배문학관에 있는 김만중 동상

말을 하는 것과 같다고 하여 일종의 국민문학론을 주창했다. 300년 전에 이런 주장을 했으니 놀라운 일이긴 하지만 한글로 시를 쓰자는 주장을 한문으로 했다는 것이 조금은 아쉽다.

정약용(1762~1836)은 『여유당전서』에서 시를 짓는 일에 두 가지 어려움이 있다고 했다. 시어 조탁과 시구 연마에 숙달하는 일이나, 사물을 본뜨고 정서를 묘사하는 미묘한 일들이 어려운 것이 아니라고 하고선 정말 두 가지가 어렵다고 들었다. 오직 '자연스러움'이 첫 번째 어려움이요, '깨끗한 여운을 남기는 것'이 두 번째 어려움이라 했으니 가슴을 치는 탁견이 아닐 수 없다. 아닌 게 아니라 좋은 시 쓰기가 어려운 것은 지나친 꾸밈새로 말미암아 자연스러움에서 자꾸 벗어나기 때문이다. 또한 깨끗한 여운瀏然其有餘韻을 남기는 시를 쓴다는 것은 더더구나 어려운 일이다. 정약용의 말 가운데 다음과 같은 것도 이 땅의 시인들이 새겨들었으면 하는 명문이며, 나를 줄곧 반성케 하는 경구다.

임금을 사랑하고 나라를 걱정하지 않는 것은 시가 아니며, 찬미하고 풍자하며, 악을 물리치고 선을 권하지 않는 것은 시가 아니다. 때문에 뜻이 확

립되지 못하고, 학문이 순정하지 못하며, 큰 도를 알지 못하고, 임금을 바른 길로 모시며, 백성을 이롭게 하려는 마음이 없는 사람은 시를 지어서는 안 된다[不愛君憂國非詩也不傷時憤俗非詩也非有美刺勸懲之義非詩也故志不立學不醇不聞大道不能有致君澤民之心者不能作詩].

— 『기연아(寄淵兒)』 부분

정약용

지나친 엄숙주의라 현대적인 감각과는 배치되는 면이 없지 않다. 하지만 철저한 자기 성찰과 뚜렷한 국가관이 있어야 시 쓸 자격이 있다고 주장하고 있으므로 시와 시인의 위의威儀를 천명한 글로 이 이상이 나올 수는 없을 것이다. 이 글은 시를 바라보는 동양적인 논리이며, 유교적인 논리이며, 또한 우국지사의 논리다.

시에 대한 정의를 중심으로 동양과 서양, 그리고 우리 조상의 시관을 비교해 본 결과 대충 다음과 같은 결론을 얻게 되었다. 동양에서 시론은 효용론적 관점과 표현론적 관점이 어느 정도 균형을 이루며 전개되었는데 표현론적 관점의 시론 가운데에는 성정론보다는 기상론이 더 큰 힘을 발휘했다.

서양에서는 모방론적 관점에서 시작되어 효용론적 관점과 표현론적 관점이 균형을 이루며 전개되었고, 현대로 오면서 구조론적 관점에 관심이 집중되었다. 범박하게 말해서 동양에서는 학문을 닦고 국민을 깨우치기 위한 도구로 시를 이용한 반면 서양에서는 시 짓는 시 그 자체에 의미를 부여한 측면이 강했다. 다시 말해 동양에서는 국민정신 함양의 시를 지향해 왔다면 서양에서는 언어미학 수련의 시를 지향해 왔다고 볼 수 있다. 그렇다고 해서 전자를 정신의 시, 후자를 기교의 시로 나누어서는 안 된다. 어느 시대 어느 시인에게 있어서나 정신과 내용, 의미와 기교, 형식과 표현은 동전의 앞뒷면과 같은 것이기 때문이다. 분명한 것은 깊은 사색과 오랜 고뇌 없이 쓴 시를 시라고 일컫지 않았다는 점이다.

제2장

영화 속의 시론

‒〈일 포스티노〉

박민영

시인 네루다와 우편배달부

이탈리아 남부 어촌의 풍광, 아름다운 음악, 그리고 파블로 네루다^{Pablo} 처럼 Neruda의 시와 착한 주인공들의 만남이 어우러진 한 편의 서정시와도 같은 영화가 있다. 마이클 레드포드 감독의 영화 〈일 포스티노^{Il Postino}(우편배달부)〉(1994)[1]다. 이 영화는 칠레의 작가 안토니오 스카르메타의 『불타는 인내심^{Arediente Paciencia}(우리나라에서는 '파블로 네루다와 우편배달부'로 번역 출간)』(1985)을 각색한 영화로, 원작과 영화 모두 파블로 네루다의 실화를 바탕으로 시인과 우편배달부 청년과의 우정이라는 픽션이 더해져 있다. 영화 〈일 포스티노〉는 네루다의 생애와 시를 조명했을 뿐만 아니라, 직

---

1   마이클 레드포드 감독. 마시모 트로이시 · 필립 느와레 주연. 1996년 제68회 아카데미 최우수 음악상을 수상하였다.

접 시인의 입을 통해 시의 원리까지 설명하고 있어, 대학에서 시론詩論을 강의할 때 학생들의 이해를 돕기 위해 단골로 상영해주는 영화다. 문학을 전공하거나 시 창작이나 비평에 관심 있는 사람이라면 시인과 우편배달부의 대화를 어느 것 하나도 놓칠 수 없을 것이다.

파블로 네루다(1904~1973)

영화 〈일 포스티노〉의 배경은 이탈리아 남부의 작은 섬 '칼라 디 소토'. 순박하다 못해 좀 모자라는 것처럼 보이는 노총각 마리오 루폴로는 잦은 감기로 고기잡이배를 타지 못한다. 그는 어부로서 하루 일과를 마치고 묵묵히 저녁 식사를 하는 아버지 앞에서 "배가 축축해서 감기에 걸렸다"고 훌쩍거리며 변명을 하곤 한다.

평온한 어촌에 칠레의 대시인 네루다가 아내와 함께 망명해 온다. 문맹자가 대부분인 어촌에서, 능숙하지는 않지만 그나마 글을 읽고 쓸 줄 아는 마리오는 시인에게 우편물을 배달하는 일을 하게 된다.

어촌에 태어나 어부의 아들로 자랐으면서도 잦은 감기로 배를 타지 못하고, 늘 이곳이 아닌 다른 곳을 꿈꾸는 마리오는 어부도 못되고, 그렇다고 다른 그 무엇이 될 수도 없는 정말 어설픈 존재다. 그러나 그가 우편배달부가 됨으로써 그의 존재는 새롭게 변화한다.

마을에서 멀리 떨어진 한적한 별장에서 감금된 상태나 마찬가지로 지내는 시인을 세상과 연결시켜주는 것이 바로 우편배달부 마리오다. 그는 세계 각처에서 발송된 격려의 편지를 시인에게 전달한다. 뿐만 아니라 글은 겨우 읽지만 말이 많은 마리오는 문맹이며 말을 거의 안하는 아버지 혹은 어부들과, 시를 쓰며 일상어조차 시적으로 말하는 시인 사이의 중간자 역할을 한다. 문맹인 마을 사람들과 위대한 시인과의 거리는

별장에 연금된 시인을 세상과 연결시켜 주는 이가 우편배달부 마리오다.

마리오가 자전거를 타고 매일 오가는 꼬불꼬불한 산길만큼 멀지만, 마리오는 시인을 자신이 짝사랑하는 여인이 일하고 있는 마을 식당으로, 또 그 연인과의 결혼식장으로 이끈다.

시란 설명하면 진부해지는 것

어부들은 매일 아침 바다에 나가 고기를 잡고 저녁이면 고깃배에서 그물을 걷어 들인다. 그러나 마리오는 우편배달부가 된 이후로 바다에 나가지 않는다. 그는 다만 바다를 '바라보며' 네루다의 시집을 읽는다. 고깃배가 돌아오는 저녁에도 선착장에 나가지 않고 침대에 걸터앉아 지도에서 시인의 고향인 칠레를 찾아본다.

적성에 맞지 않았던 고기잡이에 비하여 우편배달 일은 매우 만족스러워 보인다. 얼마간의 팁을 받을 수 있어서가 아니라, 매일매일 시인을 만날 수 있다는 그 자체에 마리오는 진심으로 행복해 한다. 날이 갈수록 네루다에 대한 마리오의 호기심과 존경심은 깊어진다. 한적한 섬마을이 선거로 들뜰 때도, 마리오는 마을 사람들과는 영 무관하게 식당 구석에서 네루다의 시집을 소리 내어 읽는다.

어느 날 마리오는 시인에게 우편물을 전해주고 그 자리를 뜨지 못한다. 시인은 의아해 한다. 다음은 영화에서 시인과 우편배달부와의 대화를 간추린 것이다.

> 네루다 : 왜 그러는가? 우체통처럼 우두커니 서 있었잖나.
>
> 마리오 : 장승처럼요?
>
> 네루다 : 아니, 장기판의 말처럼 요지부동이었어.
>
> 마리오 : 도자기 인형보다 조용했죠.
>
> 네루다 : 내 앞에서 직유와 은유를 사용하지 말게.
>
> 마리오 : 그게 뭔데요?
>
> 네루다 : 은유? 은유란…… 뭐라 설명할까…… 말하고자 하는 것을 다른 것과 비교하는 거야. 하늘이 운다고 하면 그게 무슨 뜻이지?
>
> 마리오 : 비가 오는 거죠.
>
> 네루다 : 맞아, 그런 게 은유야.
>
> 마리오 : 어제 이런 시를 읽었어요. "이발소에서 담배를 피며 피투성이 살인을 외친다." 이것도 은유인가요?
>
> 네루다 : 아니 꼭 그렇지는 않아.
>
> 마리오 : 마지막 구절이 맘에 들었어요. "인간으로 살기도 힘들다." 저도

그런 느낌이 있었는데 표현을 못했거든요. 정말 마음에 와 닿았
어요. 그런데 왜 이발소에서 담배를 피며 살인을 외치죠?

네루다 : 난 내가 쓴 글 이외의 말로 그 시를 표현하지 못하네. 시란 설명
하면 진부해지고 말아. 시를 이해하는 가장 좋은 방법은 그 감
정을 직접 경험해보는 것뿐이야.

시에서 은유와 직유와 같은 비유는 시인의 말처럼 비교에 의하여 관
념들을 진술하고 전달하는 방법이다. 비유가 일종의 비교인 이유는 반
드시 이질적인 두 사물의 결합양식이기 때문이다. 즉 원관념과 보조관
념의 결합이 비유다. 여기서 원관념은 비유되는 이미지 또는 의미재료
이고, 보조관념은 비유하는 이미지 곧 재료재다. 이때 원관념과 보조관
념이 '와 같이', '처럼', '듯이'의 매개어로 결합하면 직유이고, 이 매개어
가 없이 'A는 B다'의 형태로 결합하면 은유다. 영화에서의 예를 들어 설
명하면, 하늘에서 비가 오는 것과 우는 것을 비교하여, '우는 것 같은 하
늘'이라고 하면 직유이고 '하늘이 운다'고 하면 은유가 되는 것이다.

시의 뜻을 설명해 달라는 마리오에게 시인은 "시란 설명하면 진부해
지며, 시를 이해하는 가장 좋은 방법은 그 감정을 직접 경험해보는 것
뿐"이라고 말한다. 시는 그것 자체로 존재하는 것이지, 그것을 다른 말
로 해석하거나 설명을 덧붙일 때 이미 그것은 시의 본질에서 멀어진
다. 아치볼드 맥클리쉬가 「시작법Ars Poetica」에서 말한 것처럼 '시는 의
미하는 것이 아니라 존재하는 것A poem should not mean/But be'이기 때문
이다.

네루다는 시를 쓰고 싶다는 마리오에게 해변을 따라 천천히 걸으면서
주위를 감상해보라고 말한다. "그럼 은유를 쓰게 되나요?"라고 묻는 마

리오에게 시인은 대답한다. "틀림없을 거야."

  정말 시인이 되고 싶었던 마리오는 그의 말을 곧이곧대로 받아들여 해변을 따라 천천히 걸어본다. 그는 과연 은유를 발견했을까.

  다음날, 바닷가에서 시인은 마리오에게 이곳은 아름답다고 말한다. 그러자 마리오는 어디 그런 게 있을까 라는 듯 바다를 한번 휘 둘러보고는, 진심이냐고 생뚱맞게 묻는다. 시인에게 바다는 창조적 영감을 불러일으키는 시적인 공간이지만, 어부의 아들에게 바다는 태어나면서부터 줄곧 보아온 일상의 공간이다. 그러니까 바닷가를 천천히 걸어본들 새로울 것도 신비로울 것도 없는 그 곳에서 시적 영감이 떠오를 리 없다. 지금까지 바다는 감상의 대상이 아니라 고된 노동의 공간이었으며, 잦은 감기로 그나마 어부가 될 수도 없는 마리오에게는 지겹고 그저 떠나고 싶은 곳이었다. 그러나 마리오가 앞으로 시인과 교감하면서 바다는 아름다움의 공간으로 새롭게 인식될 것이다. 아름다움은 그것을 느낄 수 있는 사람에게만 보이며, 시를 쓰기 위해선 우선 아름다운 것을 보고 아름답다고 느낄 줄 알아야 하기 때문이다.

  시인은 우편배달부에게 자신의 시 「바다에 바치는 송시」를 낭송해 주고 느낌이 어떠냐고 물어본다. 마리오가 "단어가 마치 바다처럼 왔다 갔다 하는 것 같다"고 하자 네루다는 그것이 '운율'이라고 가르쳐준다. 운율은 소리의 반복으로 나타나는 압운과, 소리의 고저장단 강약으로 나타나는 율격으로 나뉜다. 영화에서 네루다의 바다에 대한 시낭송을 듣고 파도 소리를 연상했다는 마리오의 대답은 시에서 의미와 소리의 성공적인 상호작용을 보여주는 예다.

  이어서 마리오는 "배가 단어들로 이리저리 퉁겨지는 것 같아서 멀미가 나는 느낌이었다"고 대답한다. 그러자 시인은 깜짝 놀란다. 바로 그

"치료되고 싶지 않아요. 계속 아프고 싶어요. 전 사랑에 빠졌어요." 베아트리체를 보고 첫눈에 반한 마리오는 뜬눈으로 밤을 새우고 다음날 새벽 네루다에게 달려가 사랑에 빠졌음을 이야기한다.

표현이 은유라고. 네루다는 마리오에게서 '시인으로서의 가능성'을 본 것이다.

시는 누구의 것인가

마리오는 마을 식당에 갔다가 핀볼 게임을 하고 있는 베아트리체 루소를 보고 첫눈에 반한다. 뜬눈으로 밤을 새운 그는 새벽같이 시인의 집에 달려간다.

> 마리오 : 전 사랑에 빠졌어요.
> 네루다 : 그건 심각한 병이 아니야. 치료약이 있으니까.
> 마리오 : 치료약은 없어요. 선생님. 치료되고 싶지 않아요. 계속 아프고

싶어요. 전 사랑에 빠졌어요.

　한국영화 〈연애소설〉(2002)에도 잠시 삽입되어 화제가 된 이 장면은 사랑에 빠진 사람들에게 깊이 공감이 되는 명장면이다.

　사랑을 하면 시인이 된다고 한다. 네루다의 시를 읽으며 막연히 시인을 동경하던 마리오는 베아트리체라는 여성을 사랑하면서 '자신의 생각을 잘 표현하기 위해' 시를 쓰고자 한다. 그러나 그것이 잘 될 리 없다. 그가 창밖으로 내다보는 바다는 여전히 어부들이 고깃배를 대는 노동의 바다다. 달을 보면서 베아트리체를 그리워하지만, 그 마음을 시로 표현할 수가 없다. 그러나 네루다의 시를 거의 외우고 있었던 그는 베아트리체와의 대화에서 시인이 쓴 시 구절을 인용하여 아름다움을 칭송하면서 그녀의 관심을 끌게 된다. 마리오는 네루다의 시를 적어 베아트리체에게 주기까지 한다. 그런데 문제는 그녀의 이모다. 아무것도 가진 것이 없는 마리오가 예쁜 조카딸을 유혹한다는 것을 알고 노발대발하여 네루다를 찾아온다.

　　로사 부인 : 한 달 동안 마리오 루폴로라는 남자가 우리 여관을 배회하며 조카딸을 유혹했어요.
　　네루다 : 무슨 말을 했는데요?
　　로사 부인 : '은유'라나요. 그놈이 은유를 해서 조카 년을 후끈 달아오르게 했어요. 재산이라곤 발톱 사이에 낀 때밖에 없는 자식이 말솜씨 하난 비단이더군요. 처음엔 점잖게 나가더라고요. "미소가 나비 같다"느니 뭐니 하면서 말이죠. 그런데 이제 "그녀 젖가슴이 두 개의 불꽃"이라고 한대요.

"시란 시를 쓴 사람의 것이 아니라 그 시를 필요로 하는 사람의 것입니다." 네루다의 시를 베아트리체에게 주고 마리오가 하는 말. 네루다가 아내를 위해 쓴 시를 마리오는 베아트리체에게 베껴 줬다.

네루다 : 그게 상상일까요, 아니면…

로사 부인 : 전 그놈이 조카딸년을 만졌다고 생각해요. 읽어 보세요. 그년 브라에서 찾았어요.

네루다 : "벌거숭이…… 무인도의 밤처럼 섬세한 당신. 당신의 머리카락엔 별빛이……" 아름답군요.

로사 부인 : 이게 벌거벗은 몸을 봤다는 증거가 아니고 뭐겠어요.

　마리오는 사색이 되어 이 대화를 엿듣는다. 문제가 된 벌거숭이 운운하는 시는 네루다의 시 「사랑의 소네트」 중 27번 작품이다. 이 작품들은 후에 시집 『사랑의 소네트 100편Cien sonetos de amor』(1959)으로 출판되어 아내 마틸드에게 헌정된다.

　자신의 시 한 편으로 일이 이상하게 꼬였다는데 시인은 어이없어한다. 게다가 아내를 위해서 쓴 시를 다른 사람이 다른 이에게 주었다는 사실이 유쾌할 리 없다. 시인은 마리오를 책망한다.

> 네루다 : 책을 준 적은 있으나 내 시를 도용하라 한 적은 없네. 내가 마틸
> 드를 위해 쓴 시를 베아트리체에게 주다니……
> 마리오 : 시란 시를 쓴 사람의 것이 아니라 그 시를 필요로 하는 사람의
> 것입니다.
> 네루다 : 대단한 평등주의 정서군.

마리오는 시가 시인의 책상 서랍에 있을 때는 시인의 것이지만, 그것이 세상에 발표되는 순간부터 읽는 사람들의 것이라고 생각한다. 그러나 네루다의 견해는 다르다. 독자는 문학 작품을 즐길 수는 있지만 도용해서는 안 된다는 것이 그의 생각이다. 그러면 시를 좋아하는 평범한 독자에게 인용과 도용은 어떻게 구별될까.

물론 시의 저자를 밝히면 인용이고, 저자를 밝히지 않고 '마치 자신이 쓴 것처럼' 하면 도용이다. 그러나 영화에서는 여기서 한 걸음 더 나아가 시가 시인의 것이냐 독자의 것이냐 하는 시의 존재 의미에 대하여 질문하고 있다. 이것은 문학 비평에서 오래전부터 논의된 주제로 시를 연구할 때 시인의 의도가 중요한가, 그것을 받아들이는 독자의 느낌이 중요한가의 문제에 이른다. 시를 시인의 의도를 중심으로 해석한다면 그것은 시인의 것으로 간주하는 연구 태도이고, 작가와 분리하여 작품 그 자체로 보고 그것을 받아들이는 독자의 상상력을 중심으로 이해한다면 그것은 독자의 것으로 보는 연구 태도가 된다.

이모인 로사 부인과 대화에서도 이러한 상반된 관점은 나타난다. 네루다는 아내인 마틸드의 모습을 그리며 시를 썼지만, 그 시를 읽고 로사

는 조카딸과 똑같다고 생각한다. 물론 이것은 그 시를 마리오가 직접 쓴 것이라는 오해에서 비롯된 것이기는 하나, 마리오 역시 시에 나오는 여인이 베아트리체와 똑같다고 상상했기 때문에 그녀에게 주었을 것이다. 마틸드를 노래한 이 시는 읽는 사람에 따라서 베아트리체도, 혹은 옆집의 줄리엣도 될 수 있다는 것이 마리오의 생각이다.

다음은 시적 상상력과 실제의 문제다. 로사는 시를 읽고 마리오가 조카딸을 만졌다고 확신한다. 베아트리체의 모습이 시에서와 같으므로, 마리오가 조카딸의 벗은 몸을 보고 시로 옮겼다고 생각하는 것이다. 그러나 보지 않고서는 글을 쓸 수 없다는 로사의 생각과는 다르게, 네루다는 상상만으로도 글을 쓸 수 있다고 말한다. 시적 상상력과 현실을 구분하는 것이다. 이것은 범인凡人과 시인의 차이도 하다.

평범한 사람들은 곧잘 상상력의 세계와 현실을 혼동한다. 작가가 어떤 작품을 쓰면, 그 주인공이 현실의 누구일까 하고 궁금해 한다. 특히 실존인물을 주인공으로 했을 때 문학 작품 속의 주인공의 행위는 역사적인 사건으로 오인된다. 작가는 현실을 바탕으로 작품을 쓰지만, 그것이 전기나 다큐멘터리가 아닌 이상 작품 속의 사건이나 주인공이 현실의 어떤 것과 반드시 일치되는 것은 아니다. 영화 〈일 포스티노〉를 예로 들어, 비교적 역사적 사실에 충실한 원작과 이 영화에서도 파블로 네루다의 생애는 작품을 이해하기 위한 하나의 자료이지, 자료 자체가 영화 속의 진실이 된 것은 아니다. 역으로 영화 속의 인물들이 모두 실제인물 것은 더더구나 아니다.

그러나 문학 작품이 출판과 매스컴의 강력한 힘에 의하여 전파되는 오늘날, 작가는 현실과 상상의 세계를 혼동하는 대중의 속성을 간과해서는 안 된다. 우리 주위엔 로사 부인과 같은 사람들이 많다. 특히 문학

작품이 실존 인물과 사건을 소재로 한 경우 신중하게 접근하여야 한다. 독자에게 현실과 문학 작품을 구분하는 변별력이 요구된다면, 작가에게도 평범한 독자를 혼란스럽지 않게 할 의무가 있기 때문이다.

시인의 마음

영화 〈일 포스티노〉는 주인공 마리오의 변화에 초점이 맞춰져 있다. 마리오는 대시인 네루다와의 만남을 통해 어부의 아들에서 우편배달부로, 또 시인을 꿈꾸는 청년으로 정신적인 성장을 이룬다. 이 과정에서 아름다운 처녀 베아트리체를 아내로 맞고, 집회에서의 시 낭독에 초청될 만큼 동료들의 인정을 받는다.

마리오는 시인이 떠난 뒤 그가 두고 간 짐을 정리하기 위해 네루다의 집에 갔다가 녹음기를 발견한다. 마리오는 섬의 아름다운 소리를 담아 시인에게 보내기로 한다. 그는 칼라 디 소토의 바닷가 구석구석을 찾아다니며 녹음을 한다.

파도 소리나 절벽과 나뭇가지에 부는 바람 소리, 고기잡이배의 그물질 소리, 교회의 종소리 모두 칼라 디 소토의 일상에서 들리는 소리다. 해안을 따라 천천히 걸어도 아무런 감흥을 느낄 수가 없었고, 바다가 정말 아름답다는 시인의 말에 진심이냐고 되묻던 마리오가 이제는 파도 소리, 바람 소리 하나도 예사로 듣지 않는다. "아름다워요. 이토록 아름다운지 몰랐어요."

그는 밤하늘에 녹음 마이크를 대고 별들이 빛나는 소리를 담고자 한다. 만삭이 된 베아트리체의 배에도 마이크를 대고 아이의 심장 소리를 녹음하고자 한다. 반짝이는 별을 청각으로 느끼고, 아직 태어나지도 않은 아이의 심장 소리를 듣는 마리오는 상상력으로 사물을 느끼는 시인의 마음과 닮아있다. 아름다운 것을 아름답다고 느끼는 것, 나아가 남들이 들을 수 없는 소리를 듣고 볼 수 없는 것을 보는 것, 그것이 바로 시인의 영혼이다. 무심하게 지나치던 파도 소리, 바람 소리가 아름답게 느껴지면서 마리오는 네루다에게 바치는 바다에 대한 시를 쓸 수 있게 된다. 그러나 마리오는 집회에서 그 시를 읽지도 못하고 시위 군중들에게 밟혀 죽는다.

시인은 우편배달부에게 아름다움을 느낄 줄 아는 마음을 남겼다. 마리오는 시인의 영혼을 갖게 되었지만, 험난한 세상과 맞서기에는 무력할 따름이었다. 마리오의 덧없는 죽음은 "의지가 있으면 세상을 바꿀 수 있다"는 시인의 말이 사실은 얼마나 실현되기 어려운 일인가를 역설적으로 보여준다.

의지가 있어도 세상은 바뀌기 어렵다. 한 편의 시가 세상을 바꾸어 놓기도 어렵다. 그러나 의지가 있으면 자신은 바꿀 수 있다. 자신이 바뀌면 세상도 바뀐다. 마리오는 세상에 제대로 된 시 한 편 남기지 못했지만, 세상은 그에게 눈부신 한 편의 시였을 것이다.

> 그러니까 그 나이였어…… 시가
> 나를 찾아왔어. 몰라, 그게 어디서 왔는지.
> 모르겠어, 겨울에서인지 강에서인지.
> 언제 어떻게 왔는지 모르겠어,
> 아냐, 그건 목소리도 아니었고, 말도
> 아니었으며, 침묵도 아니었어,

하여간 어떤 길거리에서 나를 부르더군,

밤의 가지에서,

갑자기 다른 것들로부터

격렬한 불 속에서 불렀어,

또는 혼자 돌아오는데 말야

그렇게 얼굴 없이 있는 나를

그건 건드리더군.

— 파블로 네루다, 「시」 부분

　마리오를 추억하며 해변에 서있는 시인이 원경으로 멀어지면서 이 영화는 끝나고, 자막으로 네루다의 「시」가 올라온다. 문득 이 시가 마리오의 독백 같다는 생각이 든다. 바람 소리 파도 소리처럼, 늘 그의 곁을 맴돌다 어느 날 갑자기 찾아온 시. 그리고 그 시와 함께 이 세상을 떠난 착한 청년 마리오. 시인이 그에게 시인의 마음을 남겼다면, 그는 우리에게 무엇을 남기고 간 것일까.